엄마 남극 갔다 왔어 잘 지냈니

엄마 남극 갔다 왔어 잘 지냈니

— 도전, 절망, 그리고 회복에 관한 이야기

1판 1쇄 발행 2024년 12월 3일

지은이	최영미
발행인	도영
표지 디자인	씨오디
내지 디자인	손은실
편집 및 교정 교열	최정원, 김미숙

발행처	마레책방
	등록 2023-000154
	주소 서울시 마포구 동교로 142, 5층(서교동)
	전화 02) 909-5517 Fax 02) 6013-9348, 0505) 300-9348
	이메일 anemone70@hanmail.net

ISBN 979-11-983865-3-3 03810

도전, 절망, 그리고 회복에 관한 이야기

엄마 남극
갔다 왔어
잘 지냈니

최
영
미

마레책방

아들에게

고통을 겪으면 바보도 현명해진다.
Malo accepto stultus sapit.

에라스뮈스 격언집

|차 례

코로나가 한창이던 2020년 가을, 나는 전라남도 화순의 리조트 객실 하나를 차지하고 들어앉았다. 자가 격리를 하기 위해서였다. 보름이라는 기간을 잘 지내기 위해 요가 매트, 폼 롤러, 핸드 드립 커피 세트와 책을 바리바리 챙겼다. 나 혼자만 들어앉은 것은 아니었다. 80명이 넘는 사람들이 나와 같은 곳에서, 같은 기간 자가 격리를 했다. 우리는 자가 격리를 마친 후 광양항에서 아라온호에 올랐다. 배가 출항하고 한 달 후에 18명의 장보고기지 대원들이 자신들의 임무를 위해 장보고기지에서 내렸고, 다시 한 달 후 17명의 세종기지 대원들이 세종기지에서 내렸다. 나머지 아라온호 하계 연구원들과 두 남극 기지에서 임무를 마치고 배에 올라탄 대원들은 귀국길에 올랐다. 우리 모두의 목표는 단 하나였다. '남극'. 남극에 있는 대한민국 기지를 지키고, 남극을 연구하는 것. 내 임무는 남극 세종기지에서 대원들의 건강을 살피는 일이었다. 나는 그곳에서 다른 16명의 대원들과 함께 1년을 보낸 후 집으로 돌아왔다. 어느덧 귀국한 지 3년이 지났다. 나는 종합병원 응급센터에서 응급의학과 전문의로 일하고 있고, 여의도에서 가족과 함께 살고 있다.

전작 『남극산책 : 너무 멀리 가는 건 여행이 아닐지도 몰라』에서는 아라온호를 타고 세종기지를 향해 가던 76일 동안의 항해 이야기와 세종기지에서의 에피소드를 담았다. 이 책은 전작에서 담아내지 못한 이야기와 더불어 내가 남극 의료진으로 채용이 되어 집에서 17,000킬로미터 떨어진 곳으로 가기 위해 준비하는 과정과 그곳에서 돌아와 가족과 함께 다시 살아가면서 겪은 30개월 동안의 이야기이다.

전작 『남극산책』이 '떠남'에 관한 이야기였다면, 이번 『엄마 남극 갔다왔어. 잘 지냈니?』는 '돌아옴'에 관한 이야기이다. 그리고 '머묾'에 관한 이야기이다. 도전하는 삶에서 마주친 걸림돌과 실패에 관한 이야기이며, 그 속에서 성숙해가는 한 인간에 관한 이야기이다. 부디 독자들이 '흥겨운 여행'을 하듯이 한 장 한 장 넘기며 이 책을 즐겨주셨으면 좋겠다.

나의 긴 여행을, 어쩌면 '방황'이라고 부를 수도 있었을 그 시간을 잘 버텨준 재원, 혜진, 그리고 남편 수웅에게 감사하다는 인사를 전한다.

2024년 11월

여의도에서

들어가며 : 귀로 歸路

승무원이 아침 식사를 가져다주었다. 메뉴 두 개 중 하나를 선택하라고 했었는데, 나는 맛없는 걸 고른 듯했다. 식사를 하며 내가 돌아가야 할 집을 생각했다. 내가 생각한 것 이상으로 힘든 상황일까 봐 마음이 답답해지면서 속이 불편해졌다. 승무원이 다가오더니 "전달해야 할 정보가 있다"면서 "환승을 하느냐"고 물었다. 나는 하지 않는다고 답했다. 그녀는 "스테이션에서 내가 1번으로 내려야 한다고 했다"고 말했다. 〈중략〉 조금 있다가 남자 승무원이 오더니 '그 정보'를 한 번 더 전달해주었다. 그도 궁금했는지 내가 묻지도 않았는데 말했다.

"I don't know why(저도 왜 그런지 모르겠네요)."

— 본문 '귀국' 중에서 —

|일러두기| • 가족들 이름, 외국인들 이름, 그리고 호칭 앞의 성은 모두 실명이고,
그 외 대원들을 비롯한 모든 이름은 가명을 사용했다.
• 본문의 영문 번역은 저자가 했다.
• 각주는 저자가 작성했다.

출남극

2021년 12월 2~3일

1

❄ 남극 세종기지 King Sejong Station, Antarctica

바람이 불었다. 건물 어딘가의 틈새를 비집고 들어온 바람이 이중 삼중 긴 휘파람 소리를 냈다. 건물이 덜덜거렸다. 침대에서 몸을 일으킨 후 욕실로 가 치아 교정기를 주방 세제로 닦고, 세수를 하고, 길게 자란 머리를 질끈 묶고, 옷을 갈아입고, 침상을 정돈했다. 의무실에 가져갈 짐을 챙겼다. 하늘색 천 가방 — 원래는 여행용 파우치다 — 에 노트북과 줄 노트, 니체의 『인간적인 너무나 인간적인』, 필통, 안경집, 충전기를 넣었다. 작은 폼 롤러와 핸드폰도 집어넣었다. 가방 손잡이를 왼쪽 손목에 끼운 채 손가락에 물통, 보온 컵, 커피 잔을 끼웠다. 그리고 오른손으로 방의 스위치를 끄고 방문을 열었다.

복도 원목 마루 위에 보라색 고무 실내화가 놓여 있었다. 어제 하루 일과를 마치고 방으로 들어서기 전에 가지런히 벗어둔 것이다. 처음 세종기지에 도착해 신발장에 있던 것을 신기 시작했는데, 누구의 발이 거쳐 갔는지는 모르지만 착용감과 바닥 쿠션감이 좋아 그동안 불편하지 않게 사용하고 있었다. 1년 동안 내 몸을 생활관 이곳저곳으로 옮겨주었는데, 나는 내일 이곳을 떠난다.

복도를 걸었다. 발을 디딜 때마다 마루에서 삐걱대는 소리가 났다. 숙소 중앙 통신실 문 앞에서 1층으로 내려가는 계단을 밟았다. 어제저녁, 대원들은 하나둘 이 계단을 밟고 올라와 왼쪽 혹은 오른쪽 자신의 방으로 들어가 연구를 마무리하고, 영화를 보고, 게임을 하고, 가족과 영상통화를 하고, 이메일을 보내며 자신만의 시간을 보냈을 것이다. 체육관에서 운동을 한 후 늦은 시간에 이 계단을 밟은 대원도 있을 것이다. 취침할 때까지 우리들은 부지런히 이 계단을 오르내렸다.

세종회관 앞, 스테인리스 카트 위에 물통과 컵을 두고 의무실에 갔다. 의무실 문을 열고 책상 위에 가방을 올려두고 옆방으로 이동했다. 내가 아침에 가장 먼저 하는 일은 몸무게를 재는 것이다. 오늘은 51.2킬로그램. 어제 셰프가 만들어준 스테이크를 먹었는데, 보리쌀 리소토가 곁들여져 있었다. 음식을 다 먹은 후 칼로리를 계산해보니 1,000칼로리가 넘었다. 그래도 오늘 체중이 크게 벗어나지 않아 안심이 되었다.

다시 식당으로 향했다. 카트 위 물통과 컵을 들고 식당으로 들어갔다. 테이블 배치가 달라져 있었다. 내일 입남극할 새로운 차대와 연구원들을 위해 미리 손을 본 것 같았다. 코로나 때문에 일주일 정도는 두 차대가 분리된 생활을 해야 한다고 하더니 테이블을 떨어뜨려 놓았다. 식당에서도 얼굴을 마주 보고 먹을 수 없는 상황인 것이다. 출입문 가까운 곳에 손에 들고 있던 것들을 내려놓고 배식대로 향했다. '세종과학기지' 글씨가 새겨진 희고 넓은 접시 위에 밥그릇 두 개와 수저를 올렸다. 밥솥 뚜껑을 여니 전복죽이 가득했다. 아침 회의가 없는 날이라 모두 아침 식사를 하지 않은 것 같았다. 죽을 작은 그릇에 가득 떴다. 다른 그릇 하나에는 달걀말이와 김자반을 담았다. 내 자리로 돌아온 후 냉장고에서 케첩을 꺼내 달걀말이 위에 뿌렸다. 식사를 시작하려다가 문득 냉장고에서 케첩을 꺼낼 때 슬쩍 눈길이 갔던 낙지젓이 떠올랐다. 나는 배식내에서 반찬 그릇을 하나 들고 와 냉장고에서 반찬통을 꺼내 낙지젓을 가득 담았다. 전복죽에 김자반이 잘 섞이도록 해서 한 숟갈 떠먹었다. 맛이 담백하고 깔끔했다. 전복죽과 달걀말이, 낙지젓을 번갈아가며 먹었다. 식사를 하던 중 기상 모니터를 보니 바람은 서북서 방향이었다. 창밖을 내다보았다. 파도가 몰려와 해안에 하얀 거품을 쏟아내고 있었다. 식사를 마친 후 설거지를 하고, 물통에 물을 받고, 보온 컵에 뜨거운 물을 받았다. 에스프레소 머신에서 커피 한 잔을 내렸다. 커피가 다 내려질 즈음 상진 대원이 내려왔다. 생활관이 너무나 고요했었는데, 그의 모습을 보니 참 반가웠다.

의무실로 돌아와 커피 잔을 책상 위에 올려놓고 앉으니 대원들 실내화 끄는 소리, 신발장에서 꺼낸 신발을 전실 바닥에 내려놓는 소리, "쿵" 하고 출입문 닫히는 소리가 이어졌다. 오늘 바람은 심했지만 남쪽을 면한 의무실 창가는 조용했다. 커피 한 모금을 마셨다. 조금 전에 총무님께 "짐을 하나 더 가져갈 수 있는지" 물었는데, 총무님은 짐을 다 포장해서 뚜껑을 밀봉했기 때문에 어렵다는 답을 주셨다. 나는 괜찮다고 했다. 이제 나는 내일 이곳을 떠날 것이다. 원래 계획대로라면 다른 대원들과 함께 내일 도착할 35차 대원들을 맞이하고, 35차 의료 대원에게 인수인계를 하고 나서 2주 후에 떠나야 하지만, 나에게는 먼저 떠나야 할 이유가 있다. 나의 아들. 아들을 만나야 한다. 좀 더 빨리 이곳을 떠나고 싶었지만, 남극의 겨울 끝 첫 비행기가 뜨는 날이 내일이고, 또한 의료 공백이 없도록 하기 위해 35차 의료 대원이 도착할 날을 기다려야 했다. 그와는 이미 이메일을 주고받으며 중요한 사항을 인계했고, 우리 총무님께도 다시 한번 상세한 부분을 설명해두었다.

2

❄ 푼타아레나스로 가는 길 On the Road to Punta Arenas

새벽 5시가 안 되어 일어났다. 이메일을 열었더니 극지연구소*에서 이메일이 왔다. 비행기 탑승권이다! 이제 간다. 총무님이 챗을 보내셨는데 35차대가 푼타아레나스**에서 항공 체크인을 했다는 내용이었다. 나는 부지런히 짐을 꾸렸다. 폼 롤러와 물통은 의료 대원에게 넘겨주기로 했기 때문에 옷장 안에 그대로 두었다.

★ 극지연구소: 인천광역시 연수구에 있는 연구 기관. 극지의 기후 변화와 지질 환경 연구, 쇄빙선을 활용한 국제 공동 연구 등의 업무를 맡아본다.
★★ 푼타아레나스: 남아메리카 칠레 최남단의 중심 도시. 남극으로 가는 첫 관문 기지이기도 하다.

7시가 되어 백팩을 멘 후 천 가방을 들고 1층에 내려갔다. 현주 대원이 "샘, 출발하나요?" 하고 물었다. 그렇다고 대답하고는 의무실에 가서 붉은색 원피스 작업복을 입고 전실로 나가 장화를 신었다. 상진 대원이 신발을 신고 있었다. 우리는 생활관 계단을 내려가 구명복 탈의실로 갔다. 그곳에서 와이파이를 겨우 잡아 새로운 소식이 있는지 확인했다. 대원들이 속속 도착했다. 이제 옷을 입을 때가 되었다고 생각하고 작업복 위에 구명복을 입었다. 민수 대원이 들어와 어기적거리고 있는 나를 도와 구명복 앞 지퍼를 올려주고 버클을 채워주었다. 재민 대원도 들어왔다. 모두와 악수를 했다.

중장비 대원이 조디악 두 대를 바다에 띄우는 동안 부두에 서서 바다를 바라보았다. 북서풍이 불었고, 파도가 그 어느 때보다 거칠었다. 보트에 타라는 신호를 받고 보트로 내려가는 계단을 밟았다. 계단 난간을 손으로 쥐고 한 발 한 발 조심스럽게 내려갔다. 호성 대원이 조종석에 자리를 잡더니 뱃머리 쪽에 걸터앉아 있는 나에게 "뒤로 오라"고 했다. 나는 조종석 왼쪽 바닥에 주저앉아 다리를 조종석 의자 뒤편 두툼한 구조물에 고정했다. 배는 아직 부두에 붙어 있지만 파도에 출렁거렸다. 우리 배에는 조종사인 안전 대원을 포함해 여섯 명이 탔고, 옆 배에는 세 명이 탔다.

영수 대원의 보트가 먼저 출발하고 우리 배가 뒤따라갔다. 배를 후진해 부두를 빠져나온 후 뱃머리를 돌려 필데스반도의 칠레 프레이기지로 향했다. 출발하자마자 배가 파도에 마구 흔들렸다. 우리 배는 직선으로 가지 않고 오른쪽으로 맥스웰만을 크게 돌아가기로 했다. 오른쪽으로 위버반도가 보이고, 맥스웰만의 해안이 이어지는데, 위버반도에서 필데스 반도로 이어지는 능선은 높아지고 거칠어지더니 다시 길고 평평하게 이어졌다. 호성 대원은 큰 너울이 다가오면 엔진을 거의 끄다시피 하면서 너울을 탔고, 다시 속도를 내서 달렸다. 작은 파도가 다가오면 그 속도로 타 넘었는데, 그럴 때마다 배가 좌우로 미끄러지듯 움직였다. 내 앞쪽에 앉아 있던 현성 대원은 얼굴에 큰 파도가 쏟아져 들어와 덮치니 "껄껄" 웃었고, 나도 웃었다. 배가 정말 오래 달렸다고 생각했는데 아직 반도 가지 못했다. 저쪽 배에서 무전을 하는데 영수 대원이 "우리, 반 지나고 있습니다"라고 말하는 소리가 들렸다. 그러자 호성 대원이 "우리 배는 오른쪽에 있습니다"라고 대답했다. 파도는 조종석을 무자비하게 덮쳤고, 호성 대원은 물을 피하지도 못하고 몸을 왼쪽으로 돌리며 "으윽" 하는 소리를 냈다. 어느덧 우루과이 아르티가스기지가 보였다. 기지 앞에 커다란 군함이 정박해 있었다. 이제 우리 배는 왼쪽으로 머리를 돌려 칠레 기지를 정면에 두고 달렸다. 나는 큰 파도 속에서 생각했다.

'내가 도전한다고 생각하고 이곳까지 왔다면 이 정도는 이겨내야지. 혹 배가 뒤집혀 내 목숨이 위태로울지라도 모험을 하려면 이 정도는 두려워해서는 안 돼. 바다가, 파도가 나를 보내고 싶지 않아 내 마음에 두려움을 주려는 거야.'

아마도 겁이 나서 배를 탈 엄두를 내지 못하는 사람도 있을 정도의 파도였다. 나는 그런 파도 위를 겁 없이 나아가고 있었다. 거친 파도가 내 등을, 얼굴을 적시더라도 이것을 뚫고 칠레 기지에 도착할 것이고, 비행기를 탈 것이고, 귀국할 것이라고 다짐했다.

'무슨 일이 있어도 오늘 이곳을 떠나는 비행기를 탈 것이다.'

칠레 기지 해안에 닿았다. 파도가 없는 평화로운 해안이었다. 뱃머리
가 해안에 닿았을 때, "그냥 뛰어내리면 된다"는 경수 대원의 말에 조디
악 가장자리에서 뛰어내렸다. 물이 깊지 않아 장화 속이 젖지는 않았다.
칠레 기지 대원과 승룡 대원이 반갑게 인사를 나누었다. 그때 일리야가
저 멀리서 팔을 흔들며 다가왔다. 러시아 의사인 그는 지난겨울 스키를
타다가 어깨가 빠졌었는데 운 좋게 다시 들어갔던 '행운의 사나이'다. 그
는 "최근에 대원들에게 백신을 놔주었다"고 이야기하는 듯했다. 그가 나
에게 "따라오라"는 몸짓, 손짓을 하면서 연신 '노란 건물'을 가리켰다. 아
마도 의무실 건물인 듯했다. 시간이 얼마 남지 않았지만 러시아 기지에
잠시라도 들어가보고 싶었고, 그의 성의를 거절할 수 없어 뒤를 따랐다.
출입문을 통과하니 바닥에 카펫이 깔려 있었다. 그는 "신발을 벗지 말고
들어오라"고 했다. 왼쪽으로 꺾으니 긴 복도가 나오고 양쪽에 방이 여
러 개 있었다. 수술실, 치과 진료실, 진찰실, 운동 기구가 있는 방, 약장
이 있었다. 그것을 자신이 혼자 관리한다고 했다. 다 둘러보고 나서 밖으
로 나가니 승룡 대원이 "항공 시간을 착각해 빨리 출발해야 할 것 같다"
고 했고, 나는 바쁜 마음에 일리야와 제대로 인사도 못 나누고 차가 있
는 곳까지 달렸다.
스타렉스에 올랐다. 대장님과 조수석에 앉은 경주 대원이 세종기지 통
신실과 무전을 주고받았고, 우리는 활주로를 향해 출발했다. 조금 달리
다 보니 오른쪽 뒤에서 앞쪽으로 비행기 한 대가 날아갔다. 구불구불한

길을 달리다 보니 활주로가 보였고, 활주로 등이 반짝반짝 빛나고 있었다. 차단기가 있는 곳에서 공항 직원이 우리의 신원을 확인한 후 우리는 활주로의 왼쪽 좁은 찻길을 달렸다.

넓은 공간 한복판에 비행기 한 대가 덩그러니 서 있었다. 공항 직원들이 주황색 조끼를 입고 빨간 봉을 들고 왔다 갔다 하고 있었다. 항공기 출입문이 열리고, 빨간 단체복을 입은 세종기지 35차 대원들과 연구원들이 계단을 밟고 내렸다. 대장님은 손을 흔들며 그들을 향해 달려가셨다. 그들이 우리 쪽으로 무리 지어 걸어왔고 나는 35차 대장님과 총무님, 의료 대원을 만났다. 의료 대원과는 함께 사진도 찍었다. 활주로에서의 짧은 만남이 인수인계 동안의 교류를 대신할 수는 없다는 생각에 아쉬운 마음이 들었다. 그럼에도 나의 임무를 턱걸이하듯 간당간당하게나마 완수했다고 생각하며 안심했다. 그리고 이렇게 무사히 도착해준 그가 고마웠다.

찬 바람이 불었다. 탑승하라는 신호를 기다리며 서 있는데, 봉고차 한 대가 내 앞을 지나갔다. 차창은 내려가 있고, 운전석과 조수석에 탄 외국인들이 밝게 미소를 지으며 나를 바라보고 있었다. 마치 오랫동안 함께 지내온 동료를 떠나보내는 사람들처럼 나의 얼굴을 바라보며 힘차게 손을 흔들었다. 그들의 손과 미소가 차가웠던 나의 남극살이를 따뜻하게 마무리해주는 듯했다. 나도 그들에게 손을 흔들었다.

푼타아레나스

2021년 12월 3∼6일

1

칠레 입국 심사를 하는데 시간이 오래 걸렸다. 무언가를 확인하느라 지체가 되는 듯했다. 나중에 밖에서 기다리던 아군사* 직원과 최 행정관에게 확인하니 "아라온호**로 입국을 해서 여권에 찍힌 게 없어서 그런 것 같다"고 했다.

8인승 승합차에 탄 후 최와 이런저런 이야기를 나누었다. 그는 10년 전에 세종기지에 갔었다고 했다. 40세였다고. 월동을 마치고 집에 돌아간 후 라오스 여행을 떠나기 직전에 장염과 감기에 걸리는 바람에 여행을 취소할 수밖에 없었다고 했다. 어쨌든 중요한 것은 "월동을 마치고 나면 면역력이 떨어져 조심해야 한다"는 것. 나는 "알겠다"고 대답하고 방에 들어가자마자 흰색 집업 재킷과 후드 조끼를 입고, 챙 모자와 선글라스를 쓰고 밖으로 나갔다.

1층 프런트에 가서 "환전을 어디서 하는지" 물었더니 직원은 호텔을 나가서 우측 큰길 따라 3분 정도 걸어가면 나온다고 했다. 호텔 문을 열고 나가 오른쪽으로 꺾으니 도로 사이에 공원이 있었다. 공원 산책로를

★ 아군사(Agunsa, Agencias Universales SA): 남미 물류 회사. 남극 세종기지 물류 수송을 지원하고 있다.

★★ 아라온호: 우리나라 최초의 쇄빙 연구선. 남극과 북극에서 독자적인 연구를 수행하고, 남북극 기지에 물품을 보급하고 인원을 수송하기 위해 건조되었다.

걷다가 인도를 걷다가 하면서 환전소를 찾았지만 한참을 걸어도 보이지 않았다. 건물 주차관리인에게 물으니 조금 더 가라고 알려주었다. 결국 환전소를 찾아냈다. 직원은 나이가 있고 친절해 보였다. 나에게서 100불을 받고, 페소 한 묶음을 건네주었다. 돈도 생겼고 배도 고파서 레스토랑을 찾아 이리저리 헤맸다. 그러다가 근사한 곳을 발견했다. 유리창 안에서는 검정색 티셔츠를 입은 직원들이 바삐 움직이고 있었고, 테이블은 손님들로 가득했다. 두툼한 문을 열고 들어가 직원이 건넨 메뉴판을 들여다보다가 파스타와 양고기스테이크를 포장해 달라고 했다. 그가 "20분 기다려야 한다"고 하길래 "밖에서 기다리겠다"고 말하고 건물 앞 벤치에 앉았다. 조금 있다가 직원이 나를 불렀고, 나는 음식이 담긴 봉투를 들고 호텔로 돌아왔다. 최에게 "식사를 하셨냐"고 물으니 "토요일이라 호텔 식당도 운영을 안 하고 너무 바빠서 굶고 있다"고 답을 하기에 파스타를 건네주었다. 그는 내가 아니었으면 종일 굶을 뻔했다고 하며 고마워했다.

2

자는 동안 얼마나 행복했는지 모른다. 호텔 앞 도로를 달리는 오토바이와 자동차 소리, 엘리베이터를 타고 내리는 사람들의 목소리와 캐리어 바퀴 소리에 여러 번 잠에서 깼지만 그 소리마저 반가웠다. 아침 7시에 일어나자마자 후다닥 옷을 갈아입고 밖으로 나갔다.

어제 걸었던 길로 갔다. 빗방울이 약하게 떨어지다가 곧 멈췄다. 공원 중앙에 서 있는 동상은 새벽의 찬 기운을 여전히 머금고 있는 듯했다. 새들의 지저귐이 인적 드문 도심을 환하게 만들었다. 여기가, 내가 딛고 있는 이 땅이 바로 1년 전 아라온호에서 바라보았던 곳, 경사진 언덕길과 초록 수목이 가득했던 곳, 주택 창문으로 따뜻한 불빛이 흘러나오던 곳, 차들이 구불구불 해안 도로를 달리던 곳, 배에서 내려 길모퉁이 펍에서 맥주와 커피 한 잔 마시고 싶었던 그곳이다. 나는 그때 보았던 곳들을 찾아가보자 생각하며 걸었다.

길을 따라 단층 건물 혹은 이삼 층짜리 주택이 늘어서 있었다. 이층 테라스에 꽃이 만발한 화분 몇 개를 촘촘히 세워둔 집도 있었다. 경사가 제법 가파른 길 중앙에 넓은 공원이 있었고, 공원 가운데 구불구불 자전거 길이 있었다. 언덕 꼭대기에 이르니, 멀리 지대가 낮은 곳에 마을이 펼쳐져 있었다. 그곳은 강렬한 태양 빛을 받아 눈이 부실 정도로 환했다. 그쪽으로 더 내려가지 않고 뒤로 돌아서 항구로 향했다. 부두 초입에 시계탑과 고래 꼬리 모양 조형물, 기념품 가게가 있었다. 철문이 닫혀 있어 부두 안으로 들어가지는 못하고, 우리 배가 정박해 있었던 곳을 바라보기만 했다.

호텔로 돌아가는 길에 '오늘도 음식을 포장해 가자' 생각하고 어제 갔던 레스토랑을 30분 넘게 찾았지만 이상하리만치 눈에 띄지 않았다. 환전소에서 다시 출발해보자 생각하고 그쪽으로 향했다. 주말이라 문이 닫힌 환전소에서부터 천천히 기억을 되짚으면서 발걸음을 옮겼는데도 역시나 눈에 띄지 않았다. 그러다가 우연히 바다 쪽으로 시선을 던졌는데 보도블록 위 벤치가 눈에 들어왔다. 가까이 가보니 과연 그곳에 넓은 창문과 두툼한 오크색 나무문이 있었다. 하지만 문은 닫혔고, 유리창 안은 컴컴했다. 오픈 시간을 안내하는 표시도 없었다. 시간을 보니 10시가 넘었다. 호텔에 가면 혹시라도 아침 식사를 할 수 있을까 싶어 서둘러 걸어 호텔에 도착했다. 프런트에 물으니 과연 "조식이 포함되어 있고, 지금 식사가 가능하다"고 했다. 안도하며 식당으로 들어갔고, 커피 두 잔을 연달아 마시면서 빵 두 개, 햄, 치즈, 요플레를 먹었다.

오후에는 최와 박물관에 가기로 했다. 어제와 오늘, 내가 호텔에 머물지 않고 밖에 나가 걷고, 나무, 새소리, 꽃, 풀, 사람들을 즐기며 행복해하는 것을 보고는 그가 제안한 것이다. 그는 "밖으로 나가기는 하지만, 코로나 검사를 하지 않은 상태이기 때문에 아주 주의해야 한다"고 했고, 나는 감사하다고, 최대한 조심하겠다고 했다.

박물관은 오픈 전이었다. 우리는 나중에 다시 오기로 하고 공원묘지로 향했다. 너무나 평온하고 아름다운 곳이었다. 잘 다듬어진 향나무와 빽빽한 나무 사이로 쭉 뻗은 길. 화려하고 커다란 묘에서부터 네 개의 층으로 촘촘히 붙어 있는 작은 묘까지. 조용하고 인저이 드문 그곳을 우리는 천천히 산책했다. 시간이 많이 남아서 묘지 근처 쇼핑몰로 향했다. 나는 그곳에서 초콜릿 한 개와 빵 두 개를 샀다. 어느덧 오픈 시간이 다가와 다시 박물관을 향해 걸었다. 빗방울이 조금씩 떨어지면서 바람도 제법 불었다. 박물관을 한 시간 정도 둘러보았다. 이곳 원주민의 역사와 석유 발견의 역사, 육상 동물과 해양 동물의 박제 모형이 전시되어 있었다. 호텔로 돌아오는 길에 마트에서 와인 한 팩과 사과를 샀다. 호텔에 돌아와 와인을 한 잔 마시며 긴 여정의 피로를 풀었다.

3

아침 8시, 최로부터 "코로나 검사를 하러 의료진이 도착했다"는 카톡이 왔다. 곧 방문 밖이 시끌시끌했고, 문을 여니 나이가 지긋하신 분이 방호복을 입고 서 있었다. 그는 손에 작은 플라스틱 상자를 들고 있었고, "방으로 들어가도 되냐"고 물었다. 내가 들어오라고 대답하니 그는 신발을 신은 채 들어오려고 했다. 내가 실내화를 권하자 그는 "문 앞에서 검사하겠다"고 했다. 나는 의자를 끌어다가 앉았고, 그는 내 코에 검사 키트를 쑥 넣어 마구 돌린 후 꺼냈다. 최는 사진을 남겨야 한다며 그 모습을 찍었다. 그가 검체를 상자에 넣고 돌아가자마자 나는 방을 정돈한 후 식당으로 내려갔다.

창가에 위치한 식탁 위에 햇빛이 밝게 비치고 있었다. 어제처럼 모닝빵과 구운 식빵, 둥근 햄과 넓적한 사각 햄을 접시에 담고 흰 모차렐라 치즈를 담았다. 커피 한 잔을 뽑았다. 빵을 뜯어 둥근 햄을 올린 후 그 위에 치즈를 얹어 한두 입 먹고 있을 때 최가 내려왔다. 그는 스크램블드에그와 햄과 치즈를 가져왔고, 다시 가서 주스와 빵을 챙겨 왔다. 우리는 34차대 출국과 코로나에 관한 이야기를 나누었고, 그는 이메일을 보내야 한다면서 올라갔다. 커피 한 잔을 더 마셨다. 오늘은 어떤 하루를 보낼까 생각하면서. 방으로 올라가자마자 큰 짐을 정리한 후 창문 밖을 내다보았다. 햇빛은 아주 좋은데 바람이 심했다. 바다를 바라보니 큰 파도가 해안에 부서졌다. 구름은 빠르게 흘러가며 바다 위에 검은 그림자를 드리웠다.

정문을 나서니 최가 호텔 왼쪽 담벼락에서 담배를 피우고 있었다. 잠시 서서 그가 건넨 담배 한 대 피운 후 그에게 인사를 하고 늘 걷던 방향으로 향했다. 호텔 오른쪽 공원 길을 걸어 위로 쭉 올라간 후, 깃발이 펄럭이는 연노랑 건물 앞에서 왼쪽으로 방향을 돌렸다. 조금 걷다가 오른쪽으로 가니, 사거리에 공사 중인 광장이 나왔다. 그리고 길 건너편에 성당이 있었다. 공사 가림막을 지나 성당을 사진에 담고 길을 건너가 성당 문 앞에 이르러 거기에 표시된 시간을 보았다. 예배는 10시이고, 이제 곧 10시였다. 성당에 들어가보고 싶어 문 앞에서 기웃거리고 있는데, 한 남자가 들어가려고 문을 열고 있었다. 그에게 "나도 들어가서 좀 봐도 되겠냐" 물었더니 그런 건 일도 아니고 허락도 필요 없다는 표정을 지었다.

성당 문을 열고 들어간 후, 손을 소독하고 체온을 쟀다. 정중앙에서 오른쪽 제일 뒷자리에 앉았다. 10시가 되니 수녀 세 분이 내 뒤 누군가의 무덤에 차례대로 들른 후 내 오른쪽 옆에 섰다. 제단에 불이 밝혀지고 종이 울리자 차례로 중앙을 가로질러 앞으로 나아갔다. 노래가 울려 퍼지고 신부가 나타나 송가를 불렀다. 모두 자리에서 일어나 성호를 긋고 나서 수녀가 선창하는 암송을 따라 했다. 그리고 모두 자리에 앉았다. 나는 더 오래 머물 수가 없어 곧 자리에서 일어나 밖으로 나왔다.

바람이 거셌다. 바다 쪽을 향해 걷다가 호텔로 돌아왔다. 어찌나 바람이 센지 도망치듯 호텔 출입문을 열고 뛰어들어갔다. 방에 올라가니 청소가 되어 있지 않아 프런트에 청소를 요청하고 노트북만 꺼내 식당으로 내려갔다. 이메일을 확인하니 아직 코로나 검사 결과가 도착하지 않았다.

정오가 되자 드디어 이메일이 왔다. 코로나 결과는 음성이었다. 요 며칠 호텔에 머물면서 조심해야 했는데, 15개월 만에 만난 문명의 유혹에 이곳저곳 다녔기 때문에 은근히 걱정을 했었다. 최가 출력해준 결과지를 가방에 잘 챙겨 넣었다. 귀국 비행기에 오르기 위해 여권 다음으로 중요한 서류이기 때문이었다.

식당 안쪽 칸막이가 있는 방에서 어제 산 와인 한 잔, 레스토랑에서 주문한 흑맥주 한 병을 마셨다. 『인간적인 너무나 인간적인』을 읽으려 했지만, 취기가 오르니 눈에 들어오지 않았다. 더 마시고 싶었지만 참았다. 최와 점심 식사를 하러 밖으로 나가기로 했기 때문이다.

점심을 먹으러 간 곳은 아침에 산책할 때 들렀던 성당 인근 중국집인데 홀이 아주 넓었다. 빈자리가 없었는데 마침 한 자리가 비었고, 우리는 자리를 잡았다. 나는 국수 위에 치킨이 올라간 음식을 주문했고, 최는 밥 위에 매콤한 치킨이 두 덩이리 올라간 것을 주문했다. 아쉬운 감이 있어 달걀프라이 두 개를 추가했다. 오늘 점심은 최가 사겠다고 했다. 30분 기다리니 음식이 나왔다. 내 것은 주문 그대로 나왔는데 그의 것은 치킨만 네 덩어리가 나왔다. 주문을 받았던 직원이 미안하다며 밥을 가져다주었는데, 잘못 서비스한 음식이 더 비싼 거라면서 음식값은 주문한 음식 금액으로 받겠다고 했다. 그 덕에 나도 국수에 들어 있는 치킨 말고도 한 덩어리를 더 먹을 수 있었다.

식사를 하고 나서 그가 '푼타 맛집' 아이스크림 가게를 소개해주겠다고 했고, 우리는 그곳으로 향했다. 유명한 집답게 사람들이 길게 줄을 서 있었다. 우리도 줄을 섰다. 우리 앞에는 분홍색과 보라색 장식이 반짝거리는 모자를 쓴 청소년 여학생과 분홍색 가방을 멘 조금 더 어린 여자아이가 있었다. 둘은 그들의 아빠로 보이는 남성과 밝은 표정으로 이야기를 나누고 있었다. 조금 있다가 매장에서 나오는 그들 손에는 콘이

각각 서너 개씩 들려 있었다. 우리 차례가 되었고, 나는 바닐라를, 그는 망고 요구르트 더블컵을 주문했다. 식사 대접에 대한 감사의 뜻으로 계산은 내가 했다.

호텔로 돌아와 짐을 정리하면서 욕조에 물을 받았다. 비행기를 타면 만 이틀 이상은 씻지 못할 것이기 때문에 이렇게라도 해야 견딜 수 있을 것이었다. 짐에서 요가 매트, 검은색 작은 폼 롤러, 마사지 볼을 뺐다. 장화도 뺐다. 참치도, 보디로션도 뺐다. 핸드폰과 노트북을 충전했고, 카드 해외 사용 승인을 확인했다.

4

짐을 다 꾸렸다. 최가 내 방으로 왔고, 그는 내가 두고 가는 물건을 챙기기로 했다. 남은 페소를 그에게 건네자 "가는 길에 쓸 일이 있을 거라"고 말하며 그는 거절했다. 나는 여분의 담배가 있냐고 물었고, 그가 반 갑 남은 말보로를 내게 주었다. 남극을 떠날 때 입었던 원피스 작업복이 부피가 커서 버리고 가려고 했더니 그가 챙겨서 나중에 한국에서 건네주겠다고 했다. 곰곰 생각해보니 캐리어에서 뺀 짐이 많아서 잘하면 들어갈 것 같았다. 역시나 옷을 밀어 넣으니 옷 속의 공기가 꺼지면서 잘 들어갔다.

비행기 탑승 시간은 새벽 3시 반이었고, 우리는 자정이 조금 넘어 공항을 향해 출발했다. 20분 후에 공항에 도착했고, 밴의 기사는 떠났다. 우리는 담배를 한 대씩 피웠다. 그가 내게 준 담배였다. 그는 "긴 비행 전의 마지막 담배일지도 모른다"고 말하며 웃었다. '이제 집으로 돌아가는

구나!' 하는 감회가 밀려들면서도 이 작은 도시를, 마젤란해협을 끼고 있는 도시를, 아라온호에서 2박 3일 정박하며 마음속으로 그렸던 도시를, 지난 3일 동안 걸으며 행복해했던 도시를 떠난다는 생각에 깊은 아쉬움이 밀려들었다.

그와 헤어진 후 체크인을 했다. 1번 게이트 옆 카페에서 커피 한 잔을 주문하니, 직원은 "Hola!(안녕!)" 인사를 하며 웃음 띤 얼굴로 커피를 건네주었다. 영어 몇 마디를 그녀에게 던졌지만 그녀는 그저 밝게 미소만 지을 뿐이었다. 탑승 안내 방송이 울렸다. 나는 마시던 컵을 휴지통에 넣고, 백팩을 멘 후 마스크를 고쳐 쓰고 게이트를 빠져나갔다. 계단을 밟고 내려가 비행기가 있는 곳까지 짧은 구간을 걸은 다음 계단을 밟고 한 발 한 발 올랐다. 좌석에 앉아 창문 밖을 내다보았다. 어두운 새벽, 나는 도둑처럼 민첩하게 움직이며 잠들어 있는 이 도시를 빠져나간다. 안녕, 푼타아레나스!

귀국

2021년 12월 6~8일

1

✈️ 네덜란드항공 KLM 0704, 좌석 34E

칠레의 수도 산티아고에 도착해 세종기지 통신 대원과 최에게 잘 도착했다는 톡을 보냈다. 짐을 찾아 국제선 청사로 이동해 항공 수속을 마친 후 탑승구 앞에 앉았다. 암스테르담까지는 12,699킬로미터, 파라과이, 브라질, 대서양, 영국해협을 거치는 경로다. 탑승구에서 기다리는 동안 세종기지에서 읽다가 다 끝내지 못하고 들고 온 『인간적인 너무나 인간적인』을 읽었다.

비행기가 이륙하고 나서 얼마 지나지 않아 나는 뒤쪽 갤리로 가서 물을 한 잔 요청했다. 좌석이 중앙 네 자리 중에서 안쪽이라 답답했다. 좌석으로 돌아오지 않고 서서 물을 마시는데, 노년의 신사 한 분이 다가왔다. 그는 내게 어디서 왔냐고 물었다. 나는 한국인이고, 남극에서 1년을 지내다가 집으로 돌아가는 길이라고 했다. 나도 그에게 물었다, 어디에 가냐고. 그는 제네바에 간다고 했다. 집은 산티아고인데, 딸이 2년 전부터 제네바에 산다고, 1년에 한 번 딸을 보러 간다고 했다. 그가 다시 물었다. "한국에서 남쪽인지, 북쪽인지." 나는 남쪽이라고 대답을 해주었지만 그는 묻기만 했지, 크게 관심이 있는 것 같지는 않았다. 그는 칠레가 살기 좋은 나라라고 했다. 나는 "언젠가는 푼타아레나스에서 살아봐야지 생각했다"고 말했다.

점심 식사 때 화이트와인을 한 잔 마셨다. 12.5도의 와인인데, 케이프라는 이름의 아프리카산 와인이었다. 맛이 너무 좋아서 화장실에 갔다가 갤리에 가서 와인 한 잔 더 달라고 하니, 승무원은 "자리에서 마셔야 한다"면서 거절했다. '조금 있다 자리에 돌아간 후에 다시 요청해야지' 생각하고, 좀 더 서 있었다. 승객은 정말 많았다. 빈자리가 없었다. 화장실은 아주 깨끗했다. 이 비행기 안에서 가장 깨끗한 공간이었다.

새벽부터 얼마나 긴 하루였는지 모른다. 어제 저녁 식사를 하고 두 시간 잠을 잔 것이 휴식의 전부였다. 알마그로호텔에서 나와 공항으로, 푼타아레나스에서 산티아고로, 그리고 드디어 암스테르담을 향한 여정에 오른 것이다. 암스테르담은 20년 전, 런던에서 출발하는 버스로 새벽에 도착했던 곳, 버스 옆자리에 앉았던 일본인 고등학생과 함께 어두컴컴한 새벽에 숙소를 찾아 헤매던 곳, 운하를 낀 레스토랑 테라스에서 혼자 하이네켄 생맥주를 마시던 곳이었다. 이번엔 비록 환승만 하는 것에 불과하지만, 그래도 나는 암스테르담에 가는 것이다.

유로 와이파이 한 시간을 신청했다. 가족 대화방에 소식을 올리고, 세종기지 통신 대원, 35차 의료 대원과 카톡을 주고받았다. 간식으로 치즈빵을 주기에 와인을 한 잔 달라고 했다. 이런저런 이유로 와인을 계속 마셨다. 이제 5시간 후에는 암스테르담에 도착하고, 9시간을 공항에서 기다려야 한다. 긴 시간 동안 뭘 해야 할까?

2

🛫 루프트한자 Lufthansa 0993, 좌석 4F

암스테르담 스히폴공항에 도착해 환승장 쪽 검색대를 통과했는데도 환승 체크인 카운터가 나타나지 않았다. 잠시 가방을 세워두고 모니터를 확인하러 가니 공항 직원이 큰 목소리로 나를 불렀다. 그녀는 나에게 "짐을 잃어버릴 수도 있으니 짐 옆에 붙어 있으라"고 말했다. 아직 체크인 카운터를 찾지는 못했지만 시간이 충분해 일단 편하게 쉴 장소를 찾았다. 계류장이 내려다보이는 유리창 가까운 곳에 눕는 의자가 일렬로 늘어서 있었다. 나는 화이트와인 하나와 BiFi 스낵팩을 산 후 의자에 앉아 다리를 쭉 뻗고 창밖을 바라보며 와인을 홀짝였다.

두어 시간 잤을까. 아무리 둘러봐도 체크인 카운터가 없었다. 루프트한자 앱을 다운받아 항공 정보를 확인했다. 한 시간 더 쉬다가 이동할까 하다가 바로 일어나 여기저기 둘러보았다. 어떤 창구도, 키오스크도 없었다. 뭔가 잘못된 게 분명했다. 물어볼 사람을 찾으니 승객들만 띄엄띄엄 걸어가고 있을 뿐이었다. 결국 직원인 듯 아닌 듯 보이는 남성에게 내 상황을 설명하니, 그는 "일단 네덜란드에 입국을 하고 나서 다시 출국 수속을 해야 한다"고 알려주었다. 가슴이 철렁했다. 어쨌든 다행이었다. 긴 시간을 어떻게 보내야 하나 걱정했었는데, 예상치 못한 일로 지루할 뻔한 시간이 줄었다.

네덜란드에 입국하고 캐리어를 찾은 후에 루프트한자 카운터에서 출국 수속을 했다. 탑승구 앞 펍에서 여유 있게 맥주 한 잔을 마셨다. 이제 독일로 넘어간다. 이번에 만난 네덜란드는 공항에서 마주친 사람, 공간 일부, 와인, 소시지, 그리고 하이네켄 한 잔이 전부였지만, 이 만남 또한 나에게 짙고 깊고 소중한 추억으로 남을 것이다.

3

루프트한자 0712, 좌석 033H

인천에 가는 탑승구 앞 창구에서 비즈니스 클래스를 '특별 세일' 한다기에 900유로를 내고 업그레이드했다. 그간 고생한 나에 대한 선물이라 생각하기로 했다.

비행기 이륙 전, 조그만 잔에 와인 한 잔을 마시고, 이륙한 후에 조금 더 큰 잔에 마셨다. 난기류 때문에 기체가 흔들리는 동안 책을 덮고 졸았다. 승무원이 "메뉴판에서 식사를 고르라"고 깨우는 바람에 이것저것 골랐고, 곧 식사가 나오기 시작했다. 애피타이저로 버섯 요리가 나왔는데 두 개의 버섯 사이에 크림치즈가 있었고, 치즈를 먹어보니 새콤한 과일 맛이 났다. 네모난 빵 한 덩어리와 버터가 나왔다. 메인 요리는 거위스테이크에 고로케와 진한 붉은색 채소절임이었다. 후식은 치즈케이크, 그리고 마지막으로 커피. 승무원이 와서는 서류 세 장을 주었다. '이 자료를 최에게 보내면 나머지 대원들이 입국할 때 도움이 되겠다'는 생각이 들어 사진을 찍어두었다.

승무원이 아침 식사를 가져다주었다. 메뉴 두 개 중 하나를 선택하라고 했었는데, 나는 맛없는 걸 고른 듯했다. 식사를 하며 내가 돌아가야 할 집을 생각했다. 내가 생각한 것 이상으로 힘든 상황일까 봐 마음이 답답해지면서 속이 불편해졌다. 승무원이 다가오더니 "전달해야 할 정보가 있다"면서 "환승을 하느냐"고 물었다. 나는 하지 않는다고 답했다. 그녀는 "스테이션에서 내가 1번으로 내려야 한다고 했다"고 말했다. 그녀가 돌아가고 나서 곰곰 생각했다. 어차피 비지니스석이라 가장 먼저 내릴 텐데, 왜 굳이 1번으로 내리라고 하지? 이유는 모르지만 가장 먼저 내리라고 하니 우쭐한 마음이 들기도 했고, 한편으로는 의아했다. 조금 있다가 남자 승무원이 오더니 '그 정보'를 한 번 더 전달해주었다. 그도 궁금했는지 내가 묻지도 않았는데 말했다.

"I don't know why(저도 왜 그런지 모르겠네요)."

Ⅰ부

남극 이전 : 뜨거웠던 날들

다음 주 금요일에는 모두와 헤어진다. 마음에 남는 후회, 아쉬
움을 다 떨쳐내고 나의 탐험의 길, 개척의 길을 떠나는 것이다.
"돌아보지 말지어다. 앞으로 나아갈지니. 어느새 2022년 1월
을 맞이할 것이고, 나는 멀쩡히 건강하게 돌아오리라."
"자유로워지라. 벗어버리라. 뻔뻔해지라. 맡기라. 벗어나라. 더
이상 마음을 졸이지 말라. 자연스럽게 해결되도록 시간을 가
지라. 내가 원한다고 시간이 당겨지거나 뒤로 밀리는 것은 아
닐 터이니, 조용히 기다리라. 때가 되면 완성될 것이다. 이제
나의 길을 가면서 할 일들이 있으니, 그 일에 집중하고 그것에
서 결실을 맺으라."

— 본문 '하직 인사' 중에서 —

면접

2020년 8월 12일

1

길병원 뇌과학연구소에서 면접이 있었다. 분홍색 폴로셔츠와 흰 바지, 네이비색 구두를 신고 차를 몰고 길병원 주차장에 도착했다. 건물로 연결된 입구에서 병원 직원이 체온 측정을 했다. 고막 37.5도, 이마 37.2도였다. 셔츠 칼라를 열고 땀을 식히고 나니 목 체온 36.5도가 나와 무사히 통과했다. 복도를 따라가다가 자동문으로 들어가 건물 안에 잠시 앉아 있었다. 문득 이곳이 맞는지 확신이 들지 않아 체온을 재던 직원에게 다시 가서 물어보았다. 그는 나를 엘리베이터까지 안내해주었고, 5층 회의실로 가는 방법을 친절히 알려주었다.

회의실에 잠시 앉아 있노라니, 경상도 사투리를 쓰는 남성이 들어왔다. 쌍꺼풀이 진하고 인상이 좋았다. 그는 전문의를 따고 개원의로 일하다가 올해 6월에 의원을 접었다고 했다. 잠시 쉬는 동안 남극에 지원해보자는 생각을 했다고 말했다. 우리 둘은 장소를 옮겨 면접장 밖 대기실에 앉았다. 우리를 안내했던 직원과 몇 마디 주고받았는데, 그는 "남극 기지에 배를 타고 30일 정도 갈 것"이라고 했다.* 보통은 세종기지까지 비행기를 타고 만 5일이면 도착하는데, 이번에는 코로나 때문에 국경 통제가 강화되어 배로 간다고 했다. 또한 출발 전 2주 자가 격리를 해야 한다는 정보도 주었다. 새로운 소식들에 좀 놀라긴 했지만 배를 타고 가는 여정도 꽤나 흥미진진하겠다는 생각이 들었다.

그가 먼저 면접장에 들어갔다. 그동안 나는 직원에게 "면접관은 몇 명인지, 누구인지, 파견 기간은 언제부터 언제까지인지, 응급구조사도 함께 가는지, 세종기지에 가기로 했던 의사가 왜 포기했는지" 등을 물었다. 그는 "면접관은 세 명이며 길병원 응급센터장님, 그리고 이번 남극 기지 대장님 두 분이다, 9월이나 10월에 훈련을 받고, 자가 격리를 한 후에 12월에 출발할 것 같고, 돌아오는 것은 다다음 해 초일 것이다, 응급구조사는 안 간다, 올해 초에 가기로 했던 의료진은 열의가 있었지만 주변에 급한 사정이 생겼다"고 대답했다. 대화를 나누는 동안에는 괜찮더니 잠시 침묵이 이어지자 가슴이 두근거렸다.

'난 면접을 보러 온 거야.'

★ 장보고기지까지는 30일이 걸렸고, 세종기지까지는 76일이 걸렸다. 직원은 뭔가 착각했는지 30일이 걸린다고 말했다.

30분 후, 그가 면접을 마치고 나왔다. 내게 "면접관들이 배를 30일 타는 것에 대해 많이 걱정하고 있다"는 힌트를 주었다. 나는 속으로 만약 그들이 그것에 대해 물어본다면, 내가 그것을 꽤나 긍정적으로 받아들이고 있음을 확실히 각인시키자 마음을 먹었다.

2

내 차례가 되었다. 문을 열고 들어가 테이블 앞 의자에 앉았다. 왼쪽에는 센터장님, 오른쪽에는 대장님 두 분이 계셨다. 센터장님이 인사를 한 후 두 대장님을 소개해주셨다. 그리고 나에게 자기소개를 하고 지원 동기를 말해 달라고 하셨다.

"응급의학과 전문의입니다. 남극 기지에 의료진을 파견한다는 내용을 알고 있었습니다. 언젠가는 갈 것에 대비하여 마음의 준비를 해왔는데, 올해가 적절한 때라 생각했습니다. 제가 해볼 수 있는 도전이라 생각해서 지원하게 되었습니다."

그는 직장을 그만두는 것은 문제가 없는지, 자녀가 있는지, 있다면 두고 가는 것에 문제가 없는지 물으셨다.

"직장에는 미리 이야기를 해서 다음 근무자를 채용하도록 하면 됩니다. 두 자녀가 있고, 모두 중학생입니다. 그동안 제가 해외에 나갈 때마다 아이들이 자신의 일을 잘해주었습니다. 이번에도 그럴 것이라 생각합니다. 저는 자녀들이 도전하는 삶을 살고, 모험심이 있기를 바랍니다. 그러기 위해서는 제가 먼저 그런 삶을 살아야 한다고 생각합니다."

그는 30일 동안 배를 타고 가야 하는데 괜찮겠냐, 남극에서는 소수의 사람들이 좁은 공간 안에서 서로 부대끼며 살아야 하는데 그런 환경을 극복할 수 있겠냐, 지루한 시간을 잘 극복할 수 있겠냐 물으셨다.

"오히려 배를 탄다고 했을 때 호기심에 가슴이 벅찼습니다. 새로운 경험을 하게 되어 좋습니다. 대원들과의 관계에서는 적어도 해를 주거나 우울감을 전달하는 사람이 되지 않도록 스스로를 건강하게 만들겠습니다. 지루한 것도 괜찮습니다. 그런 시간은 지금도 잘 활용하면서 살고 있습니다. 운동, 독서만 해도 충분합니다."

그의 질문이 이어졌다. 세종기지에 가게 되면 의사로서의 일은 많지 않을 수도 있다, 주방에서 음식을 하거나 도와줘야 할 일이 있을 텐데 괜찮겠는가도 물으셨다.

"저는 좋습니다. 제가 추구하는 삶은 멀티플레이어의 삶입니다. 전 헤어커트도 할 수 있습니다."

센터장님은 내게 대장님들께 궁금한 것이 있으면 질문을 하라고 하셨다. 두 분을 모두 바라보며 질문을 던졌다.

"남극에서 일어나는 가장 큰 마찰이 무엇인지 궁금합니다."

대장님 중 한 분이 대답하셨다.

"사람들이 모여 있다 보니, 사람과의 갈등 문제가 가장 큽니다. 물론 이유는 아주 사소합니다. 심지어 음식 가지고도 갈등을 일으킵니다."

질문을 이어갔다.

"대원들은 보통 무료한 시간을 어떤 방식으로 이겨내는지요?"

"운동을 하거나 독서를 하거나 가끔 모여 술을 마시기도 합니다. 술을 좋아합니까?"

"원래 좋아하는데, 최근에 운동하느라 잠시 끊었습니다. 그래도 좋아하는 것은 맞습니다."

"일주일에 대원 한 명당 소주 반병이 배당됩니다. 가끔 모여 마실 일이 있습니다."

센터장님께 질문을 했다.

"실력이 좋은 응급의학과 의사들이 많고, 길병원에도 많을 텐데, 그들은 남극 의료진으로 지원을 많이 합니까?"

"관심은 많이 가지고 있습니다. 상황이 안 돼 가지 못하는 것입니다."

면접을 마친 후, 한 시간 정도 운전해 집에 돌아오면서, 내가 왜 그런 대답을 했는지 의아했다.

"전 헤어커트도 할 수 있습니다!"

잘 보이려고 그랬을까? 문방구 가위로 앞머리 몇 번 잘라본 게 다인데. 이미 쏟아진 물이었다. 헤어커트 세트 하나 사야겠다고 마음먹었다.

치과 수술

2020년 8월 12~13일

1

최치과에 갔다. 작년에 발생한 왼쪽 아래 송곳니 뿌리 쪽 염증이 올해 점점 커지더니 드디어 폭발했다. 2주 전 제주에 있을 때, 잇몸이 툭 튀어나오기에 '큰일이 생겼구나' 하고 생각했다. 지난주 치과에 가니 "염증이 커져 34번 치아까지 침범할 것 같다. 수술을 해야 한다"고 하시면서 임시 치료를 해주셨다. 결국 오늘 수술을 받기로 했다.

조금 일찍 병원에 도착하니 원장님은 큰 목소리로 누군가와 통화하고 계셨다. 약간 거친 어조여서 은근히 걱정이 되었다. '감정이 격해진 상태로 수술을 해도 괜찮을까?' 예약 시간이 되니 원장님이 머리를 빼꼼 내미셨다. 간호사가 나와서 접수를 한 다음 진료실로 안내해주었다. 의자 옆에 수술 도구들이 깔끔하게 준비된 것을 보니 안심이 되었다. 엑스레이를 찍고 자리에 누웠다. 얼굴에서 앞가슴까지 포가 켜켜이 덮였다. 원장님은 "아프면 고개를 움직이거나 손을 들어 올리거나 하지 말고 말로 아프다고 표현하라"고 하셨다. "알았다"고 대답하고는 눈을 감고 몸에서 기운을 쭉 뺐다. 원장님은 이를 가볍게 물고 입술에서 힘을 빼라고 하셨다. 잇몸을 째고, 살을 뒤집고, 잇몸을 꾹꾹 누르며 긁어내는 것이 느껴졌다. 처음에 잇몸을 누를 때에는 아래턱 전체가 밀리는 듯했다. 그렇게 한참 시간이 흘렀다. 기구가 닿는 곳에 통증이 느껴져 "으윽" 하고 소리를 냈다. 원장님은 "마취가 풀려가나 보네요, 이제 다 끝나갑니다"라고 담담한 목소리로 말씀하셨다. 이후로도 5분 정도 계속 긁어내시더니 "이제 봉합을 하겠다"고 하시면서 "일부는 봉합을 하지 않고 남겨놓는다"고도 하셨다.

살살 양치를 하고 일어나서 다시 엑스레이를 찍었다. 수술은 잘되었다고 하시며 몇 가지 주의 사항을 일러주셨다.

"20분 동안은 이를 꾹 물고 있고, 집에 돌아가면 얼음찜질을 하세요.

뜨거운 음식은 피하고, 부드러운 죽이 좋습니다. 무슨 문제가 있거든 전화번호를 드릴 테니 연락하세요. 많이 불편하면 내일 다시 오세요."

집에 돌아와 이불을 펴고 누웠다. 마취가 서서히 풀리면서 통증이 극도로 심해졌고, 뾰족한 것으로 긁히던 느낌이 되살아나면서 기분도 좋지 않았다. 아이들 음식을 신경 쓸 겨를도 없이 그저 누워 있었다. 남편이 퇴근해 처음에는 내가 왜 누워 있는지 모르더니 재원이에게 전해 듣고 말했다.

"엄마는 엄살을 부리지 않는데, 저렇게 아파하는 걸 보니 진짜 아픈가 보다."

원장님한테 전화가 왔지만 통증이 심해 받을 수 없었다. 늦은 저녁에 원장님께 전화를 걸었더니 문제가 있으면 꼭 알려 달라고 당부하셨다.

2

새벽에 약을 먹었어야 했는데 물만 마시고 다시 잠이 들었다. 아침에 거울을 보니 왼쪽 턱이 부어 얼굴에 변형이 왔다. 주걱턱이 된 것이다. 모양은 이래도 통증이 가라앉았기 때문에 원장님께 따로 전화를 하지는 않았다. 양치와 가글을 한 후 얼음찜질을 했다. '입속의 작은 치아 하나가 사람을 이렇게 만드는구나' 하는 생각이 들었다.

하루 종일 푹 끓인 삼계탕을 먹었다. 오후에 가방을 싸 들고 카페 '아티제'에 가서 아이스아메리카노를 주문하고는 — 뜨거운 음식은 먹지 말라 하셨기에 — 크세노폰의 『아나바시스』를 읽었다. 도중에 032로 시작되는 전화가 와서 받아보니 극지연구소였다. 최종 합격되었다는 전화였다!

과거 서귀포에 있을 때 지원서를 넣었지만 서류에서 떨어졌고, 그다음 해에는 면접 날짜를 맞추지 못해 탈락했다. 이번에는 서류 심사도 통과했고, 제대로 면접을 보았고, 합격했다. 나는 미소를 지었다. 그리고 나 자신에게 말했다.

"합격을 진심으로 축하해."

태풍 바비

2020년 8월 25~27일

1

아스타호텔 정문을 나서는데 비가 내렸다. 캐리어에서 우산을 꺼내 쓰고 빗속을 걸었다. H병원 정문에 도착해 계단을 올라가니 직원이 체온 측정을 했다. 그녀가 캐리어에 눈길을 던지며 물었다.

"어떻게 오셨나요?"

1년 하고도 반을 이곳에서 일했지만 나는 아직 직원들에게 낯설다. 그도 그럴 것이 행색을 여행객처럼 하고 다녔으니까. 거뭇한 피부, 소매 없는 분홍색 니트, 굽 높은 워커, 캐리어, 그리고 병원이 낯선 듯한 표정.

"응급의학과 과장입니다."

직원은 미안한 몸짓을 하며 나를 통과시켜주었지만 '왜 잘 모르겠지?' 하는 표정을 지었다.

3층 탈의실에서 옷을 갈아입는 동안 이마, 겨드랑이, 등에 땀이 맺혔다. 도망 나오듯 탈의실을 빠져나와 복도에서 시원한 에어컨 바람을 쐬었다. 문득 태풍 바비가 부지런히 제주를 향하고 있다는 소식이 떠올랐다. 태풍이 올라온다는 이야기를 듣자마자 다른 과장님과 당직을 바꾸려고 시도해보았지만 다른 분들도 사정이 어려웠다. 결국 태풍이라는 '자연의 힘'에 나의 계획을 맡겨야 했다. 그럼에도 바비에게 한마디 하고 싶었다.

"내 비행기만큼은 정시에 뜰 수 있도록 도와 다오."

📁 **내일 할 일**

- 비행기 내 좌석에 앉아 김포로 출발하기.
- 주민센터에 가서 기본증명서, 주민등록등본, 주민등록초본 떼기.
- 남극 파견 동의서 작성하기.
- 가족 동의서에 남편 사인 받기.
- 피티.

내일 김포행 항공편이 결항이 되었다는 문자를 받았다. 예상은 했지만 바퀴 한 번 안 굴려보고, 그것도 전날 문자를 보내다니. '태풍의 위력이 커서 보나 마나라는 뜻이겠지'라고 생각했다. 결국 다른 날에 남극월동 대원 신체검사를 받아야 했다. 내가 탈 항공편이 결항된 것은 난생처음이었다. 그동안 수도 없이 제주와 서울을 왔다 갔다 했는데 말이다. '자연 앞의 사람이란, 사람의 계획이란 부질없는 것이구나' 하는 생각이 들었다. 한 방에 몇 개의 스케줄에 날아가니 말이다. 낮에 다녀가신 환자 중 한 분이 태풍 때문에 항공권을 취소하고 일찌감치 3일 뒤로 다시 예약했다고 하셨는데, 선견지명이 있는 분임에 틀림없었다. 어쨌든 서울의 일들을 접고 하루 더 제주에 있게 되었으니, 내 할 일은 호텔의 좋은 침대에서 쉬고, 데이지레스토랑에서 맛있는 거 먹고, 사우나 하고, 운동하는 일밖에 없다. 참 고마운 바비.

2

강한 태풍을 몸소 체험했다. 병원에서 나와 호텔까지 걷는 5분 동안 신체의 위험을 느낄 정도였다. 순간순간 몰아치는 돌풍, 퍼붓는 비. 호텔 입구에서 옷과 우산의 물을 털고 데이지에 들어가 생강차를 마셨다. 창밖을 내다보니 비가 가로로 지나갔다. 리셉션에서 얼리체크인을 하고 방으로 들어갔다. 짐을 내려놓고 젖은 바지와 니트를 옷걸이에 걸어두었다. 우산은 욕실에 펼쳐두었다.

서울에 가면 할 일이 많았다. 며칠 동안 배송된 택배 열어보기. 내가 무엇을 주문했는지 잊을 정도로 요새 너무 많이 샀다. 오후에 정형외과에 가서 목덜미와 어깨에 도수 치료와 물리 치료 받기. 저녁에 피티. 방책장 정리. 걱정거리도 많다. H병원을 9월 중순에 그만두어야 할 텐데, 잘될까. 내일 파마를 하려고 하는데 마음에 안 들면 어쩌지? 재원이가 책을 많이 읽지 않고 너무 오래 컴퓨터를 하는 것도 마음에 걸렸다. 남극 파견 동의서 제출하기. 가족 동의서에 남편 사인 받기. 고민들을 어떻게 해결할 수 있을까. 일단 장 실장님이 다음 주에 새로운 응급의학과 과장 면접을 본다고 하셨으니 기다려볼 것. 파마는, 최근에 내가 엉망으로 머리카락을 잘라놔서 모양이 잘 나올지 모르겠지만 미용실 원장님 실력에 맡기는 수밖에 없다. 재원이와는 컴퓨터에 대해 진지하게 이야기를 나눠 봐야겠다. 동의서는 기한을 며칠 미뤄 달라고 이메일을 보냈다.

고민이라는 것은 무엇일까. 면밀히 따져보면 '사실적'인 것보다는 '심정적'인 내용이 많은 듯했다. 아직 다가오지 않은 일에 대해 지레짐작 걱정하는 것, 될 일인데도 안 될 일이라 가정하고 걱정하는 것, 어차피 안 될 일을 걱정하는 것. 그래도 걱정이 된다면 계속 적어보고, 점검하고, 해결책을 찾아보면서 하나씩 없애나가는 수밖에.

3

새벽 4시 반에 잠이 깨 뒤척이다가 한 시간 뒤 알람 소리에 일어났다. 옷을 갈아입고 2층 헬스사우나에 가서 러닝머신, 사이클링을 하고 사우나를 하고 올라오니 오전 7시 50분. 어제 운동도 못 하고 방 안에서 뒹굴며 갑갑했던 몸이 개운해졌다. 날씨도 괜찮아 보였다. 검색을 해보니 대한항공 11시 35분 출발 항공편은 예정대로였다. 여분으로 예약한 두 개의 항공편은 취소해도 될 것 같았다.

아침 식사는 뷔페였다. 내가 오늘 먹은 음식은 전복죽, 크래미마카로니 샐러드, 달걀프라이 두 개, 가지볶음, 연두부, 방울토마토, 견과 요구르트, 그리고 커피 두 잔이었다. 호텔방 창문 밖으로 비행기 이륙하는 소리가 들리기 시작했다. 오늘 아침 이른 항공편은 취소가 되었는데, 적절한 시간으로 예약을 잘 잡은 듯했다. 근무 후 이렇게 호텔에서 편히 쉰 적은 처음이었다.

남극으로 가는 길. 시간이 촉박하다. 집에서는 가족의 일원으로, 헬스장에서는 회원으로, 병원에서는 과장으로, 아파트에서는 주민으로 지내면서 필요한 준비를 해야 하니 말이다.

'서두르지 말자. 주어진 역할들을 잘해나가자. 틈틈이 사색하면서 남극에 가는 의미를 묻자. 무엇을 가져갈지만 생각하지 말고, 무엇을 두고 갈지도 고민하자'.

호라스튜디오에서 보디 프로필을 찍기로 했다. 피트니스 센터 이 팀장님과도 몇 장 같이 찍을 것이다. 올해 1월부터 지금까지 한결같은 열정으로 지도해주신 분, 내 몸에서 지방이 9킬로그램 빠져나가도록 격려해주신 분과의 추억이 될 것이다.

자, 서울로 향하자.

짐 꾸리기

2020년 9월 11일

짐을 다 꾸렸다. 컨테이너 짐 세 개, 아라온호 짐 두 개로 마무리되었다. 필요한 항목과 그렇지 않은 것, 그리고 필요하다면 얼마나 필요한지 등등 많은 생각과 계산을 했고, 드디어 완성된 것이다. 이것 이상 필요한 무언가가 있다 하더라도 이제는 책임을 져야 한다. 가져가지 않은 책임을. 그저 필요 없다 생각하면 될 뿐이다. 그리고 있는 것으로 살아내면 된다. 이제 각 상자에 라벨을 붙이고, 내용을 기재하고, 송장送狀에 항목을 기재할 것이고, 그것을 극지연구소에 가져다주면 된다.

내가 한 짓

2020년 9월 12일

어제 망친 일이 있다. 재원이가 지난번 정형외과에서 척추측만증 진단을 받고 어제 도수치료를 받기로 했는데, "치료를 안 받겠다"고 했다. 내가 가자고 설득하는 중에 남편이 끼어들었고, 남편이 침을 튀기면서 재원이에게 잔소리를 하기 시작한 것이다. 재원이는 최근에 말투가 달라지면서 상대방을 살살 놀리는 식으로 말하곤 했는데, 어제도 그런 말투로 말꼬리를 잡으면서 아빠의 화를 돋우었다. 남편의 임계점이 보였고, 재원이를 제어해야 했다.

"아빠한테 그게 무슨 말투야!"

이런 말로 시작이 되었다. 내 양쪽 손바닥이 재원이의 등, 머리, 엉덩이 할 것 없이 마구 후려치고 있었다. 재원이의 뺨을 후려쳤는데 재원이가 "악!" 소리를 냈다. 그 이후로도 몇 대 더 때렸다. 양팔을 굽혀 귀를 막고, 머리를 감싸 쥐고 있던 재원이는 그 자세 그대로 밖으로 뛰쳐나갔다. 순식간의 일이었다. 조금 있다가 현관문을 열고 문밖을 살폈다. 아무도 없고 비가 내리고 있었다.

두세 시간이 지나도 재원이는 돌아오지 않았다. '들어오겠지, 지가 그러고 나가 어쩌겠어' 하고 생각하고 있는데 현관문 두드리는 소리가 났다.

문을 열었다. 경찰복을 입은 두 명이 ― 물론, 경찰들이 ― 문 앞에 서 있었다. 한 분은 나이가 들고 키가 컸고, 한 분은 젊고 체격이 작았다. 두 경찰 틈새로 머리와 옷이 젖은 채 맨발로 서 있는 아들이 보였다. '피식' 헛웃음이 났다. 그들을 데리고 온 것은 내 아들이었다. 그들은 집 안으로 들어왔고, 우리는 거실에 앉아 이야기를 나누었다. 나는 상황을 설명했고, 그들은 "조만간 연락이 갈 것이다"라고 말하며 현관문을 열고 나갔다.

밤늦게 누군가 방문을 두드렸다. 문을 여니 재원이가 인상을 쓰고 문 앞에 서 있었다. 오른쪽 귀를 손바닥으로 누르고 있었다.

"엄마, 귀가 너무 아파."

내가 생각했던 것보다 상황이 좋지 않았다는 것을 비로소 깨달았다. '정말 아팠구나' 하고 생각하고 차에 태웠다. 여의도성모병원 주차장에 차를 대고 출입구에서 체온을 재고 응급실로 향했다.

"어떻게 오셨어요?"

젊은 전공의가 물었다. 나는 아들이 오른쪽 귀가 아프다고 해서 왔다고 대답했다.

"어떻게 다쳤나요?"

내가 귀를 때렸다고 했다. 전공의는 놀란 표정을 지었고, 몇 초 동안 침묵이 흘렀다.

"제가 경찰에 신고를 하려고 하는데 괜찮으실까요?"

'괜찮으실까요? 괜찮을 리가 없지요.'

"이미 경찰이 집에 다녀갔습니다."

그녀는 의심하는 표정을 지었다. 좋은 자세였다. 그러나 나도 진실한 사람이었다.

"저도 응급의학과 의사입니다. 조사 이미 받았습니다."

한 시간이 지났을까. 남자 직원이 재원이를 휠체어에 앉히고 나에게 따라오라고 했다. 엘리베이터를 타고 3층에 내려 어두컴컴한 복도를 걸었다. 그는 우리에게 "잠시 앉아 있으라"고 하더니 어디론가 가버렸다. 진료실 하나가 밝아지고, 여자 교수님이 아들 이름을 불렀다. 진찰을 하시더니 나를 불렀다. 그녀는 모니터에서 고막 사진 몇 장을 보여주며 말했다.

"고막이 파열되면서 안에 피가 고였습니다."

"……"

"3일 뒤로 예약해드릴 테니 다시 오세요. 너무 걱정하지 마세요. 약 잘 복용하면 좋아질 겁니다. 그날 오면 정밀 검사도 하겠습니다."

너무 걱정하지 마세요……. 내가 한 짓을 알 텐데도 그녀는 나를 위로했다.

제주와의 이별

2020년 9월 13, 15~17일

1

아이들을 데리고 서귀포에서 살기 시작한 것은 2017년 5월이었다. 딸은 중학교 2학년, 아들은 초등학교 5학년 때였다. 서귀포에 가자마자 딸은 덴마크 에프터스콜레efterskole로 떠났고, 1년 뒤 귀국하면서 "서귀포로 돌아가지 않고 서울에서 학교에 다니겠다"고 해서 여의도중학교 1학년으로 편입했다. 아들도 서귀포의 초등학교를 졸업하더니 서울에서 학교에 다니고 싶다고 했다. 아들은 서울에 있는 인문학 대안 학교인 '숲나'에 입학했다. 내 마음은 떠나고 싶지 않았고, 새로운 방법을 모색해야 했다. 공항이 있는 제주시에 있는 직장을 구했고, 서울과 제주를 오갔다. 제주 한 번 오면 두세 번의 당직을 섰고, 그사이 쉬는 날에는 호텔에 머물렀다. 병원 가까운 아스타호텔에 머물며 참 행복했다. 캐리어와 백팩을 방에 두고, 데이지에 가서 커피를 마시고, 식사를 하고, 책을 읽고, 또 날씨가 좋든 나쁘든 가벼운 복장으로 올레길을 걷던 그 시간들. 대여섯 시간을 밖에서 헤매다가 꾀죄죄한 모습으로 호텔로 돌아와 욕조에 몸을 담그고 깨끗한 모습으로 식사할 때의 그 기분이 얼마나 좋았는지 모른다. 가끔 생맥주를 마시기도 했다. 치과 수술을 하고 나서부터는 거의 마시지 않지만 말이다. 레스토랑 직원들은 내가 안심스테이크를 어떻게 주문하는지 잘 알고 있었다.

뜨거운 태양의 제주. 태풍과 비와 거친 파도와 바람의 제주. 한 달에 예닐곱 번, 적을 때는 두세 번 왕복하며 즐겼던 비행들. 대한항공 라운지에서 먹던 작은 머핀과 진한 커피. 이제 이 시간들이 내게서 사라지려 하고 있다. 내가 남극에 가서 가장 그리워할 것은 이곳에서의 추억이 아닐까. 나는 남극에 가서 괜찮을까. 잘 지낼 수 있을까. 적막한 기지 건물 안에 틀어박혀 차고 단조로운 색깔의 바다를 바라보며 괜찮을까. 태양이 금빛이 아니어도 아침을 반가워할 수 있을까.

◆

'까마귀 소리, 새소리가 없는 아침을 행복한 마음으로 맞이할 수 있을까?'

한동안 그리움에 몸부림칠지도 모르겠다. 나는 어떻게 적막함과 단조로움과 외로움을 극복할까. 그런 시간들을 보내는 동안 라틴어 교재가 위로가 될까? 저녁마다 모여서 이야기하는 시간들? 인간이기에 서로에게 상처가 되지 않으면 다행일 것이다. 에메랄드빛 빙벽이 위로가 될까. 멈춘 듯한 시간 속에서, 흑백 사진 같은 공간 속에서 뒤뚱거리는 까맣고 하얀 펭귄들이 위로가 될까?

'내가 떠나는 것이 과연 잘하는 일인가?'

나 스스로를 고독 속에 던져 넣고 있는지도 모르겠다. 지금껏 누린 것들이 얼마나 소중한지 한번 느껴보라고, 불만스럽게 살아가는 나에게 완전히 다른 세상을 체험해보라고, 그러고도 이곳이 정말 싫은지 한번 보라고 떠미는 것인지도 모르겠다. 나는 그 누구도 아닌 나 자신에게 떠밀려 이곳을 떠나는 것이다. 나는 나 자신을 무無에 던져 넣고자 의도하고 있는 것이다.

'제주에서의 생활도 무無와 대비되는 체험을 위해 해야 하는 것이었을까?'

데이지의 넓은 공간을 하나로 이어주는 음악. 물 한 잔, 커피 한 잔, 책, 나의 가방. 오른쪽 벽을 차지하고 있는 유리창 밖에는 자동차들이 지나가고 있다. 차를 모는 사람들은 유리창을 사이에 두고 나와 1~2초 짧게 만난 후에 사라진다. 그들이 나와 관계없는 사람들이기에, 차들이 마치 움직이는 배경처럼 느껴진다. 그러다가 그들 중 누군가가 차에서 내려 호텔 안으로 걸어 들어온다면, 그래서 나와 시선도 마주치고 말이라도 섞는다면, 무심한 배경이 비로소 '관계'가 되는 것이다. 커피가 미지근해졌다. 일기 예보에는 오늘 비가 온다고 했지만 해가 비치고 있다.

'이 시간들, 남은 시간들이 얼마나 소중한지 이제는 너무나도 잘 알고 있다.'

2

아침에 장 과장님과 교대를 한 후 외래 진료를 보았다. 지난 건강 검진에서 헬리코박터 양성이 나와 치료가 필요했기 때문이었다. 지금부터 일주일 동안 아침저녁으로 두 번 항생제와 위산 억제제를 복용한 후 4주 동안 위산 억제제를 계속 복용하고, 2주 휴지기를 가진 후 균 확인 검사를 해야 한다. 그렇다면 11월 3일에 재검을 해야 한다는 것인데, 그때는 이미 아라온호에서 지낼 때인 것이다. 결국 이번에 처방받은 항생제를 열심히 복용하는 수밖에 없다. 그 외에도 술을 마시지 말아야 한다. 술은 당분간, 아니 남극에서 돌아올 때까지는 금해야 한다. 아쉽기도 하고, 한

편으론 어쩔 수 없는 상황이 고맙기도 하다. 수년간 얼마나 술을 마셔댔는지 모르겠다. 최소한 1년 반은 금주를 하게 될 것이고, 남극의 임무를 마치고 돌아와 맥주 한잔 해야겠다고 생각했다.

저녁에 응급실 회식 장소로 갔다. 장 실장님, 과장님들, 내과 과장님 한 분, 간호사들과 응급구조사들이 모였다. 응급실이라는 공간에서 밤을 새우며 함께 일하던 그들과 긴 이야기를 나누었다. 호텔로 돌아와 휴식을 취하는데, 마음이 푸근해지는 느낌이었다. 나를 응원해주는 그들이 참 고마웠다!

3

335번 버스를 타고 삼양해수욕장에서 내렸다. 오전에는 비가 많이 왔는데 해수욕장에 도착했을 때는 빛이 찬란했다. 해수욕장 오른쪽 끝에 있는 현무암 위에 핸드폰 삼각대를 올렸다. 타이머를 맞춘 후 조금 떨어진 바위에 앉아 포즈를 취했다. 바다를 바라보는 포즈로 여러 번 찍어 멋진 사진을 건졌다. 해수욕장을 시작점으로 올레길 18코스의 나머지 구간을 걸었다. 길이 군데군데 진창이어서 신발이 지저분해졌지만 대부분의 길은 괜찮았고, 풍경도 근사했다. 시비코지에서 닭모루에 이르는, 왼쪽으로 바다를 낀 좁은 언덕길은 아름다웠다. 두 시간 동안 걸으면서 나는 많은 생각을 했다.

'제주 참 아름답다.'

'예전에 이 구간을 걸을 때에는 두 남자가 나를 추월해 앞질러 갔었지.'

'여기에서는 젊은 커플들을 많이 만났었어.'

'이 양 갈래 길에서 헤맨 적이 있었지.'

걷는 내내 제주를 떠난다는 아쉬운 마음이 들었다. 중간에 한 무리의 떠돌이 개를 만나 119에 구조 요청을 하기도 했다. 구조대원들이 내 위치를 찾지 못해 시간이 지체되고 있던 중에, 내가 한참 전 추월했던 부녀가 도착해 그들의 도움으로 무사히 그곳을 벗어날 수 있었다. 목에 두른 호텔 수건으로 콧잔등과 이마 그리고 턱에 맺히는 땀을 닦으며 걸었다. 조천만세동산에 도착해 201번 버스를 타고 호텔 근처에서 내렸다.

밖은 어둡고 오늘도 하루가 지나가고 있다. 호텔 창문 밖 거리를 내다본다. 사람들이 바쁘게 지나다니고, 차는 부지런히 달리고 있다. 자신의 하루를 살아내고 보금자리를 향하여 부지런히 움직인다. 소박하고 작은 공간에서의 휴식을 향해 마음이 움직인다. 따뜻한 밥에 맛깔스러운 반찬으로 저녁을 먹고 싶을 것이다. 다리를 테이블에 올리고 소파에 앉아 드라마를 보고 싶을 것이다. 책갈피 꽂아둔 페이지를 열고 어제 읽어나가던 소설의 다음 이야기를 기대하는 이도 있을 것이다. 저녁이 되면 이불을 펴고 몸을 뉘어 조용히 잠에 빠져들 것이다.

4

당직실 창밖은 캄캄하고 빗줄기가 창을 두드린다. 아스팔트 위 무거운 바퀴를 굴리며 달리는 버스, 간간이 들리는 행인들의 목소리. 빗소리가 아름답다. 어렸을 적 철원 외할머니 댁 마루에 앉아 있을 때 처마 밑으로 뚝뚝 떨어지던 빗줄기가 생각났다. 얼마나 고요한 시절이었는지. 귓가에 들리는 소리라고는 어른들이 도란도란 이야기를 나누는 소리, 내 또래 아이들의 밝고 명랑한 목소리, 개 짖는 소리. 난 지금 어린 시절의 정서에서 많이 벗어나 있지 않은 것 같다. 나는 고요함을 갈망한다. 빗소리가 가장 크게 들리는, 아니 빗소리만 들리는 고요함. 떨어지는 빗줄기를 한참 동안이나 바라볼 수 있는 집중. 그것이 가능한 고요함 말이다. 서두르지 않고 천천히 관찰할 수 있는 평온함. 난 그것을 어린 시절 경험한 것이다. 그래서 더욱 아름다운 추억이다. 아마도 나는 소란함으로부터 도망가고 싶었는지도 모르겠다. 큰 목소리, 휴대폰 벨 소리, 대중교통의 소음. 이것에 비하면 바람 소리, 파도 소리, 비람에 살랑이는 나뭇잎 소리가 더 낫지 않은가. 나는 남극으로 간다. 조용히 간다. 올해는 극지 파견 행사를 크게 할 수도 없다. 2주간 격리하고, 조용히 아라온호에 올라 육지를 향해 손을 흔들 것이다. 배의 숙소에서 조용히 책을 읽을 것이다. 대원들과 조용히 대화를 나눌 것이다. 이젠 술도 마시지 못하니 목소리가 커질 이유가 더더욱 없다. 나는 15개월 동안 가장 조용한 대원으로 남을지도 모른다. 내 목소리를 누르고 상대방의 목소리에 귀 기울일 것이다. 내 의견을 접고 합의된 의견에 따를 것이다. 몸이나 마음이 불편한 대원들에게 조용히 묻고, 필요한 도움을 줄 것이다. 극지에 가기 때문에 극지에 어울리는 사람이 될 것이다.

극지 훈련

2020년 9월 21~24일

1

한 무리의 아시아나 승무원이 내 앞을 지나갔다. 표정은 밝고, 걸음걸이에는 자신감이 넘쳤다. 짧고 긴 비행 중에 승객을 돕고, 요구를 들어주고, 컴플레인을 해결하느라 수월하지는 않을 텐데, 그들을 마주칠 때마다 표정은 밝고, 걸음걸이에는 자신감이 넘친다. 이유는 그동안 많은 일들을 겪었고, 앞으로 있을 일들에 대한 준비가 되어 있기 때문이 아닐까. 경험을 쌓으면서 시간이 갈수록 점점 멋있어지는 그들, 승무원을 응원하는 아침이다.

새벽 4시 20분에 일어나 외출 준비를 했다. 짐을 싼 후 밥을 하고 갈비를 구웠다. 택시에 올라 한강 너머 아침놀을 바라보았고, 공항에 도착해 대한항공 카운터에서 짐을 부치고 잠시 여유 있는 시간을 보내고 있다. 나를 또한 응원한다. 피곤함 정도는 아무렇지도 않게 털고 일어날 수 있는 나, 잘 알지 못하는 사람들과도 어울릴 줄 알고, 돕고 양보할 수 있는 마음을 가진 나, 어떠한 환경에서든 긍정적인 나, 흔들리는 쾌속선 안에서도 맥주 한잔 즐기는 나를 응원한다. 특히 목표를 향해 부단히 움직이고, 스스로를 변화시키고, 버려야 할 것들은 버릴 줄 아는 용기 있는 나를 응원한다. 나에게는 나 스스로가 가장 중요했다. 주어진 환경과 어려움을 발판으로 삼았다. 시골 초등학교 교사인 아빠의 근무지를 따라 집과 학교를 옮겼고, 그곳에 살되 그 안에 묻히지 않고 새로운 것을 꿈꾸며 견뎠다. 삶의 자극이라고는 남동생과 싸우는 것이 전부였던 시절이었다. 교회 활동을 하고, 공부를 하고, 친구들을 사귀고, 운동장에서 뛰어놀고, 문득 산 너머 붉게 물드는 저녁놀을 바라볼 때는 '언젠가는 더 넓은 곳으로 갈 거야' 하고 생각하곤 했다.

건너편 대기 의자에 앉아 있던 젊은이가 가방을 메고 떠났다. 이번 부산으로 향하는 마음은 제주로 갈 때와는 아주 다르다. 미지의 세계로 떠나는 느낌이다. 극지로 떠나기 위해 교육을 받으러 가는 길이라 그런 것일까. 교육장에 도착해 프로필 사진을 찍는다고 하길래 생각이 날 때마다 마스크 안 얼굴에 미소를 짓고 있다. 좋은 표정이 나오게 하기 위해서.

하루 일정을 마쳤다. 세종기지 대원들과 인사를 하고, 장보고기지 의사와도 만났다. 그들은 하나같이 젊고 건강하고 자신 있는 모습이었다. 하루 종일 강의를 들어야 해서 힘들기는 했지만, 강의 내용이 앞으로 실제 부닥칠 일이라 생각하니 집중하지 않을 수 없었다. 강의를 들으며 문득, 기지에서는 어떤 건강 문제가 발생할까 등을 곰곰이 생각해보기도 했다.

저녁 식사를 하며 대장님과 총무님, 대기과학 대원과 한 테이블에 앉아 이야기를 나누었다. 이곳에 오기까지의 에피소드도 듣고, 서로의 성격도 확인하고, 앞으로 어떻게 잘 지낼지 고민도 하는 시간이었다. 술을 마시지 않으니 속은 편했다. 부산 수육국밥이 참 맛있었다. 내일의 교육도 기대된다.

◆

2

훈련 둘째 날이다. 첫 대면의 긴장도 풀리고, 공간에도 익숙해지면서 슬슬 성격들이 드러날 수 있다. 혼자 있을 때 나를 점검해야 한다. 나는 지금 혼자가 아니라는 것, 호텔방 문을 열고 나가면 1년 반을 함께 지낼 월동대의 구성원임을 기억해야 한다. 대장님과 총무님을 격려하고 세심하게 배려해야 한다. 대원 한 사람 한 사람의 개성을 존중하고, 외모나 성격으로 사람을 파악하려고 하지 말고, 말을 건네면서 벽을 허물어뜨려야 한다. 이 모든 임무가 끝나고 '나는 더 이상 잘할 수 없을 정도로 최선을 다했다'고 고백할 수 있기를. 의료 대원으로서의 내 역할에 충실하고, 상의해야 할 일이 있다면 대화를 나누자고 다짐했다. 열린 마음으로 소통하고, 배우게 된 것은 흡수하고, 내가 가진 것과 아는 것을 대원에게 나누어주는 그런 마음으로 지내야 할 것이다.

　저녁 식사 때, 세종기지의 모든 대원과 이야기를 나누었다. 대원들 한 사람 한 사람, 자신의 스타일로 자신의 꿈을 이야기했다. 모두들 피곤해 조용히 있고 싶었을 것이다. 나 또한 조용한 사람으로 남고도 싶었지만, 그런 행동이 상대방에게 불편함을 준다면 던져버리자 생각하고 많은 이야기를 했다. 그럼에도 기억하자. 나는 노바디*이다. 긴 여행에서 살아남아 무사히 귀환하기 위해서 그래야 한다. 나를 드러내려는 욕망, 상대방

---

* 노바디(Nobody) : 김영하 작가 『여행의 이유』, 「노바디의 여행」에서 인용.

이 나를 알아주었으면 하는 욕망을 버리고, 나를 최대한 낮추고 '아무도 아닌' 자라고 생각하며 지혜롭게 버티는 것, 이것이 내 할 일이다. 그리고 모두가 건강하게 돌아올 수 있는 비결인 것이다. 우리 팀, 남극 세종과학기지 월동대원들, 파이팅!

3

자정을 넘기지 않고 잠자리에 들었는데 소화가 잘 안되어 잠을 설쳤다. 더 누워 있기보다 새벽 시간을 유용하게 보내는 편이 나을 듯해서 몸을 일으켰다. 앞으로의 일정과 고려해야 할 사항, 준비물을 점검하면서 적어 보았다. 광양항을 출발해 뉴질랜드 리틀턴과 장보고기지와 칠레 푼타아레나스를 거쳐 세종기지까지 76일*. 각각의 이동 경로마다 특이점이 있어 각각의 계획을 세우는 것이 좋을 것 같았다. 물론 배의 흔들림과 멀미는 배를 타고 가는 동안 내내 지속될 것이다. 하지만 멀미에 사로잡혀 지낸다면 억울할 것 같다. 무언가 지속적으로 하고, 복부 근육 한 줄이라도 더 만들고, 몸을 유연하게 만들고, 라틴어 단어 하나라도 더 외우자고 다짐했다.

- 10월 16~31일(15일). 화순금호리조트에서의 고립된 생활. 나 스

★ 아라온호는 처음 계획대로 76일 만에 세종기지에 도착했다. 그러나 승선 인원 전원 코로나 검사를 시행하는 데 이틀이 더 소요되어 대원들이 세종기지에 발을 들이는 데까지는 총 78일이 걸렸다.

스로를 돌아볼 수 있는 좋은 기회다. 시간이 될 때마다 몸을 단련해서 앞으로의 긴 항해에 대비하자. 요가 매트, 폼 롤러를 추가한다. 식사는 매끼 도시락인데, 과일을 3일에 한 번 주문해서 먹도록 하고 견과류와 유산균은 따로 챙기자. 과자류는 피할 것. 에너지를 쓸 일이 없기 때문에 과식은 금물. 책과 함께하기. 필요한 책 목록. 카르페 라틴어 한국어 사전, 도올 선생의 『중용 한글역주』, 니체의 『즐거운 학문』.

- 10월 31일~11월 20일(20일). 광양에서 뉴질랜드 리틀턴까지. 첫 항해치고는 긴 항해. 배가 출발하고 며칠 못 가 멀미와 피로로 지쳐 널브러질 수도 있다. 이때 처방은 무엇인가. 독서를 하고 글을 쓰면서 힘든 시간을 이겨내자.

- 11월 20~23일(3일). 리틀턴 정박 및 선박유 보급. 배 흔들림이 없을 것이고 기간도 짧다. 체력 단련실에서 운동을 하거나 방에서 헬스 동작들을 하는 것이 좋겠다. 이 기간에는 책을 읽지 말자. 몸을 회복하자.

- 11월 23일~12월 3일(10일). 리틀턴에서 장보고기지까지. 첫 항해보다 짧지만 점점 추워질 것이고, 기지 인근에 도착하면 배 몸체로 얼음을 부숴야 하는 일이 남아 있다. 얼음을 깨는 데만 12시간 걸린다고 하고, 소음와 진동이 상당히 고통스럽다고 한다. 이 시간만큼은 특단의 대책이 필요할 수도 있고, 어떠한 대책도 필요가 없을 수도 있다.

- 12월 3~6일(3일). 장보고기지 정기 보급품 해빙 하역*. 보급품

을 해빙 위에 내리고 기지로 옮기는 장면을 지켜보게 될 것이다. 장보고기지 대원들에게는 1년을 살아가는 데 중요한 기간이 될 테니까 마음으로 동참하자. 그 기간 동안에만 일어나는 일, 볼 수 있는 일에 관심을 가져볼 것.

- 12월 6~25일(19일). 하계 해상 연구 활동. 장보고기지의 두 차대 대원들이 인수인계를 하는 동안 세종기지 대원들은 배에서 지낸다. 배가 로스해역 잔잔한 수면 위 짧은 구간을 왔다 갔다 하는 동안, 아라온호 연구원들이 본격적으로 연구 활동을 한다. 세종기지 대원들은 지루할 수도 있겠다.

- 12월 25일~2021년 1월 8일(14일). 장보고기지에서 칠레 푼타아레나스까지 이동 항해. 춥고 힘든 항해가 될 것이라고 한다. 하지만 세종기지에 가까워지기 때문에 기대가 클 것이다. 바다를 많이 바라보자. 출렁거리는 배 안에서 흔들림을 느껴보자.

- 1월 8~12일(4일). 푼타아레나스에서 정박 및 선박유 보급. 선실 밖으로 무엇이 보일까. 황량한 땅이 보일까, 아니면 생각지도 못한 문명 세계가 보일까. 하루 정도는 다른 거 하지 말고 풍경을 두루두루 살펴보도록 하자. 배가 흔들리지 않을 테니 운동을 하자.

★ 해빙 하역: 남극 장보고기지에 보급품을 내릴 때, 아라온호가 두꺼운 해빙을 부수고 기지 가까이 접근한 다음 컨테이너를 해빙 위에 내린다. 해빙 위에서 하역 작업하므로 '해빙 하역'이라고 일컫는다. 기지까지 짐을 옮기는 중장비 또한 해빙 위를 오간다. 세종기지의 앞바다는 장보고기지의 앞바다만큼 얼음이 두껍게 어는 경우가 없기 때문에 '해상 하역'을 한다. 그래서 기지로 짐을 옮길 때 바지선을 이용한다.

- 1월 12~15일(3일). 푼타아레나스에서 세종기지까지 이동 항해. 3일간의 항해 끝에 대한민국 남극 세종과학기지에 도착. 멀리 기지가 보일 때 마음이 어떨까. 감동을 즐기도록 하자!

- 1월 15~18일(3일). 정기 보급품 해상 하역. 육체노동의 시작. 우리의 양식, 의복, 필수품 들이 배에서 내려져 저장고로, 각자의 방으로 들어가게 될 것이다. 긴 시간 동안 컨테이너에 눌려 있던 짐들이 숨을 쉬겠지. 이 기간에는 개인적인 일을 할 수 없을 것이다. 돕자, 돕자, 그리고 또 돕자.

- 1월 18일~2월 2일(15일). 월동연구대 업무 인수인계. 15일 동안 꼼꼼하게 인계받고, 모르는 거 질문하고, 확인하고, 점검하도록 하자.

- 2월 2일부터 아라온호는 세종기지를 출발해 칠레 푼타아레나스를 거쳐 광양항까지 45일 이동한다. 우리는 기지를 지킨다. 북적거리던 기지가 조용해지고, 우리의 휴식 공간도 정리 정돈이 되는 그때, 우리는 외로움을 느낄지도 모른다. 가족도 생각날 것이다. 나의 감정 상태를 잘 추적해보자. 심리학자가 되어야 할 때이다.

4

모든 훈련 일정을 마쳤다. 대원들 이름과 얼굴이 매치가 될 정도로 익숙해졌다는 것은 큰 성과였다. 성격도 조금씩 드러나 알게 되었다. 솔직하고 벽이 없고 다정다감하신 대장님, 조용하고 말수 적은 조리 대원, 털털하고 세심한 기상 대원, 잘 나서지 않지만 필요할 때에는 말이 많아지는 통신 대원, 기발하고 담백한 성격의 대기과학 대원, 아직 성격이 잘 파악되지 않는 고층대기 대원, 친절한 발전 대원, 자세도 마음도 곧은 안전 대원, 구석에서 조용히 자신이 할 일만 하는 기계 대원, 유머러스한 기계 대원, 노련해 보이는 중장비 대원, 날카로운 듯 털털한 중장비 대원, 조용하고 미소만 짓는 생물 대원, 생기가 넘치는 해양 대원, 모험심이 있고 개성이 강한 전기 대원, 그리고 너무너무 괜찮은 총무님. 짧은 기간이었지만 우리 모두 많이 가까워진 듯했다.

오늘은 서울에 가지 않는다. 이곳 부산에 머물며 즐거움과 기대, 안심, 그리고 걱정 등 복잡한 감정을 하루 더 묵혀 맛을 분별하다가 가려고 한다. 호텔방의 전망도 좋다. 저녁 야경과 내일 아침 햇살을 한 번 더 경험한다. 하지만 지금 얘기한 것들은 핑계일지도 모른다. 내면에서는, 서울에 가면 할 일이 너무나 많아 피하고 싶은 건지도 모르겠다.

가족

2020년 10월 8~9일

1

분리배출을 하러 1층에 내려갔는데 재원이 담임선생님에게서 전화가 왔다. 재원이에 대해 여러 가지 물으셨고, 선생님이 학교에서 수집한 설문 내용을 알려주셨다. 놀라웠던 것은 재원이의 꿈이 '가수'라는 것이었다.

의외이긴 했지만, 지금 아들 나이에 꿈을 다양하게 가지는 것 또한 좋은 일이라 생각했고, 또 정말 가수가 되는 것도 참 괜찮은 것 같았다. 선생님과 30분 넘게 통화하고 나니, 선생님의 세심한 면담 방식에 감동이 느껴졌다. 재원이에 대해 새로운 것도 발견한 시간이었다.

집에 들어와 설거지를 하고 조금 있으려니까 이모가 오실 시간이 되었다. 내가 없는 동안 아이들을 챙겨주실 분이었다. 11시 반에 이모가 도착했다. 이모는 교육을 많이 받았고 보육교사로도 일했다고 한다. 한때 귀농을 해서 두 자녀를 '시골 아이'로 키웠고, 지금은 둘 다 예술 분야를 공부하고 있다고 했다. 이모는 내가 떠나는 15일부터 본격적으로 우리 집에서 일하기로 했다. 나는 '부디 부족한 것, 서운한 것 있더라도 잘 참아내시길, 우리 가족에게 큰 힘이 되어 주시길' 마음속으로 기도했다.

목이 삐끗해서 아파 누워 있는데, 최근 부친상을 당했던 유란이에게서 "장례를 잘 마쳤다"고 카톡이 왔다. 여고 시절 함께 공부했던 친구. 그녀는 생활이 여유로워 보였고 공부도 잘했다. 그녀는 의대에 입학했고, 나는 재수를 했다. 나는 무언가 나와 다르게 사는 것 같은 친구를 늘 부러워했었다. 10년 전 나의 아버지가 돌아가셨고, 얼마 전 유란이 아버지가 돌아가셨다. 유독 슬픔이 크게 느껴졌던 것은 왜일까. 여고생이 되어가는 내 딸을 지켜보니 우리들의 과거가 선명하게 다가오고, 딸이 누리고 있는 '현재'를 바라보니 나의 가난함과 유란이의 풍족함이 어찌할 수 없었던 일임을 깨닫게 되어서 그런 걸까. 그래서 내가 생각했던 유란이와의 '차이'가, '벽'이 허물어지고 '누군가의 딸'인 친구의 슬픔이 나의 아픔으로 다가왔던 것일까.

유란이와 카톡을 하다가 울컥하는 마음이 있었지만 추스르고 있는데, 갑자기 남동생한테서 카톡이 왔다.

"누나 잘 지내고 있겠지? 항상 건강하고!"

짜식. 참았던 눈물이 왈칵 쏟아졌다. 가슴 깊은 곳에서 올라오는 이 감동은 무엇일까? 유란이와 남동생. 아주 오랫동안 친구였던 이, 그리고 더 오랫동안 동생이었던 이. 그들과 아주 오랜만에 나눈 대화들. 울컥하는 걸 보니 나도 사람이었나 보다. 어제는 진주보건대 길 교수님, 서 교수님과 통화를 했고, 길 교수님은 혜진이와 재원이가 생일을 맞으면 선물을 보내주겠다고 하시며 집 주소와 생일을 물으셨다. 건조하게, 이기적으로 살아왔던 나에게도 가족과 친구가 있다는 것이 참 고마웠다.

2

오후 4시다. 창문을 통해 외부의 소음이 들려온다. 놀이터에서 노는 아이들의 시끌벅적한 목소리, 달리는 오토바이의 엔진 소리. 집 안에서는 발걸음 소리와 냉장고 여닫는 소리, 대화하는 소리가 들린다. 컴퓨터 자판 두드리는 소리도 들린다. 문득 무언가 부족한 삶을 사는 듯한 느낌이 들었다. 고가의 아파트도 없고, 주식도 없고, 금고에 오만 원 현금 다발이나 골드바도 없다. 일을 해서 돈을 벌고 카드 대금을 갚고 월세를 낸다. 롯데슈퍼에서, 홈마트에서, 이마트에서 장을 봐서 음식을 마련한다. 아이들에게 써야 하는 비용도 있다. 먹기 위해, 공부를 위해, 다른 배움들을 위해. 기본적인 삶을 위해서도 쓰지만 여행하기 위해, 새로운 경험을 하기 위해 많은 비용을 쓴다. 이렇게 내가 '중요하다'고 생각하는 것에 아끼지 않고 쓰다 보니 풍족한 듯 부족한 삶을 살고 있다. 잘하고 있는 걸까. 물론 과정을 생각한다면 긍정적이다. 많은 도전을 하고 경험을 축적하기 때문이다. 그럼에도 그것은 '소모하는 삶'이다. 미래를 위해 현재를 제어하지 않고 내지르는 삶. 아마도 나는 계속 이렇게 살아갈 것 같다. 과정을 즐기면서 현재를 하루하루 불태워 없앨 것이다.

"카르페 디엠Carpe Diem."

하직 인사

2020년 10월 10~11일

1

아이들을 차에 태우고 노래를 부르고 들으며 한 시간 반 걸려 춘천 엄마 집에 도착했다. 조금 있다가 남동생과 조카도 왔다. 조카는 많이 컸고 점잖아졌다. 엄마에게 남극에 가는 일정과 내가 하는 업무에 관해 설명해드리고, 궁금해하시는 질문에 대답해드렸다. 엄마는 저녁에 LA갈비를 해주셨다. 오랜만에 '엄마 밥'을 먹으니 행복했다. 동생과 조카는 집으로 돌아갔고, 우리는 씻고 텔레비전을 보면서 휴식을 취했다. 저녁 내내 드라마를 보았다. 엄마는 드라마가 끝나자 도토리묵 쑨 것 상태를 살피셨다.

다음 주 금요일에는 모두와 헤어진다. 마음에 남는 후회, 아쉬움을 다

떨쳐내고 나의 탐험의 길, 개척의 길을 떠나는 것이다.

"돌아보지 말지어다. 앞으로 나아갈지니. 어느새 2022년 1월을 맞이할 것이고, 나는 멀쩡히 건강하게 돌아오리라."

"자유로워지라. 벗어버리라. 뻔뻔해지라. 맡기라. 벗어나라. 더 이상 마음을 졸이지 말라. 자연스럽게 해결되도록 시간을 가지라. 내가 원한다고 시간이 당겨지거나 뒤로 밀리는 것은 아닐 터이니, 조용히 기다리라. 때가 되면 완성될 것이다. 이제 나의 길을 가면서 할 일들이 있으니, 그 일에 집중하고 그것에서 결실을 맺으라."

그건 그거고, 아직 재정 관련해서 마무리할 일이 있었다. 자동 이체할 것을 정리해야 했다.

- 매월 1일 고려빌딩 월세 ×00,000원.
- 매월 8일 고려빌딩 관리비 ×50,000원. 일정한 금액을 이체한 후 남는 금액을 되돌려받는 방식 고려할 것.
- 매월 10일 한양아파트 월세 ×,500,000원.
- 신한카드, 우리카드, 기업카드 이용 대금은 각 은행에서 빠져나가니까 잔고가 비지 않도록 주의할 것.
- 가끔 날아오는 재산세, 주민세, 자동차세는 남편에게 내도록 할 것.
  다음 주 월요일 주민센터에 가서 인감증명 위임장을 몇 장 작성해둘 것.

2

아침 7시에 일어나 세수를 하고 옷을 주섬주섬 입고 밖으로 나갔다. 춘천의 아침은 역시 차갑고 맑았다. 주공 8단지 인근 나지막한 산 근처까지 걸어가니 오른쪽 언덕 위로 교회가 하나 있고, 그 앞에 치매 센터가 있었다. 왼쪽으로는 멀리 산세가 겹치고, 안개가 끼어 멋진 장관을 이루었다.

한적한 내리막길로 내려오다가 지름길로 전에 작은언니가 살던 뜰안채아파트를 지나 엄마 집으로 돌아오니 아침 7시 40분이었다. 그동안 엄마는 부지런히 잡채 재료를 만들고 계셨고, 어제 쑤어놓은 도토리묵도 칼로 작게 썰어두셨다. 아침 산책을 했더니 출출해져서 도토리묵을 맛있게 먹었다. 삶은 밤도 몇 개 까서 먹었다. 엄마가 해주신 잡채도 정말 맛나게 먹었으니, 오늘 아침의 산책과 아침 식사는 오랫동안 추억으로 남을 것 같았다.

엄마와 유리병을 하나 사러 나갔다. 엄마가 새 병이 필요하다고 하셨다. 재원이가 좋아하는 마늘장아찌를 넣을 병이었다. 차를 몰고 달리며 화창한 '춘천의 빛'을 즐겼다. 제주의 빛, 서울의 빛과 또 다른 춘천만의 차고 맑은 빛!

Ⅱ부

남극: 차가운 고독

어제는 눈이 많이 왔다. 오전 내내 하늘은 어두웠고 마리안소만(小灣) 건너편 위버반도가 하나도 보이지 않을 정도로 안개가 자욱했으며 동쪽에서 눈보라가 몰려왔다. 11시 조금 넘어 점심 식사를 하러 세종회관에 내려갔는데 셰프가 주방에서 고기를 썰고 있었고, 내가 식사를 마칠 즈음 그는 두툼한 점퍼를 입고 밖으로 나갔다. 조금 있다가 눈보라 사이로 보이는 그의 모습. 어두운 회색빛 하늘, 바다, 땅, 그리고 빨간 외투를 입고 걸어가는 그의 뒷모습. 그의 모습은 고독해 보였다. 그 모습은 내 모습이기도 했다.

— 본문 '적응과 그리움 사이' 중에서 —

항해

긴급 통화

2020년 11월 13일

산호해Coral Sea | 남위 : 20도, 서경 : 161도

잠자리에 누웠다가 잠이 안 와 이런저런 생각하기를 30분. '아차, 일기를 안 썼구나' 하고 얼른 일어나 노트북을 켜고 있는데, 카카오 보이스톡이 울렸다. 딸에게서 걸려 온 전화였다. 통화 버튼을 누르고 말해보았지만 통화가 되지 않고 끊겼다. "카톡 문자로 말하라"고 하고 기다렸지만 답이 없었다. 카톡 문자가 왔다.

"엄마, 빨리!"

가슴이 두근거렸다.

'무슨 일일까? 문자를 상세히 남기지 못하는 다급한 일이 벌어진 걸까? 집이라면 나에게 보냈을 것 같지는 않은데, 밖인가? 혼자 있는 건가?'

총무님께 카톡을 보내 "급한 일이 있는데 전화를 걸 수 있겠냐"고 물었더니 브리지에 얼른 확인해보라고 했다. 100번 전화를 했더니 올라오라고 했다. 올라가서 딸 전화번호를 알려주면서 대신 좀 눌러 달라고 했다. 통화가 되지 않았다. 한 번 더 시도했다. 그래도 연결이 안 됐다. 남편에게 전화해도 연락이 안 됐다. 답답해서 발을 구르고 있는데 딸에게서 카톡 문자가 왔다.

"변비 걸려서 똥이 어중간하게 나오다가 도로 들어갔는데 '어떻게 하지' 해서 아까 전화했었어요. 지금은 눴어요."

아! 똥이구나, 똥. 그래, 똥만큼 급한 게 어디 있겠니. 그런데 엄마는 지금 남태평양 호주 동쪽 '산호해'라는 바다 위에 동동 떠 있단다. 아무리 똥이 급한들 엄마가 그 똥을 어찌하겠니. 그래도 다행이다, 똥이어서. 고맙다, 똥이어서. 그래도 앞으로는 똥 때문에 긴급 전화 하기는 어렵지 싶다, 혜진아. 그래도 급한 일이 생기면 꼭 연락해 다오.

경찰서에서 걸려 온 전화

2020년 11월 22일

🛶 뉴질랜드 리틀턴 Lyttelton, New Zealand | 남위 : 43도, 서경 : 172도

꿈자리가 뒤숭숭했다. 잠이 든 몸의 자세도 불편했는지 눈이 떠졌다. 휴대폰을 들여다보니 자정을 넘긴 시간이었다. 전화가 한 통 와 있었고, 누군가에게서 카톡이 와 있었다. 혜진이에게서도 문자 하나가 왔다. 다시 잠

이 들었다가 5시 넘어 눈을 떴다. 카톡은 '영등포경찰서 정 형사'로부터 온 것이었다. 갑자기 온몸이 불쾌한 기운으로 뒤덮였다. 배를 타고 20일 동안 태평양을 건너고, 적도를 지나고 솔로몬해와 산호해, 태즈먼해를 거쳐 뉴질랜드에 왔건만, '그 일'이 나를 잊지 않고 이곳까지 추적해서 따라온 것이었다. 다시 휴대폰을 들여다보았다. 혜진이가 보낸 문자를 읽었다. "엄마, 뭐해?" 나는 답을 하지 않고 6시에 맞춰두었던 알람을 껐다. 그리고 베개에 머리를 파묻고 눈을 감았다.

선내 방송이 울렸다. 눈을 뜨니 아침 7시가 다 되어가고 있었다. 벌떡 일어나 양치를 하고, 세수를 하고, 몸을 정돈한 후 아침 식사를 하러 내려갔다. 형사에게서 온 연락이 머릿속에서 떠나질 않았기 때문에 그 일을 어떻게 해야 할 것인가 생각하며 계단을 내려갔다.

'일단 연락을 취해보자.'

식사를 마친 후 방에 들어가니 배가 조금 이동을 했는지 창밖으로 색다른 풍경이 보였다. 수목으로 푸른 경사진 언덕에 층층이 늘어선 집들, 맨 아래 항구와 맞닿은 곳에 나란히 있는 세 채의 노란 건물들, 그리고 하늘을 향해 돛대를 뾰족하게 세우고 가지런하게 정박해 있는 요트들. 밖으로 나가니 몇 명의 대원들이 벌써 나와 사진을 찍고 있었다. 나도 그 옆에 서서 리틀턴 마을의 풍경을 사진에 담았다.

방으로 돌아왔다. 이불을 정리하고 책상 앞에 앉았다. 서울 지역번호로 걸려 왔던 번호가 영등포경찰서 전화번호라는 것을 지도 앱으로 확인하고 전화를 했다. 여자 형사가 전화를 받았다. 정 형사가 지금 없으니, 한 시간 후에 다시 전화하라고 했다. 전화를 끊고 나서 체육관으로 갔다.

불을 켜고 창문을 열었다. 날씨가 흐렸다. 항구와 언덕에 뿌연 안개가 드리워져 있었다. 비가 내리는 듯했다. 창밖으로 손을 뻗어 비를 느껴보았다. 안개 물방울 같기도 한, 아주 미세한 물방울이었다. 러닝머신 위에 올라 어제처럼 가볍게 3킬로미터 운동을 하고 다시 방으로 돌아왔다. 책상 앞에 앉아 전화를 했다. 정 형사가 받았다. 그는 내가 해외로 출국한 일을 이미 알고 있었다. 그는 신고받은 건에 대해 조사가 필요하다고 했고, 내가 지금 해외이기 때문에 귀국 후 조사하는 것으로 사건을 일단 보류해놓겠다고 했다. 그는 내가 언제 귀국하는지 물었고, 나는 1년 이상 걸릴 거라고 대답했다.

일단 그가 전화를 하고 문자를 보냈던 목적을 확인하고 나니 기분은 한결 나아졌지만, 귀국 후에도 이 일이 지속될 것이라는 생각에 마음은 무거웠다.

안녕!

2020년 11월 24일

뉴질랜드 리틀턴 | 남위: 43도, 서경: 172도

1시 5분 전, 선내 방송이 울렸다. "Stand by, all crews. All crews, stand by." 배가 떠날 준비를 마쳤다. '밖에 나가볼까?' 하다가 라틴어 교재를 계속 읽었다. 1시에 배의 경적이 울렸다. 또 '나가볼까?' 생각했지만 책에 머리를 박고 계속 읽어나갔다. 그러다가 '안 되겠다' 싶어 몸을 일으켰다.

외부 데크로 이어지는 두툼한 철문의 손잡이를 돌려 열었다. 차갑고 제법 센 바람이 불어왔다. 3층 데크에 섰다. 배가 항구를 떠날 때 부두의 모습은 어떨까 궁금해 몸을 앞으로 쭉 내밀어 주변을 살폈다. 우리 배를 부두에 고정했던 밧줄이 단 한 개 남아 있었다. 마침 인부 한 명이 그 마지막 밧줄을 풀었다. 배의 후미 쪽 부두에서 인부들이 아라온호 위의 누군가에게 손을 흔들었다. 고개를 더 내밀어 헬리데크* 쪽을 바라보았다. 대원 몇 명이 그들과 인사를 하고 있었다. 얼른 계단을 타고 한 층 내려가 우현 복도를 따라 뒤쪽 헬리데크로 향했다. 인부들은 자신의 일을 마쳤는지 차에 올랐고, 창을 내리고 우리들에게 계속 손을 흔들었다. 나도 그들 중 한 사람과 눈이 마주쳤고, 그를 향해 손을 흔들었다.

'안녕!'

배가 조금씩 부두에서 떨어지면서 에메랄드빛 바다가 그 사이에 드러났다. 이제 배를 이곳 항구에 묶고 있는 것은 아무것도 없었다. 배가 떠나기 시작했다, 자유로이. 부두에 정박해 있는 이탈리아 쇄빙선 위에서, 흰색과 빨간색이 어우러진 제복을 입은 승조원 서너 명이 항구에서 멀어지는 우리를 바라보고 서 있었다. 배 안쪽에서 한두 명이 더 나왔다. 우리는 그들에게 손을 흔들었다. 그들도 우리를 향해 손을 흔들었다.

★ 헬리데크(helideck) : 헬리콥터 이착륙장이 있는 배의 부분을 이르는 말.

'안녕!'

가슴에서 무언가 슬프고도 뭉클한 감정이 올라왔다. 부두의 인부들과 우리들, 이탈리아 승조원들과 우리들. 우리는 대화 한번 못 해보고, 서로의 배로 건너가 커피 한잔 나눠 마시며 배를 구경해볼 기회조차 갖지 못했다. 산비탈 층층이 세워진 멋진 집에 사는 리틀턴의 사람들과 우리는 눈빛 한 번 마주치지 못했다. 경사진 곳을 시원하게 뚫은 길과, 푸른 수목 사이 구불구불한 산책길을 한 번도 걸어보지 못했다. 우리 배는 점점 멀어져갔고, 배 위의 그들은 아직 우리 쪽을 바라보고 있었다. 부두에서는 인부 두 명이 우리를 지켜보고 있었다. 항구의 직원들은 우리가 휴식을 취하는 4박 5일 동안 배에 선적할 물건들을 자신들의 장비로 날라다주기도 하고, 행정 일도 하면서 바삐 지내왔을 것이다. 그들도 이 예쁜 마을에 살고 있을까? 그렇다면 그들의 가족은 가장이, 혹은 가족 중 누군가가 일하는 동안 저 높이 위치한 그들의 집에서 부두를, 그리고 우리 배를 내려다보았을까? 낯선 이들이 배에서 나오지 못하고 데크 여기저기 돌아다니고 안팎으로 들락날락하는 모습을 바라보았을까? 그들도 지금 우리를 향해 손을 흔들고 있을까?

'안녕!'

배가 방향을 바꾸니 항구도, 이탈리아 쇄빙선도 보이지 않았다. 바다는 점점 넓어지고, 파도가 조금씩 높아졌다. 우리 배 가까이 작은 어선 하나가 보였고, 리틀턴 마을 끝에 요트 하나가 떠 있었다. 갈매기들이 우리 배를 먼바다로 몰고 가려는 듯 두텁게 모여 배 주위를 돌며 끼룩끼룩 요란한 소리를 냈다. 이 평화로움. 생명체의 바글거림. 인간이 살아가는 따뜻한 풍경. 눈물이 흘렀다. 이제는 검푸른 바다와 높은 파도, 차가운 공기와 빙하만이 우리를 기다리고 있을 것이다.

'안녕, 리틀턴. 안녕, 뉴질랜드.'

파도

2020년 11월 27일

🐋 남극해 Antarctic Ocean | 남위 : 59도, 서경 : 173도

밤새 한숨도 못 잤다. 저녁 10시쯤 방의 불을 끄고 침대 커튼을 친 후 이불 속으로 쏙 들어갔다. 눈을 감은 지 얼마쯤 지났을까. 오르락내리락하는 파도를 따라 머리 쪽이 들렸다가 다리 쪽이 들리기를 반복했다. 어느 순간 머리 쪽이 들릴 차례가 되었는데도 올라오지 않고 더 깊이 내렸다. 머리맡 책상에 끼워둔 의자가 미끄러져 신발장에 "쿵" 하고 부딪히는 순간, 옆방에서 "으악" 하는 비명이 울렸다. 책상 위 비닐 파우치가 자빠지면서 안에 들어 있던 화장품들이 책상 위와 방바닥을 굴러다녔다. 나는 벌떡 일어나 의자를 끌어당겨 책상 속으로 집어넣고, 끈으로 팔걸이와 책상 다리를 묶었다. 바닥에 흩어진 물건들을 주섬주섬 모아 다시 파

우치에 넣었다.

파도는 점점 더 거세졌다. 머리 쪽으로 밀렸다가 다리 쪽으로 미끄러지다가 반복하는데, 움직임의 폭이 더 심해졌다. 냉장고 안, 옷장 안에서 음료수가, 옷걸이들이 부딪히는 소리가 났다. 배의 구조물들이 삐걱거렸다. 문밖 어딘가에서 부딪히고 외치는 소리가 들렸다. 파도의 움직임에 맞춰 문 두드리는 듯한 소리도 들렸다. 자려고 애써도 뒤통수가 베개에 고정이 되지 않으니 잠이 올 리가 없었다. 몸이 부웅 들리기도 했다.

'오늘 밤은 다 잤다!'

새벽 2시. 배의 움직임이 더욱 심각해졌다. '여기서 더 기울어진다는 건가?' 하는 순간 배는 정말 더 기울어졌고, 급브레이크를 밟은 승용차처럼 움찔움찔하면서 "쿵, 쿵" 소리를 냈다. 두려웠다. '이러다가 정말 더 기울어진다면?' 끔찍해지려는 상상을 멈추고 눈을 꾹 감았다. 다행히 배는 반대 방향으로 향했다.

6시 알람이 울렸다. 환한 태양 빛은 커튼을 뚫을 듯한 기세였다. 커튼을 열었다. 얄궂은 파도가 보였다. 우리 모두를 밤새게 만든 파도가 눈앞에서 넘실거렸다. 피식하고 웃음이 나왔다.

'바다가 늘 그러하듯 나도 담담하게 늘 해오던 일을 하면 되지.'

식당 안은 평소보다 사람이 많지 않았다. 접시에 오징어채볶음, 달걀 프라이 두 개, 김 한 봉지, 그리고 밥을 뜨고 냉장고에서 치즈 한 장을 꺼내어 자리를 잡고 앉았다. 장보고기지 대장님이 컵라면을 들고 오시더니 내 앞에 앉으셨고, 조금 후에 장보고기지 기상 대원이 왔다. 우리는 어젯밤과 오늘 새벽에 있었던 에피소드를 나누며 웃다가, 식사하러 나오지 않은 대원들 안부를 걱정하며 식사를 마쳤다. 나는 치즈를 조금씩 떠어 먹으며 왼쪽 창밖을 바라보았다. 창까지 바닷물이 차오르다가 빠지다가를 반복했다. 창으로 다가가 밖을 내다보았다. 자잘한 파도 한가운데 쑥 뻗어 올라오는 거대한 너울이 우리의 배 쪽으로 다가오면 배는 여지없이 크게 흔들렸다.

커피 한 잔을 뽑고 있는데 장보고기지 중장비 대원이 왔다. 우리는 함께 메인 데크 후면 쪽으로 걸어갔다. 함께 식사했던 두 분이 먼저 나와 담배를 피우고 있었다. 바다를 바라보았다. 바닷물이 크게 넘실거리더니 배를 집어삼킬 듯이 다가오는 것이 아닌가! 아찔했다. 하지만 물은 거기까지였다. 파도를 막는 바리케이드 바닥 틈새로 "촤아" 소리를 내며 물은 흩어졌다. 이번 너울의 높이가 5미터 정도라고 했다. 그리고 앞으로 6미터, 7미터의 너울을 만날 '기회'가 우리에게는 많이 남아 있었다.

이모

2020년 12월 6일

남극 장보고기지 Jangbogo Station, Antarctica | 남위 : 74도, 서경 : 174도
이모가 사표를 내셨다. 이유로 자신의 몇 가지 병명을 말씀하셨다. 면접을 했을 때 그런 이야기를 하지 않았던 것으로 보아 그건 부수적인 이유일 것이라 생각되었다. 진짜 이유는 말씀하실 수 없었을지도 모른다. 코

로나가 점점 번지는 상황에 대한 두려움일 수도 있고, 우리 가족 중 누군가와의 갈등 때문일 수도, 일을 해보니 생각보다 힘들어일 수도, 보람이 없어서일 수도 있다. 이유를 파고들어간다고 해도 결론은 하나다. 이모가 일을 그만두신다는 것.

꼭 필요한 일이 펑크가 날 때에는 어떻게 해야 할까. 내가 해결할 수 없는 경우에는? 다시 돌아가야 하나? 세종기지에 내리지 않고 그대로 귀국을 하더라도 3월이나 되어야 도착할 수 있다. 이렇게라도 갈 수 있다면 '해결'은 될 것이다. 하지만 그럴 가능성은 없다. 나는 예정대로 내년 12월까지 세종기지에 머물 것이다. 게다가 코로나가 장기간 지속된다면 그다음 해 3월쯤 배를 타고 귀국을 할지도 모를 일이다. 그 긴 시간 남편 혼자 아이들을 챙기고 집안일을 한다는 것은 불가능하다.

문득 '아이들 방학 때, 이모도 쉬면 어떨까' 하는 생각이 떠올랐다. 그리고 개학이 되면 다시 일을 하는 것이다. 그러면 이모도 의욕이 생기지 않을까 싶었다. 일을 그만두겠다는 의사를 전달했다 하더라도, 시간 여유를 두고 믿음을 지속적으로 보여준다면 일말의 가능성이 생기지 않을까 하는 마음이었다. 이모의 상황이 변해 나와의 약속을 지키지 못하는 일이 생겼다 하더라도 내가 이모에게 가졌던 믿음을 거둔다면 더 이상 회복할 수 있는 불씨가 남지 않을 것이다. 이모에게 그런 내용으로 문자를 드렸다.

잠시 후 이모에게서 답변이 왔다. 방학이 될 때까지는 해보겠다고 했다. 급한 불은 껐고, 희망의 불씨는 살렸다. 개학 후 못 오시는 상황이 된다 하더라도 우리는 이모와 좋은 관계를 유지할 수 있을 것이고, 그래서 아주 급한 일이 생기면 하루 이틀이라도 부탁할 여지가 있을 것이다.

점심에 양갈비구이가 나왔다. 재원이 생각이 났다. 부천 중동 '라무진'에서 우리는 함께 양갈비를 뜯었고, 나는 맥주 한 잔 마셨었다. 푸껫의 한 리조트에서 재원이는 입 주위에 기름 범벅을 하며 양고기를 맛있게 먹었었다.

'재원아, 잘 있지?'

노바디의 지혜

2020년 12월 12일

로스해 Ross Sea | 남위 : 77도, 서경 : 171도

아침 배식을 마친 조리원들이 식탁에 모여 앉아 식사를 하는데, 그들의 대화 중에 "항해가 90일 남았다"는 이야기를 들었다. 우리의 항해는 오늘을 포함해 36일이 남았다. 한 달 하고도 5일이 남은 것이다. 광양항을 출발할 때는 76일을 배에서 보낼 생각에 마음이 어수선하고 갑갑하기도 했는데, 시간이 벌써 반 이상 지나갔는데도 신나기는커녕 왜 마음이 심란한 걸까. 아마도 지금의 장보고기지 대원들처럼 우리도 기지에 내려야 하고, 하역 작업을 해야 하고, 인수인계를 하고 나서 본격적인 기지 업무를 시작해야 할 테니, 배에서 내리는 순간이 '고생 시작'이라는 것을 눈치챘기 때문일 것이다.

점심 식사 전후로 호메로스의 『오디세이아』*를 소리내어 읽었다. 오디

세우스가 파이아케스족의 섬에 간신히 도착해 알키노오스왕의 딸 나우시카아의 도움으로 왕과 왕비를 대면하게 되고, 고향에 타고 갈 배를 얻게 되는 부분이다. 앞으로 오디세우스의 앞날에는 고초가 계속될 것이다. 아직 그는 키클롭스의 섬에 가지도 않았기 때문이다. 김영하 작가의 에세이 『여행의 이유』**를 읽고 나는 '노바디의 지혜'를 배웠다. 지금 이 순간, 세종기지를 향해 가면서 이런저런 불평을 늘어놓고 있는 내게 오디세우스의 이야기는 "노바디를 생각하라"는 교훈을 주었다. 조용히 너의 임무에 집중하고, 안전하게 고향에 돌아갈 대비를 하라고 말이다. 이 국땅에서 자신이 고향에 있었을 때와 같은 요구를 그 땅 주인들에게 해서는 안 되며, 그들을 존중하고, 그들의 것들을 소중하게 여기고, 나를 드러내지 말아야 한다는 것이다. 나의 종착지는 내가 살던 '여의도'라는 것을 떠올려 생활을 길게 이어갈 준비를 해야 하며, 나의 안전과 생명을 최우선으로 해야 하는 것이다. 고향에 도착할 때까지는 마음을 놓아서는 안 될 것이며, 마치 '이곳이 마지막이다' 하는 듯한 모든 말과 행동을 제어해야 하는 것이다.

오후 2시에 총무님의 공지 문자가 떴다.

"오늘 저녁 식사 때 12월 생일 파티를 하겠습니다. 미리 생일 축하드립니다."

★ 호메로스, 『오뒷세이아』, 숲
★★ 김영하, 『여행의 이유』, 문학동네

한 해가 지나가고 있다. 그리고 2021년이 다가오고 있다. 한 해 한 해가 반복되고, 1년 사계절이 반복된다.『노자가 옳았다』*에서 1년의 반복이 바로 '영원'이라 하지 않았던가. 유한한 우리 인간은 1년을 살면서 영원한 삶에 동참하는 것이다. 자신의 머리가 하얗게 세고, 이마에 주름이 늘어가고, 볼의 피부가 탄력이 없어져 아래로 처지고, 팔다리 근육이 메말라서 가늘어지고, 등이 굽어진다고 해서 우리는 '퇴락'의 한가운데에 있는 것이 아니다. '영원'을 반복하는 것이다. 또한 내가 이렇게 늙어가야 자녀가 성인이 되고, 또 그들의 자녀들이 태어나 세상에 활력과 소망을 안겨주지 않겠는가.

나도 곧 쉰 번째 생일을 맞는다. 지금까지 잘 살아왔고 잘 살아냈다. 잘못한 일이 많았지만, 그것이 내게 자양분이 되어 나를 나아지게 만들고 있다. 후회스러운 일도 많지만, 이미 지나간 일이기에 흘려보낸다. 내 앞에 몇 번의 겨울이 더 남았을지 모른다. 내게 주어지는 이 겨울, 남극의 여름을 소중히 여기고, 내게 다가올 다음 계절도 귀하게 받아들이는 마음이면 충분한 것이다.

> 총애寵愛를 받아도 놀란 듯이 하고, 욕辱을 당해도 놀란 듯이 하라.

오늘은 노자『도덕경』13장의 이 구절을 마음에 새겼다. 총과 욕은 공재하고 혼재한다. 총과 욕 중에서 진짜 나쁜 것은 총이니, 오늘 생일 파

---

* 도올 김용옥,『노자가 옳았다』, 통나무

티에 임하는 나는, 마치 욕을 먹은 듯이 축하에 임하도록 하자. 들떠서 대원들이 전해 오는 축하에 "하하, 호호" 정신 줄 놓지 말고, 단정한 몸가짐과 마음가짐으로 상갓집에 들어가듯이 하자. 집에 돌아갈 때까지 무사하기를 바라며.

정말 괜찮은 건가요?

2020년 12월 20일

로스해 | 남위 : 77도, 서경 : 168도

1

꿈.

사람들이 많은 넓은 학회장에서 황 교수님을 뵈었다(황 교수님은 원주 C병원 응급의학과 교수이다. 원주 C병원은 내가 응급의학과 레지던트 4년 동안 1년에 3개월씩 파견 나갔던 병원이며, 지도교수이신 황 교수님의 지도하에 수련을 쌓았다). 복도를 걸어가면서 교수님께 말씀드렸다.

"교수님, 제가 남극 세종기지에 가게 되었습니다."

교수님은 나를 데리고 환자 침대로 갔다.

"이 환자를 좀 치료해보세요."

여자 환자가 침대에 누워 있었다. 나는 환자를 들여다보았다. 오른쪽 귀에서 피가 나고 있었다. 피가 어디에서 시작하나 상처를 찾았더니 귓바퀴 안쪽에 길게 찢어진 상처가 있었다. 교수님은 계속 나를 지켜보았고, 간호사들이 나를 도우려고 서 있었다. 나는 환자 머리맡에 앉았고, 침대 높이를 내게 맞춰 달라고 했다. 침대의 높낮이를 조절하는데 잘되지 않았고, 환자의 귀도 잘 보이지 않아 (꿈에서 늘상 그렇듯이) 아주 애를 쓰며 많은 시간을 허비했다. 이제 자세를 잡고 앉아 다시 상처를 들여다보았다. 교수님이 내게 질문을 하셨다.

"환자는 괜찮나요?"

"네. 이제는 상처가 잘 보이고 치료를 시작하려고 합니다."

"정말 환자가 괜찮은 건가요?"

'무슨 말씀을 하시는 거지?' 하면서 환자를 들여다보았다. 상처 부위에서 출혈이 어마어마하게 나고 있었고, 더 이상 쏟을 붉은 피가 없었는지 맑은 물이 흘러나오고 있었다. 나는 환자에게 물었다.

"괜찮으세요?"

얼굴을 들여다보았다. 환자의 동공이 뒤집혀 있고, 호흡도 정상이 아니었다. 나는 간호사에게 소리쳤다.

"CPR!"

우리는 환자에게 처치를 계속했고, 나는 귀에서 피가 나지 않도록 거즈를 덮으면서 환자를 깨웠다. 이러기를 여러 번 반복했고, 교수님이 지켜보고 계셔서 부담스러웠다. 나는 간호사에게 말했다.

"다른 의사가 있는지 찾아보고, 얼른 오라고 해주세요."

두 명의 의사가 왔고, 나는 그들에게 환자를 넘겨주었다. 그 의사는 "중환자실로 옮깁시다" 하며 간호사들에게 이동할 준비를 시켰다. 나는 속으로, '왜 저 생각을 못 했을까. 왜 여기서만 이렇게 시간을 보냈지?' 하면서 그들이 환자를 데리고 올라가는 것을 지켜보았다.

나는 중환자실에 갔다. 귀로부터 머리 전체에 붕대를 감고 수액을 맞고 있는 그녀 옆에 누웠다. 그리고 물었다.

"괜찮으세요?"

(끄덕끄덕)

"무슨 일 하시나요?"

"(미소 지으며) 그건 왜 궁금하세요?"

"너무 예쁘셔서요."

그녀는 그저 미소만 짓고 있었다. 나는 그런 그녀를 보며 "미안해요. 미안해요" 하며 흐느껴 울었다……

어느 순간 내가 흐느끼는 소리를 내고 있는 것이 느껴져 잠에서 깼다. 새벽 4시 20분이었다.

2

점심 식사로 소고기볶음밥이 나왔다. 식사 중에 대장님이 "칠레 기지에서 월동을 마치고 칠레로 돌아간 한 대원이 코로나 양성이 나왔다"고 말씀하셨다. 그래서 현재 세종기지는 다른 외국 기지와 교류를 금지하고 있다고 했다. 그 대원이 어떤 경로로 코로나에 걸렸는지는 모르지만, 아마도 귀국하는 배에서 걸리지 않았을까 생각이 된다고 했다. 대한민국에서 출발한 우리 모두는 화순에서 격리를 하는 동안 코로나 검사를 두 번 했고, 아라온호를 타고 가고 있다. 이런 고생을 하면서까지 남극을 코로나

청정 구역으로 만들기 위해 애쓰고 있는데, 다른 기지를 통해 감염이 된다면 정말 너무 슬플 것 같았다. 대장님은 혹시라도 그런 일이 일어난다면, 즉 우리 대원들 중 누구라도 기지에서 코로나에 감염된다면 전원이 전세기를 타고 귀국하는 수밖에 없다고 했다. '아니, 그렇게 좋은 방법이 있다니!' 하고 생각했다. 어떤 경로로든 감염될 가능성이 있기 때문에 우리 34차 대원들은 조기에 일을 접고 돌아갈 수도 있는 것이었다. '아니다!' 나는 고개를 흔들었다. 병에 걸리면 안 된다. 우리는 모두 무조건 '괜찮아야' 하며, 그 누구도 절대로 침대에 누울 일을 만들지 말아야 한다.

크리스마스

2020년 12월 24~25일

 로스해 | 남위: 74도, 서경: 164도

1

오전에 경주 대원이 일하고 있는 메인 데크에 잠시 다녀왔다. 로스해 650미터 깊이 바다에서 물을 길어 그 샘플을 채취하고 있다는 이야기를 듣고 현장에 가본 것이다. 물을 긷는 도구는 길쭉한 가스통처럼 생겼는데, 서른 개 정도의 통이 연결되어 보호 장비 안에 들어 있었고, 맨 윗부분에는 고리가 달려 있어 장비를 들어 올릴 때 사용되었다. 통에 해수를 채운 후 건져 올려 유리병에 담으면 아라온호 연구원이 이것을 분석해

해수 내의 산소, 클로로필, 그리고 다른 가스의 농도를 검출하는 일을 하는 것이다. 모든 프로세스를 다 보지는 않았지만 최 연구원이 가스 분석에 대해 해준 설명을 들으면서 아주 조금 알게 되었다. 최 연구원이 일하는 방에는 많은 기계가 있었다. 밸브, 해수통, 연결관, 노트북 등등. 흔들리는 배 안에서 이러한 업무를 하고 있다는 것이 대단하다는 생각이 들었다. 최 연구원은 2015년부터 아라온호에서 이 같은 업무를 해왔다고 하니, 극지 전문 연구원이라 말하지 않을 수 없다.

저녁에는 야식을 제공하는 마지막 날이라고 해서 식당에 내려갔다. 그동안 한 번도 야식을 먹지 않았는데, 단 한 번이라도 아라온호 조리원들의 정성이 들어간 야식을 경험해봐야겠다고 생각했다. 세종기지 대원들과 연구원들은 배식대에서 햄버거를 하나씩 들고 삼삼오오 테이블에 자리 잡고 앉았다. 나도 흰 접시에 햄버거를 하나 올렸다. 햄버거는 정말 두꺼웠다. 패티가 두 개였다. 나는 포장을 아주 조금 벗기고 나서 칼로 8분의 1 정도 부채꼴 기둥 모양으로 썰어 조심스럽게 떼어내 맛을 보았다. 기가 막힌 맛이었다. 나머지 8분의 7을 바라보며 '밥 먹기 싫을 때 먹어야겠다'고 생각했다. 갑자기 내 옆에 앉아 있던 승룡 대원이 누군가를 부르며 말했다.

"야, 여기 햄버거 남았다!"

'내 거 말하는 건가? 이건 내 거지!' 분명 그는 내 햄버거를 쳐다보며 다른 대원을 부르고 있었다. 마지막 야식이라 큰맘 먹고 내려왔는데 뺏길 수는 없었다.

"이거 나중에 더 먹을 건데요?" 하고 말하자마자 포장을 대충 덮은 후 방으로 들고 갔다.

해가 지지 않는 날들이 계속되고 있다. 그리고 앞으로 16번 '시간 전진'을 한다. 거의 매일 한 시간씩 전진하는 꼴이다. 어떠한 환경에서든 적응해 나가는 인간의 능력을 믿으며 나 또한 이런 변화에 나를 맞추어갈 것이다.

2

헬리데크에서 단체 촬영을 했다. 방송에 나갈 크리스마스 인사와 새해 인사를 했다. 방에 들어오니 나른해지면서 양쪽 눈이 뻑뻑했다. 침대에 눕고 싶었지만 점심 식사를 한 것이 소화가 안 될 것 같아 고민하고 있는데, 갑자기 옆방에서 "사진, 사진!" 하며 밖으로 나가는 듯했다. 나도 '무슨 일인가' 하고 창밖을 내다봤더니, 배 높이만큼 높고 긴 유빙이 보였다. 사진을 찍어 가족 단톡방에 올리면서 "메리 크리스마스!" 인사를 했는데 아무도 답이 없었다. 피곤해서 모두 쉬고 있는 건지, 무슨 갈등이 있는 건지 궁금했다.

크리스마스 파티를 했다. 초밥, 연어회, 참치회, LA갈비, 비프스테이크, 국수, 볶음밥, 새우샐러드, 과일, 그리고 맥주 등 풍성했다. 승룡 대원이 우리가 즐기는 모습을 동영상으로 촬영했고, 이것을 방송사에 보낸다고 했다. 나는 맥주 한 캔과 화이트와인을 마셨다. 오랜만에 대원들과 대화를 나누었다. 찬 바람 부는, 유빙을 치고 지나가는 남극해 위에서 크리스마스를 즐겼다. 배 안에 고립되어 있기에, 좁은 공간에 80명이 넘는 사람들이 바글거리기에, 너무나 오랫동안 배를 타기에 생길 수밖에 없는,

갈등이라 부르기도 묘한 어떤 '불편함' 속에서, 인간적인 대화와 정서의 교류와 돈독한 우정이 싹트기를 기원하며 건배를 했다.

가족 단톡방에 재원이가 나타났다!

"엄마, 메리 크리스마스!"

너무 반가웠다. 얼굴을 보면 왠지 울컥할 것 같았다. 이모도 없고 스스로 할 일도 많아지는데 잘 지내는 것 같아 대견했고, 앞으로도 어려울 텐데 지금처럼만 잘해주었으면 좋겠다고 생각했다.

'고맙다, 재원아.'

새벽

2020년 12월 28일

🛶 칠레로 가는 길 On the Way to Chile | 남위 : 69도, 서경 : 153도

눈을 떠보니 새벽 2시가 조금 넘었다. 옆방의 현주 대원과 영수 대원은 아직 취침 시간이 아닌 듯하다. 둘이 대화하는 소리가 들린다. 가끔 그들의 목소리에 깨기도 하지만, 지금은 그냥 내가 잠이 안 온다. 어제저녁 너무 일찍 침대에 누웠기 때문이다. 몸을 일으킨다. 일단 몸을 침대에서 떼어놔야 뭘 해도 할 것 같다.

집과 멀어지면서 더 이상 내가 관여할 수 없는 일들이 늘어난다. 할 수 있는 일이라고는 남편에게 내 의사를 전달하는 것. 나머지는 그냥 맡

겨야 한다. 하나부터 열까지 다 알아서 하려고 했던 내가 이제는 내려놓는 훈련을 하는 중이다. 모든 일의 준비, 계획, 실행을 다 맡기고, 결과도 맡겨야 한다. 내 성격으로 그런 일이 쉽지 않았다. 같이 사는 이들이 그런 내 모습에 감동하기보다는 얼마나 답답했을까. 그냥 두어도 자연스럽게 진행되는 일들도 많았을 텐데. 스스로 일을 찾아 해나가면서 느끼는 성취감이 더 클 것이다. 혜진이와 재원이가 많이 성숙해지겠지. 시간이 갈수록 우리 가족 중에서 내가 가장 미숙하다고 느껴진다. 나를 늘 우선으로 챙기고, 내 중심적으로 판단하고, 내가 정한 목표를 위해서라면 다른 일을 양보시키거나 보류시키고, 최종 결정자로 군림했기 때문이다.

새벽 4시. 문밖에서 인기척이 계속된다. 공용 화장실 문소리, 외부로 나가는 철문 여닫는 소리, 발걸음 소리. 모두들 힘겹게 지내고 있다. 식당에 줄 서서 밥 열심히 먹고, 떠들고, 웃는다고 힘들지 않은 것은 아닐 것이다. 같이 방을 쓰는 대원들과의 갈등, 옆방 사람들이 내는 소음으로 인한 고통, 흔들리는 배로 인한 멀미, 자신이 목표로 했던 어떤 것에 대한 회의, 멀리 가족들에 대한 걱정 등등의 어려움이 있을 것이다. 그럼에도 불구하고 당분간 우리는 여기서 지내야 한다. 밥 먹고, 운동하고, 대화하고, 책도 읽고, 일기도 쓰고, 카톡도 하고, 술도 마시고, 담배도 피우고, 야식으로 라면도 먹고, 살을 빼고 혹은 찌우면서 말이다. 서로 보듬어야 할 대원들끼리 갈등이 생기기도 한다. 각자가 힘들고 예민할 때면 다른 대원들의 '정신 건강'까지 챙기기는 어려운 것이다. 나를 이해해주기를 구하지, 다른 사람이 어떤가 생각하기 벅찬 것이다. 외부 문을 "쿵쿵" 여닫으면 '저놈은 이 시간에 안 자고 왜 저리 시끄럽게 내 잠을 방해하지?' 하고 생각한다. 그 대원이 왜 지금 잠을 못 이루는지, 왜 밖에 나갈 수밖에 없는지 생각하기 어려운 것이다. 난 지금 혼자 방을 쓰고 있다. 만약 내옆에 다른 대원이 한 명 더 있었다면 과연 지금처럼 편하게 앉아 있을 수 있을까. 외부 문을 여닫는 누군가는 혼자 있고 싶어 밖으로 나가다가 그런 소리를 낼 수도 있는 것이다.

이 새벽, 여전히 잠이 오지 않고, 배는 흔들흔들하고, 철문 닫히는 소리는 계속되고 있다. 방 안의 불은 환히 켜져 있고, 커튼이 쳐진 창문 밖도 환하다. 깊이 잠들어 있어야 할 이 시간, 내 몸은 가볍고, 내 생각은 깊고, 내 뱃속은 편하다. 인간이 견뎌내기 어려운 시간일수록, 어쩌면 가장 강하고 단단한 무언가를 해낼 수 있을지도 모른다. 아라온호가 깨진 해빙과 부딪히면서 꿋꿋하게 목표를 향해 나아가는 것처럼 말이다.

석양

2021년 1월 10일

 칠레 푼타아레나스Punta Arenas, Chile | 남위 : 53도, 서경 : 70도

1

사우스셰틀랜드제도 가기 전에 있는 드레이크해협은 파도가 거칠기로 유명하다. 가는 동안 이곳에서의 정박이 마지막 휴식이 될 것이다. 세종

기지에 도착하면 내리기 전에 코로나 검사를 할 것이라고 한다. 모두 음성임이 확인이 되어야 배에서 내릴 수 있으며, 기지에 짐을 풀고 하역 작업을 시작할 수 있다고 한다. 마지막 휴식 시간을 편하게 잘 보내도록 하자. 침대 위에 오래 누워 있어도 좋다. 두 가지는 꼭 하자. 운동과 일기 쓰기. 그 외에 먹는 것, 목욕, 공부는 선택이다. 옆방에서 알람이 울렸다. 오후 3시 30분, 낮잠 시간이 끝났나 보다.

내일은 남편 생일이다. 오늘 아침, 미리 축하해주었다. 선물 대신 돈을 보내주었다. 재원이와 카톡으로 장난치며 문자를 주고받았다. 혜진이는 고려빌딩 사무실 청소와 점검 '알바'를 마치고 나에게 사진을 보내왔다. 한국은 아주 춥다고 했다. 남극으로 기고 있는 내가 지금 겪는 날씨보다 더 험한 날씨를 겪고 있는 듯하다. 아직 목적지에 도착하지 못한 나, 집안일을 잘 챙기고 있는 나의 가족.

긴 항해가 끝나가고 있다. 배를 타고 집으로 돌아갔으면 할 때도 있었지만 지금은 그렇지 않다. 일단 세종기지에 내린 후 그 후의 일은 그다음에 결정하기로 했다. 항해를 끝내고 땅에 발을 디딘 후에 보자. 이 땅이 내가 지낼 만한지 그렇지 않은지. 매일 지진이 일어난다고 한다. 4~5도의 지진이라고 한다. 긴 항해 끝에 다다른 세종기지는, 파도에 흔들리는 것이 아니라 지진에 흔들리고 있다.

'바닥이 편안한 삶은 당분간 없는 것인가?'

이 또한 내가 선택했으니, 나라도 흔들리지 말아야 한다. 바닥도 나도 흔들리면 답이 없다. 새로운 생활이 시작된다. 배에서와 또 다를 것이다. 자신의 일을 찾아가면서 우리는 새로운 관계를 만들어갈 것이다. 더 좋아지는 관계도, 더 나빠지는 관계도 생길 것이다. 모든 것은 변하는 것이니 결론을 짓지 말자. 우리는 결국 잘 지낼 것이고, 모두 자신의 자리로 돌아갈 것이다.

2

놀랍도록 아름다운 석양이었다. 방에서 운동을 마치고 창밖을 바라보는데 '멋있다'라는 말이 나도 모르게 튀어나왔다. 샤워를 하고 나온 후 다시 바라본 빛은 그냥 멋있는 빛이 아니었다. 붙잡아야 할 빛이었다. 서둘러 옷을 입고 외부 데크로 나갔다. 빛은 강렬한 듯 부드럽게 번지며 구름마저 주홍빛으로 물들였다. 바람이 불었다. 찬 공기를 실은 바람이었다. 바람은 우현 벽을 쓸고 데크로 휘어져 들어와 내 머리를 흩어뜨려놓았다. 바람은 파도를 몰고 와서 해안에 거품을 던져 놓았다. 며칠 동안 잔잔하던 마젤란해협의 바다가 요란스레 흔들렸다. 난 바람을 즐기면서, 파도의 흔들림을 즐기면서 서 있었다. K 루트* 대장님이 나오셨다. 노을이 아름답다고 하면서 인사를 건네셨다. 그도 아름다운 노을에 매료되어 달려 나온 듯했다. 그는 카메라를 난간에 고정하고 작동을 시작한 후에 다

---

* K 루트 : '남극내륙연구사업단'을 말하며, 약칭 코리안 루트(K루트)라고 부른다. 새로운 극지 미답지(과학 영토) 개척 및 탐사 기술 개발을 위해 연구 활동을 하는 연구팀이다.

시 들어갔다. 나도 방에 돌아와 다시 창밖을 내다보았다. 또 다른 빛이 시작되고 있었다. 다시 밖으로 나갔다. 넓게 흩어졌던 주홍빛은 응축이 되는 듯 진한 분홍빛으로 변하면서, 이제는 구름을 물들이지 않았다. 구름은 분홍빛 사이 빈 공간이 되어버렸다. 난 빛에 홀린 사람처럼 오랫동안 서 있었다. 아름다운 무언가를 놓칠지도 모른다는 생각이 들어 사진을 찍고, 또 찍었다. 아름다운 빛의 도시, 바람의 도시, 마젤란해협을 끼고 있는 도시. 푼타아레나스가 내게 큰 선물을 주었다.

드레이크해협

2021년 1월 13일

🚢 드레이크해협 Drake Passage | 남위 : 60도, 서경 : 58도

배가 심하게 흔들렸다. 어제 6시 조금 넘어 잠자리에 누운 이후 아침 7시에 몸을 일으키기까지 배는 멈추지 않고 흔들렸다. 잠은 수시로 깼고, 뒤척이면서 모로 누웠다가 바로 누웠다가 하는 동안 날이 밝았다. 온몸이 경직된 듯했다.

어제 보온병에 받아놓은 물의 온도는 44도. 컵라면을 끓이기에 적합한 온도는 아니었지만, 큰 사발면을 꺼내 비닐을 벗기고 뚜껑을 연 후 분말 채소와 수프를 면 위에 올리고 물을 부었다. 면이 익는 사이 바나나를 집어 들었다. 이틀 전 식당에서 가져온 것이다. 껍질을 벗긴 후 한 입 베어 물었다. 속에서 거부하지 않는 것 같아 하나를 다 먹었다. 라면 뚜껑을 열

고 면을 한 번 휘저어보았다. 면이 좀 풀어졌다. 미지근한 물에도 다행히 면이 풀리면서 약간은 익은 듯했다. 면을 한 젓가락 먹어보았다. 바삭한 부분이 남아 있었지만, 나쁘지 않았다. 국물은 두 모금만 먹었는데, 수프가 완전히 용해가 되지 않아 가루수프 맛이 반 이상이었기 때문이다.

난 왜 갑자기, 항해의 마지막을 눈앞에 두고서 멀미를 하게 된 것일까. 곰곰이 생각해보았으나 답은 하나였다. 운동을 하지 못해서. 그동안에도 멀미가 날 듯 속이 불편해지는 일이 있었고, 그럴 때마다 체육관으로 가서 러닝머신 위에 올라가 있으면 다 해결되었다. 그렇게 운동을 지속적으로 했고, 몸 상태가 좋으니 멀미가 비집고 들어올 틈이 없었다. 칠레에 도착한 후부터 우리는 선실 격리에 들어갔고, 체육관과 회의실, 식사 시간이 아닌 시간의 식당을 폐쇄하는 바람에, 식당에 커피를 내리러 갈 일도, 체육관에 갈 일도 없어진 것이다. 도서관에서 최 연구원과 대화하는 일도 불가능해졌다.

조금 전 바깥바람 쐬고 사진과 동영상에 하늘과 바다, 그리고 파도와 갈매기를 담고 나서 방으로 들어왔다. 찬 바닷바람을 쐬고 나니 한결 기분이 좋아졌다. 오늘 하루는 몸 상태가 괜찮아야 할 텐데. 파도가 좀 더 거세진다. 의자가 기울어지니 앉아 있기가 불편하다. 이런 환경에서도 나의 할 일을 한다는 것. 힘들지만 매력 있는 일이다.

남극 세종과학기지

남위: 62도, 서경: 58도

사투

2021년 2월 9일

어제 제주 H병원 양 선생님이 응급 카트 사진을 보내주셨다. 오늘 그것을 참고해서 의무실 응급 약물과 기구 들을 정리했다. 그렇게 오전 시간을 보낸 후 점심 식사를 하고 오후 일과를 시작했다.

　오후에는 진료실 안이 난장판이었다. 의료 기구를 두 개의 책상 위, 침대, 바닥 여기저기에 펼친 후 소독하고 정리했다. 오후 3시쯤 열린 의무실 문 앞에 호성 대원이 나타났다. 표정에는 피곤이 가득했고, 얼굴이 상기된 채로 몸은 축 늘어져 있었다. 그는 "영양제를 좀 맞았으면 한다"고 했다. 나는 진료실 안이 정돈되지 않았지만 그의 부탁을 거절할 수 없었다. 정말로 영양제를 놔주어야 할 것 같았기 때문이다. 그는 몹시 지쳐 보였다.

내가 수액 세트를 준비하는 동안 그가 침대에 누워 담담하게 이야기했다. 생물 연구원인 경주 대원과 세종봉 근처에 갔었고, 날씨가 괜찮은 듯해서 좀 무리다 싶었지만 봉우리로 올라갔는데, 날씨가 갑자기 흐려지고 바람이 불면서 시야가 나빠져 위험한 상황을 맞았다는 것이다. 나는 수액걸이를 끌어다가 그의 오른팔 옆에 세우고 병을 걸었다. 멀티비타민과 아스코르브산 앰풀을 따서 주사기에 옮겨 병에 섞었다. 수액 세트를 개봉해 병에 연결하고, 길게 늘어진 선을 수액걸이 중간 트레이에 걸치고는 그의 팔 밑에 자리를 잡고 앉았다.

팔뚝에 토니켓을 묶고 나서 주먹을 쥐라고 하니 손등 표면에 정맥이 선명하게 튀어 올랐다. 나는 메디컷으로 혈관을 찔렀고, 관을 통해 혈액이 밀려 나오는 것을 확인하고 바늘을 빼면서 카테터를 혈관 깊이 밀어 넣었다. 수액 세트 끄트머리와 바늘을 연결하니 수액관으로 피가 역류했다. '병에 음압이 걸려 있구나.' 수액 세트와 병이 연결된 부위 옆에 18게이지 바늘을 하나 꽂았다. 바늘을 통해 공기가 병으로 밀려 들어가면서 음압이 풀려 수액이 쏙 내려왔고, 피로 벌겋던 수액관이 점점 깨끗해지기 시작했다.

비타민을 섞어 노랗게 변한 수액이 "똑, 똑" 떨어지는 동안 그는 잠이 들었는지 코를 골았다. 그사이 나는 의료 기구 소독을 마무리했고, 약 케이스를 약장 선반에 차곡차곡 쌓아 올렸다. 그동안 그는 얼마나 피곤했을까. 안전 대원으로 늘 신경 쓸 일도 많고, 기지에 도착해 컨테이너 하나씩 개봉할 때마다 그는 몸을 사리지 않고 일했다. 비록 담담하게 말하긴 했지만, 어쩌면 그는 세종봉 절벽 한 끄트머리에서 생명의 위협을 느겼을지도 모른다. 그는 아무것도 보이지 않고 도움을 줄 사람 하나 없는 곳에서, 속도를 내며 굴러떨어지는 돌들 사이에 균형을 잡고 서서 올라가지도 못하고 내려가지도 못하다가 겨우 탈출해서 바위와 자갈을 밟고 욱신거리는 어깨와 다리를 추슬러 주황색 건물 기지에 겨우 도착한 것이다. 그런 후 생활관 계단을 밟고 묵직한 현관문을 당겨 열고, 사투를 벌일 때 자신의 다리를 굳건히 지탱해주었던 안전화를 신발장에 넣고 복도를 걸어 의무실 문 앞에 도달한 것이다.

나는 왜 이곳에 왔을까

2021년 2월 13일

나는 왜 이곳에 왔을까.

새벽 2시쯤 되어 통신실 당직자 의자를 뒤로 젖히고 나서 두꺼운 외투를 덮고 눈을 붙였다. 두세 시간 그렇게 누워 있었다. 목덜미에서 골반까지 점점 굳어지는 느낌이 들었지만 어떻게 할 수 없었다. 아침 6시 순찰을 돌 때에 이미 몸의 여기저기가 삐거덕거리는 것을 느꼈다. 순찰을 마치고 식당에 내려가서 냉장고를 뒤져보니 맨 꼭대기에 짜장이 있었다. 햇반을 데워 그릇에 담고 짜장을 얹은 다음 전자레인지에 돌렸다. 단무지를 꺼내 식사를 했다. 이렇게 또 하나의 당직이 지나갔다.

◆

나는 왜 이곳에 왔을까.

경수 대원과 교대를 하고 방에 들어왔을 때, 내 몸은 환자의 몸과 다를 것이 없었다. 침대에 누워 오후 2시까지 잠을 잤다. 눈을 뜨니 깊은 호흡이 잘되지 않았다. 흉곽의 근육들이 돌덩이처럼 굳어진 듯했다. 욕실에 들어가 샤워를 하니 좀 나아졌다. 식사를 하고 방으로 돌아와 어제 당직할 때 읽었던 『강의』* 제3장, '주역' 부분을 계속해서 읽어나갔다. 책상 오른편 등을 켜고 한 줄 한 줄 읽어나가면서 노트에 베꼈다. 신영복 선생이 전달하고 싶어 하는 내용을 혹시나 놓치고 있지는 않은가 싶어 독서의 속도를 천천히 했다. 오후 4시에는 지난 설에 합동 차례를 지내고 챙겨두었던 먹태를 먹었다. 딱딱하게 굳고 비린내가 좀 났지만 단백질원이기 때문에 버릴 수가 없었다. 가시는 휴지에 싸서 버렸다.

난 왜 이곳에 왔을까.

오후 5시 40분 즈음 '주역' 읽기를 마치고 식당에 내려갔다. 조기를 접시에 담아 전자레인지에 돌려 김이 모락모락 나게 했다. 마침 경수 대원이 참깨라면과 밥, 에어프라이어에 돌린 만두 일곱 개를 그릇에 담아 내 앞에 앉았다. 우리는 서로의 고충을 농담처럼 털어놓으며 서로의 이야기를 들어주었다. 그의 말에 내가 위로를 받았고, 내 말에 그도 분명히 위

★ 신영복, 『강의』, 돌베개

로를 받았을 것이다. 나는 그에게 말했다.

"요즈음 '난 왜 이곳에 왔지?' 자주 생각해요."

그가 웃었다.

운동을 하러 갔다. 러닝머신 세 대 중 양쪽 가장자리의 두 대는 이미 다른 대원들이 차지하고 있었다. 나는 비어 있는 가운데 자리로 들어갔다. 두 시간을 걸었다. 걸으면서 양쪽 어깨를 많이 움직여주었다. 흉부의 근육이 최대한 늘어나도록 팔의 움직임을 크게 했다. 맨 처음에는 가슴 윗부분에 통증이 느껴졌다. 그러다가 움직이면 움직일수록 '시원한 통증'으로 바뀌더니 마지막 즈음에는 움직임이 자연스러워졌고 통증도 사라졌다.

나는 왜 이곳에 왔을까.

메디컷으로 정맥을 확보하려 했으나 쉽지 않았다. 손등 혈관에 두 번, 손목 바깥쪽 굵은 혈관, 팔꿈치 앞 정맥에 시도했으나 번번이 실패했다. 메디컷은 바늘 바로 뒤에 관과 연결되는 부분이 있다 보니 바늘이 꽂힌 손을 사용할 수 없었고, 결국 한 손으로 연결하다 보니 바늘이 빠져버리기 일쑤였기 때문이다. 네 번을 실패하고 나비 바늘로 바꾸고 나서야 정맥을 확보할 수 있었다. 나비 바늘의 경우 바늘 뒤에 긴 줄이 이어져 있어서 바늘이 꽂힌 팔의 손을 사용할 수 있었고, 그래서 양손으로 줄과 관을 연결할 수 있었다. 여러 번의 실수로 좋은 것을 배웠다. 어쨌든 어렵사리 영양제를 맞기 시작했는데 혈관이 언제 터졌는지 바늘 주변이 퉁퉁 부어 있었다. 수액을 다 맞지 못해 아쉬웠지만 조금 기운이 나는 것 같았다.

적응과 그리움 사이

2021년 2월 28일, 3월 21일

1

2월의 마지막 날이다. 작년 10월 15일 여의도를 떠났으니 집 떠난 지도 네 달 반이 흘렀다. 전체 기간으로 보면 3분의 1밖에 지나지 않았다. 그 동안 나의 여행을 돌이켜보면 이렇게 오래 '베이스캠프'인 집을 떠나본 적이 없었다.

밤새 바람이 불었다. 바다를 향해 나 있는 방의 창문을 살짝만 열고 잤는데, 창문 틈새로 불어오는 바람 소리 때문에 잠을 설쳤다. 시험을 보는 꿈을 꿨다. 시험 시간 내내 빈둥대다가 막판에 문제를 푸느라 정신이 없었다. 그 많은 스토리 중에 하필 시험 보는 꿈인지. 시험을 보는 꿈은 내게 늘 '악몽'이다.

지금도 통신실 창밖에는 비바람이 불고 있다. 바람은 초속 12~13미터를 왔다 갔다 하고 있다. 통신실 창문은 비에 젖어 있고, 짙은 안개가 위 버반도를 짙게 덮고 있다. 오늘은 주간 당직이다. CCTV를 확인하면서 밖의 상황을 살피고, 시간이 되면 순찰을 돈다. 검은색 머그 컵에 담긴 진한 커피 한 잔이 흘러내리는 윗눈꺼풀을 들어 올려준다.

◆

오늘 당직을 마치고 할 일이 있다.

- 초음파 점검. 일단 초음파 설명서를 읽어볼 필요가 있다. 그런 후 사용해보자.
- 검진 체크리스트 만들기.
- 검진 결과지 만들기. 어떤 형태로 결과를 통보할지 구상해보자.
- 소변 검사 기계 점검. 엑스레이실에서 진료실로 옮기자.
- 엑스레이 기계 점검.
- 심전도를 저장할 수 있을지 USB로 옮기는 시연을 해볼 것.
- 〈나의 아저씨〉 2편 보기.

집 생각이 난다. 그동안은 괜찮았는데. 집 근처에 새로 문을 열었다는 백화점에도 가보고 싶고, 애플스토어에도 들러보고 싶다. 기업은행 인출기에서 현금을 빼서 재원이 용돈도 주고 싶고, 카페 '아티제' 큰 유리 창가에 앉아 커피를 마시며 스콘을 뜯고 싶다. IFC몰 영풍문고 인문학 코너에서 제목이 눈에 띄는 책을 계산하고, 두 겹 종이 가방에 넣어 들고 걷고 싶다. 몰 근처에 낙곱새를 파는 식당이 있는데, 2인분 포장해 집에서 냄비에 보글보글 끓여주면 아이들이 잘 먹을 텐데. 심심하면 식탁에 앉아 노트북을 켜고 메디게이트뉴스를 읽을 것이다. 녹색 장바구니를 들고 롯데슈퍼에 가서 과일과 반찬을 사 들고 오고 싶다. 슈퍼가 문을 닫는 일요일에는 횡단보도를 건너 홈마트에 가서 양평해장국과 성경김, 목우

촌햄을 사 들고 오곤 했지. 대교상가 파리바게트에서 꽈배기를 사다가 뜯으면 좋을 텐데. 홍우빌딩 11층 피트니스 센터에서 이 팀장님 지도를 받으며 운동을 하고 싶다. 새벽에 아파트 정문에서 택시를 잡아타고 김포공항으로 향할 때 오른쪽에서 밝게 떠오르던 태양을 기억한다. 제주공항에 내리면 버스에 몸을 싣고 H병원으로 향했었지. 다음 날 아스타호텔에 짐을 두고 올레길을 걷던, 너무도 좋았던 시간들.

2

〈나의 아저씨〉 주제곡 중에서 '내 마음에 비친 내 모습'을 들으면 서울 냄새가 난다. 가슴이 저릿저릿하다. 여의도 강변을 하얗게 혹은 분홍빛으로 물들이고 있을 벚꽃을 생각하면 가슴이 환해지면서도 애절하다. 남극 이곳은 겨울을 향해 가는데 내 마음은 봄에 들떠 있다.

  어제는 눈이 많이 왔다. 오전 내내 하늘은 어두웠고 마리안소만 건너편 위버반도가 하나도 보이지 않을 정도로 안개가 자욱했으며 동쪽에서 눈보라가 몰려왔다. 11시 조금 넘어 점심 식사를 하러 세종회관에 내려갔는데 셰프가 주방에서 고기를 썰고 있었고, 내가 식사를 마칠 즈음 그는 두툼한 점퍼를 입고 밖으로 나갔다. 조금 있다가 눈보라 사이로 보이는 그의 모습. 어두운 회색빛 하늘, 바다, 땅, 그리고 빨간 외투를 입고 걸어가는 그의 뒷모습. 그의 모습은 고독해 보였다. 그 모습은 내 모습이기도 했다. 나도 고독 속으로 걸어 나가고 싶었지만, 그대로 실내에 머물렀다. 아쉽게도 회색빛은 오후가 되면서 걷혀버렸고, 난 그 우울한 빛 속의 주인공이 되어보지 못했다. 내가 사랑하는 그 빛, 우울한 빛, 고독한 빛.

한국에서 멀리 떨어진 이곳. 바람 불고 파도치고 눈발이 날리고 비가 후드득 떨어지고 스쿠아*가 떼 지어 따라오고 펭귄이 아무렇지도 않게 돌아다니는 곳. 이곳에서 느끼는 고독감은 도심 한가운데에서 아무도 모르는 사람들 틈에 끼어 있을 때 느끼는 그런 고독보다 더욱 진하다.

음식과의 전쟁

2021년 4월 1일

하루하루가 '먹을 것'과의 싸움이다. 왼손에 방패를, 오른손에 창을 들고 전투에 나선다. 사방이 적이다. 선반 위와 냉장고에서 조용히 나를 지켜 보다가 내 눈에 띄어 내 입으로 들어오고 싶어 하는 적들이 있고, 하루 세 번 적극적으로 나를 자극하며 싸움을 걸어오는 적들도 있다. 나는 창 으로 적을 찌르고 쫓아버리기도 하고, 방패로 날아오는 무기들을 막기도 한다. 배식대 위에 놓여 있는 음식에 홀려 접시 위에 가득 담아 식탁으로 가져왔다가 아무래도 안 되겠다 싶어 음식을 쏟아버리기도 한다. 그 줄다리기는 정말 힘겹다. '왜 이리 맛나 보이지? 그런데도 하나만 담아야 하나?' '이걸 다 먹었다가는 오늘 운동량만 늘려야 하고 힘들 거야. 안타 깝지만 남기자.' '건강에 좋기도 하고 자주 나오는 음식이 아니잖아. 많이

★ 스쿠아(skua): 남극도둑갈매기(south polar skua)를 일상적으로 이르는 말.

먹자.' 이렇게 싸우다가 멋지게 이기기도 하지만, 완전히 패배하여 헬스장에서 이를 갈기도 한다. 하루 종일 먹을 것과 지지고 볶는다.

남극에 오기로 했을 때 먹는 걱정을 많이 했었다. '식단 관리를 어떻게 해야 할 것인가' 하고 말이다. 아라온호에서부터 힘들었다. 흔들리는 배 안에서는 이상하게도 속이 빈 상태로 있기가 힘들었고, 그래서 먹고, 운동하고, 먹고, 운동하고를 반복했다. 다행히 운동을 많이 할 수 있어 체중을 유지할 수 있었다. 이곳 기지에 도착해서는 처음에 환경이 변하면서 스트레스가 극심했었던지 먹는 양이 확 늘었고, 술도 조금씩 마시다 보니 주량이 늘어나면서 체중이 급격히 증가한 것이다. 그런 데다가 이곳에서도 공복감을 잘 참지 못하게 되면서 간식을 먹게 되었다. 하지만 뭐니 뭐니 해도 다이어트의 가장 나쁜 적은 술이다. 술을 피하면 일단 해결책이 보인다. 그리고 회복이 된다. 술을 마시면서 다이어트를 기대하거나 건강을 잘 유지할 수는 없다. 특히 맥주는 뱃살의 주범이다. 다시 1년 전 뱃살로 돌아가고 싶지 않다.

그래도 어제는 3월을 보내는 축하의 의미로 와인 두 잔을 마셨다. 와인은 총무님께 부탁해서 방에 챙겨두었었다. 이제 딱 두 잔 분량이 남았다. 매주 금요일 회식에는 참석하지 않지만, 매월 말일에는 혼자서라도 조용히 마시고 싶다. 회식에 가지 않는 이유는 딱 하나다. 다이어트 어쩌고 핑계를 대지만, 술을 진심 좋아하기 때문이다. 회식에 가서 술 한 잔 마시면 나의 진심이 드러나면서 마구 마셔대기 때문이다. 그렇게 되면 1년 동안 운동을 하면서 쌓아온 공든 탑이 무너지기 때문에 정신을 바짝 차리는 것이다. 입맛을 다시면서 고통스러워도 말이다.

월요병

2021년 4월 5일

의무실에 들어가 진한 커피를 한 잔 마셨건만 좀처럼 기운이 나지 않았다. 그냥 기운이 나지 않는 것인지, 기분이 나쁜 것인지, 아니면 어디가 아픈 것인지 종잡을 수 없었다. 오전에는 'Intermittent fasting(간헐적 단식)'에 관한 논문 몇 편을 읽었고, 점심 종이 울리자마자 식당으로 달려가 청국장찌개에 이면수구이를 맛있게 먹었다.

식사 후 늘 그렇듯이 방에 들어가서 스쾃(일명, 스쿼트)과 스트레칭을 했다. 스쾃은 아라온호에서는 배가 흔들려서, 기지에시는 바빠서 한동안 못하다가 최근에 다시 시작했다. 운동을 하고 나니 컨디션이 좋아지는 듯했지만, 의무실에 다시 내려가니 증상이 도졌다. 아무래도 이것은 '월요병'이 확실한 듯했다. 이럴 때 해결책은 단 하나인데, '월요일이 빨리 지나가는 것'이다.

오후 4시에는 극지연구소 웹진인 《눈나라 얼음나라》 편집인 모임이 있었다. 세종기지에서 대원들이 어떻게 생활하는지, 식물 공장에서 키우는 식물들이 잘 자라는지, 대원들이 어떤 연구를 진행하고 있는지 등 소식을 외부에 전하기 위해 총무님과 네 명의 대원들이 매주 회의를 하고 이야깃거리를 모으고 있는 중이다. 무거운 몸을 끌고 올라가 총무실 의자에 축 늘어져 있었다. 하지만 회의가 진행될수록 조금씩 기운이 나기 시작했고, 회의가 끝날 무렵에는 몸이 가벼워졌다. 월요일 일과 시간이 끝나가는 것도 한몫했겠지만, 실제로 이뇨 작용이 잘되어 화장실을 몇 번 들락날락하면서 부기가 빠진 것이다. 모임에 가기 전 의무실 침대에서 쉰 것도 도움이 된 것 같다. 눈을 잠시 붙이고 있을 때 잠이 드는 바람에 코를 크게 골 뻔했다. 대원들이 복도에서 왔다 갔다 하는 게 신경 쓰였는데도 말이다. 대원들에게 발각되더라도 '그러려니' 하겠지만 말이다.

저녁을 든든하게 먹고 헬스장으로 향했다. 문득 기계동을 사진에 남기고 싶다는 생각이 들어 각을 잡으면서 찍고 있는데, 누군가 생활관 계단을 내려오면서 내게 말을 걸었다. 대장님이었다. 대장님은 골프장으로 향하고 계셨다. 서로 "운동 열심히 하시라"고 격려의 말을 했고, 나는 기계동 2층으로 올라갔다.

유지반 사무실 안에 있던 영수 대원이 내가 좋아하는 노래를 크게 틀어놓은 덕에 나는 그 노래에 발걸음을 맞춰 신나게 운동을 했다. 조금 있다가 승룡 대원과 경주 대원이 합류했다. 그들이 오니 더욱 기운이 났다. 12킬로미터 걷고 마무리 스트레칭을 한 후 탈의실로 들어가 옷을 갈아입고 나왔다. 승룡 대원은 운동을 마쳤는지 보이지 않았고 경주 대원이 와 있었다. 기계동 밖으로 나와 생활관으로 향하다가 현주 대원과 마주쳤다. 그가 내게 밝게 인사를 건넸다. 그도 골프장으로 향하고 있었다. 생활관에 들어가 의무실에서 짐을 챙겼다. 세종회관에 들어가 커피잔을 씻어 에스프레소 머신 위에 올리고 나서 방에 가져갈 물을 챙겼다. 냉장고 안을 들여다보니 고구마가 있었다. 먹고는 싶었지만 포기하고 방으로 올라왔다.

월요일이 다 지나갔다. 대장님은 연구소와 월간 미팅을 하고 계신다. 대장님의 월요일은 더 길다. 힘드시겠지만, 그의 일이다.

남극 둘레길

2021년 4월 10일

밝은 태양이 마리안소만 위로 떠오르고 있었다. 밤새 지진으로 잠을 거의 자지 못했지만, 오늘은 왠지 밖을 걸어보고 싶은 생각이 들었다. 날씨가 맑아 가벼운 단체복 상의를 걸쳤고, 등산화를 신고 밖으로 나갔다.

부두 옆에서 일출 사진을 찍고 생활관 서쪽 끝 연구동으로 가는 비탈길을 걸어 올라갔다. 기상관측동 방향으로 걷다가 왼쪽으로 둥글게 돌아 유류 탱크를 지나 언덕으로 향했다. 기지를 벗어나니 자갈과 초록 풀이 사라지고 큰 바위가 나타났다. 어느 정도 올라가서 그 높이를 유지하며 걸었다. 오른쪽으로 세종봉이 가까워지고, 왼쪽에 체육관동이 보였다. 체육관동으로 내려가는 흙길을 따라 걷다가 체육관동 옆 공터를 지나 해안으로 갔다. 해변에는 크고 작은 유빙이 가득했고, 태양은 얼굴을 강하게 비추었다. 자갈을 밟으며 마리안소만 빙벽을 향해 천천히 걸었다.

문득 물 가까이에 께름칙한 것이 보였다. 펭귄의 사체였다. 뼈와 털과 주둥이만 남아 있었다. 기지에 도착하자마자 둘레길을 걸을 때 만났던 새끼 펭귄임에 틀림없다. 오도 가도 못하고 제자리에서 몸만 돌리던 녀석. 그 이후 영준 대원이 자신도 작은 펭귄을 보았다고 하면서 "잘 있다"는 이야기를 했었고, 어느 날 "펭귄이 없어졌다"고 말했던 것이다. 그는 "몸에 털이 자라날 만큼 커져서 헤엄을 칠 수 있게 되어 펭귄 무리가 있는 곳으로 가지 않았겠냐"라는 이야기를 했었는데. 그 어린 펭귄이 굶다가 지친 사이에 스쿠아들에게 잡아먹힌 것이 분명했다. 마음이 좋지 않았지만 지나쳐서 소만을 향해 더 걸어갔다.

한참 걸어가니 해안 길이 끊겨 있었다. 더 가려면 높은 산등성이 쪽으로 방향을 틀어야 할 게 분명했다. 되돌아가면서 펭귄 사체를 두리번거리며 찾는데 아까 마주쳤던 사체 옆에 두개골과 털 뭉치도 있었다. 나는 바닥에 딱딱하게 붙어 있는 자갈들을 발로 차서 떼어낸 다음 어느 정도 모은 후 사체 위에 쌓아 올렸다. 흔적이 보이지 않을 때까지 여러 번 반복했다. 바람은 차고, 마음은 쓸쓸했다.

"귀여운 녀석, 잘 가라."

산다는 것

2021년 5월 6일

재원이 생일이다. 아침에 아들과 통화하는데 목소리가 달랐다. 처음에는 남편이 장난하는 줄 알았는데, 재원이였다니. 차분하게 이야기하는 아들의 목소리가 반가웠다.

'생일 축하해. 몸과 마음이 모두 건강하기를 바라. 전화 음성처럼 느리게, 차분하게, 삶을 천천히 살피면서, 무모하지 않게, 하지만 용감하게 인생을 꾸려가기를 바라. 잡다한 세상사에 파묻히거나 휘둘리지 말고, 단순하고 질박하게, 마음 깊은 열망을 진득하게 밀고 나가길 바라. 다른 사람들에게 보이지 않는 것들을 찾아낼 수 있는 감수성을 가지기를, 그것으로 인생을 더욱 감미롭게 맛보기를, 무익하게 소중한 시간들을 허비했던 나의 젊은 날의 어리석음이 재원이에게는 없기를 바라.'

마음속으로 기도했다. 아이들이 그립다. 가족이라는 울타리가 이렇게 든든한 거였는데 말이다. 좋았던 추억도 생각나지만, 아쉬웠던 일들이 더 많이 떠올랐다. 그때 더 잘해줄 것을, 그때 내가 왜 그렇게 재원이에게 버럭 화를 냈을까 하고 후회했다. 그때도 미숙했지만 지금도 나는 그렇다. '영원한 생명'이 보장된 것처럼 시간을 허비하고 있고, 삶을 진지하게 고민하고 고뇌하지 않고, 세간의 관심에 휩쓸려 살고 있다. 재원이에게 소망하는 것들은 나에게도 소망해야 하는 것이다. '삶' 옆에는 언제나 죽음이 있고, 나의 삶도 언제 어떻게 될지 모른다. 응급실에 실려 오는 심정지 환자들도, 아침에 가방을 들고 일터로 향할 때 자신의 몇 시간 뒤의 일을 알 수 없었을 것이다. 죽음은 그들만의 것이 아니다. 그렇기 때문에 바로 이럴 때, 살아 있고, 건강하고, 아직 무언가 할 희망이 있을 때 '잃어버리고 사는 무언가가 없는지' 돌아봐야 하는 것이다.

학교

2021년 6월 15~16일

1

저녁에 운동을 마치고 생활관에 돌아와 세종회관에 들렀다. '무엇으로 배를 채울까' 하고 둘러보고 있을 때, 아들 담임선생님에게서 전화가 왔다.

"어머니, 재원이가 아직 학교에 오지 않았어요."

아라온호를 타고 적도를 넘을 무렵, 딸에게서 "빨리 전화 좀!" 하는 문자를 받고 놀라서 후들거리는 다리로 브리지에서 긴급 통화를 시도했을 때 그 문자가 딸의 '변비' 때문임을 알고 안도를 하면서도 무력감을 느꼈던 것과 마찬가지로, 늦잠을 자느라 학교에 지각하는 아들에게 내가 해줄 수 있는 게 고작 집에 전화해 잠을 깨우는 것밖에 없다고 생각하니 또다시 무력감이 엄습했다.

'난 지금 엄마로서 잘 살고 있는가?'

남극으로 떠나오기 전, 많은 일이 있었다. 난 서울과 제주를 오가며 일했고, 딸은 기나긴 사춘기에서 벗어났다. 그것을 상대하느라 지쳤었지만 회복할 시간을 가질 수 있었다. 그 후 아들이 이전에는 그냥 넘어가던 일에 대해 질문을 던지며 반발하기 시작했고, 나와 갈등이 시작됐다. 그런 상황에서 제주에서의 근무는 내게 큰 위로가 되었다. 비행기에서 까마득한 아래 풍경을 내려다보다가 제주공항에 도착해 버스를 타고 병원으로 출근하는 '여행 같은 근무'가 일상의 피로감을 덜어주었다. 아이들과 갈등이 생겼다고 결투를 벌이는 것보다 이렇게 우리 사이에 '공간을 두고, '시간'을 두는 것이 훨씬 낫구나 하고 생각했다. 그러던 중 남극행을 결정하게 되었고, 공간적으로도, 시간적으로도 우리 사이를 확실하게 벌려놓았던 것이다.

2

재원이는 오늘도 학교에 가지 않았다. 저녁에 "게임만 하고 있다"고 남편이 카톡을 보내왔다. 머릿속 복잡한 무언가를 게임을 하면서 잊고 싶은 걸까? 그냥 게임이 재미있는 걸까? 새벽에 운동을 했다. 어제 재원이의 결석 이야기를 듣고 무기력했었는데, 마음을 추스르고 운동을 하며 생각했다.

'나를 주저앉게 하고, 내 운동을 멈추게 할 만한 일이 뭐가 있겠어. 계속 가는 수밖에. 어떤 결론이 날지는 아무도 모르잖아. 물론 과정이 머리 복잡하고, 스트레스 받고, 열받을 수 있고, 내가 생각했던 방향이 아니라서 맘에 들지 않을 수 있겠지만 그게 뭐 그리 대수인가. 천천히, 인내심을 가져보자.'

하지만 오늘도 학교에 가지 않은 재원이를 생각하니 절망스러웠다.

'난 왜 이곳에 와서 일을 그르치고 있는 거지? 내 아들은 저렇게 다른 길을 가고 있는데……'

하지만 그런 상황에서도 나는 이곳에서 일해야 하고, 먹어야 하고, 운동해야 하고, 자야 하고, 회의도 해야 하고, 이메일 답변도 해야 했다. 어쩌면 이렇게 '해야 하는' 일들이 나를 받쳐주고 있는지도 모른다고 생각했다.

기다림

2021년 8월 22일

구름이 많이 끼었다. 바람은 잠잠하고 체감 온도는 영하 9도였다. 아침 10시, 첫 순찰을 돌며 펭귄들의 발자국과 똥 자국을 보았다. 기지 안 깊숙한 곳까지 녀석들이 침범해 들어왔다.

아침에는 의무실 냉장고에 넣어두었던 볶음밥에 케첩을 얹어서 먹었다. 점심에는 총무님이 "샌드위치를 만들었는데 좀 드시겠냐"라고 묻기에 좋다고 했다. 큰 식빵 한 장을 반 접어서 안에 참치와 꽁치와 할라페뇨, 마요네즈를 믹스해 넣었는데, 꽁치 맛이 살짝 비린 듯했지만 할라페뇨의 매콤 쌉싸름한 맛이 비린 맛을 약화시켜 먹을 만했다.

엄마는 금요일에 춘천에 가셨다가 일요일에 다시 서울에 가셨다. 재원이 때문에 여간 고생하시는 게 아니다. 재원이가 휴학하는 것을 고려 중인데, 휴학을 한 후 무엇을 해야 하는가 모두가 고민하고 있다. 엄마에게 "재원이가 이전에 다니던 대안 학교에 다시 갈 생각이 있는지 물어봐 달라"고 했다. 엄마는 재원이가 "월요일부터는 화상 수업을 잘 듣겠다"고 해서 아직 묻지 않았다고 하셨다. 참 알다가도 모를 녀석이다. 월요일에 화상 수업을 들을지 말지는 그때 가봐야 알 것이다. 말을 자꾸 뒤집으니 말이다. 무엇이 지금 아들의 내부를 뒤흔들고 있는 걸까. 뭘 표현하려고 이런 발작을 하는 걸까. 어떤 놈이 들어앉아서 아들 속을 뒤집는 걸까. 그놈은 정체가 뭘까. 무슨 목적으로 그러는 거지? 주변 사람들 걱정을 끼치려고?

빌리 조엘의 노래를 들었다. 그의 노래를 들으면 복잡한 생각이 단순하게 정리되는 느낌이다. 사회가 그어둔 선 밖으로 튀어 나간다고 뭐가 그리 문제일까. 재원이가 거기서 벗어났다고 한들 그게 뭐 그렇게 실망할 일인가. 재원이도 그럴 수 있고, 다른 청소년과 청년 들도, 심지어는 나도 그럴 수 있다. 지금 어떤 결론을 내릴 필요는 없다. 아들에 대해 '의심'을 해서도 안 된다. 그리고 이렇게 말할 수 있어야 한다.

'그래, 넌 끝까지 재원이에 대한 믿음을 버리지 않았어. 재원이가 스스로 자신의 가장 좋은 성품을 드러내도록, 나쁜 성품은 극복하도록 기다려 주었어. 자 봐! 재원이가 얼마나 자신의 일을 잘하고 있는지 말이야! 얼마나 훌륭한가, 너도 재원이도.'

보고 싶다

2021년 8월 23일

금요일 술을 마신 후 이틀 동안 몸이 좋지 않았다. 아세트알데히드*의 영향은 셌다. 지난 금요일의 음주를 '마지막' 음주로 해야 하지 않을까. 출남극 전에 몸 상태를 좋게 만들기 위해서는 술을 끊어야 한다. 술을 '줄여야' 한다고 말하지 않는다. 술은 줄일 수 없다! 일단 음주가 시작되면 꺾을 길이 없기 때문이다. 술의 그 '너그러움'이란. 결국 술자리를 가지 말

★ 아세트알데히드: 알코올 대사 물질. 숙취의 원인이며, 체내에 남아 있을 경우 구토, 어지럼증, 호흡의 빨라짐 등의 증상을 일으킨다.

아야 하고, 술을 입에 대지 말아야 한다.

"영원한 과제인 술이여. 너의 매혹에 늘 넘어가는 나는 어떻게 해야 한 단 말인가. 너를 마시게 됨으로써 이삼일 나는 어둠 속에서 헤매고, 이후 1킬로그램의 체중을 줄이기 위해 고통 가운데 빠진다."

오전에는 별다른 진료 예약이 없었다. 원래 민수 대원이 스케일링을 한 다고 했는데 오후로 미뤘다. 서서히 출남극 준비를 해야 한다. 월동 보고 서도 작성하고, 또 고장 난 의료 기기도 신청해야 한다.

새벽에 남편이 카톡을 보내왔다. 재원이가 담임선생님과 통화를 하면 서 "엄마가 보고 싶다"고 했단다. 새벽 4시쯤 카톡을 읽고 다시 잠을 청하 면서 미소를 지었다. 재원이가 정말 내가 보고 싶어서 그렇게 말한 것일 수도 있고, 무언가 핑곗거리를 대려다가 그런 말을 한 것일 수도 있겠다 싶었다. 덩치만 크지 마음 깊숙한 곳에서는 아기처럼 보고 싶은 마음이 있을 수도 있고, 담임선생님과 그런 이야기를 했다는 것이 '정치적'인 언 급일 가능성도 있다. 이유가 그 어느 쪽이든 "보고 싶다"고 아들이 한 말 을 그대로 받아들여 내 가슴을 두드리고 울고 슬퍼하고 싶지 않다. 가족 이라도 떨어져 지낼 수 있는 것이다. 돌아갈 수 있다는 것에 서로 위안을 삼으면 그만이다. 떨어졌다가 만나지 못하는 경우도 있지 않은가. 아니면 애초부터 만나지 못하는 경우도 있고 말이다. 재원이가 그래도 날 보고 싶어 한다니 다행이다. 미워하는 마음이 클 줄 알았는데. 물론 마음 한구 석에는 그런 마음도 있겠지. 자신의 고막을 다치게 한 엄마가 뭐 그리 보 고만 싶겠는가. 그래도 가족이기 때문에 잘잘못을 따져 묻기만 할 수는 없는 노릇이다. 서로에게 이해와 용서를 구하고 보듬어야 하지 않겠는가.

회상

2021년 11월 21일

1

아들이 신생아실에 누워 있을 때 간호사가 말했다.

"너무 잘생겼어요! 코가 오똑하고요."

수술실 간호사는 내가 제왕 절개 수술을 받는 동안 자신이 찍은 사진을 보내주었다. 그중 몇 컷은 머리에 석션 도구를 대고 있는 사진이었다. 산부인과 과장님은 "어깨가 넓어 잘 꺼내지지 않아 고생했다"고 하셨다. 입원실에서 첫 식사로 미역국이 나오지 않고 된장국이 나와 간호사에게 신경질을 냈다. 일주일 뒤에 퇴원했고, 아들은 황달이 있어 치료를 위해 더 미물렀다. 아들이 퇴원할 때까지 시할머님께서 인천과 서울을 오가며 몸조리를 도와주셨고, 그 일이 힘에 부치셨는지 내가 친정인 춘천에 가자마자 댁에서 넘어지시는 바람에 대퇴골이 부러졌다. 시할머님은 수술을 잘 마치셨고, 건강을 회복하셨다. 아들은 병원에서 퇴원하면서 송파구에 있는 한 가정에 맡겨졌다. 어린아이가 셋 있는 가정이었는데, 아주머니가 아이를 키우는 일을 진심으로 좋아하는 분 같아 안심하고 맡겼다. 한 달 뒤에 아주머니가 힘이 많이 부친다고 하셨고, 결국 친정 엄마에게 아들을 맡기게 되었다. 춘천에서 서울로 막 와서 엄마 아빠와 함께 살기 시작한 딸도 함께. 나의 엄마는 두 아이를 돌보는 처지가 되어버렸다.

남편과 나는 주말에 서울에서 춘천으로 왔다 갔다 했다. 집 안에서,

차 안에서, 여행지에서 싸웠다. 나는 남편과 싸운 후 자동차 안에서 자기도 했고, 양평동 레지던스 오피스텔에 머물며 출퇴근을 하기도 했다. 자동차 트렁크에는 늘 캐리어가 들어 있었고, 나는 어설프지만 담배도 피웠다. 집에서 생활하다가, 오피스텔에서 생활하다가, 아이들을 만나러 혼자 춘천에 가기도 했다. 남편은 마치 못되게 굴기로 작정한 사람처럼 나를 힘들게 했다. 남편이 지금 아들의 사춘기를 잘 참고 있다면, 자기가 말한 대로 '지옥 같은 하루하루'를 잘 견디고 있다면 자신이 나에게, 그리고 간접적으로나마 아이들에게 했던 짓에 대한 후회에서 그렇게 하는 것이리라. 남편은 뭔가 잘못했다. 원인이 무엇이든 간에 그의 마음이 다른 곳에 있었던 것은 분명했다. 아이 둘을 잘 키워내야 하는 부부에게 그런 일은 치명적인 오류였다. 힘을 합치고 서로 다독이면서 지내도 부족할 판에 말이다. 그에게서 벗어나자 생각하고 거제도로 갔다. 하지만 운명은 나를 그곳에 두지 않고 다시 소환했다. 아이들을 낳았던 병원에서 다시 오라고 연락이 왔다. 나는 제안을 받아들였고, 아이들도 모두 서울로 데리고 왔다. 곧 남편과 나의 2차전이 시작되었다. 얼마 지나지 않아 우리는 각자의 변호사를 선임했고, 나는 남편이 출장을 간 사이 보라매경남아파트에 있던 짐을 반 이상 빼내 부천 위브더스테이트로 이사했다.

평온한 생활이었다. 아이들은 가까운 유치원에 다녔다. 십수 번의 면접 끝에 성실하고 사려 깊은 입주 이모를 만났다. 남편은 우리 둘의 변호사가 서로 치고 박고 하는 중에도 아이들이 보고 싶다고 우리 집에 찾아왔다. 나는 이모에게 '남편 접근 금지'를 알렸고, 남편은 이모에게 뇌

물을 주었다. 문득 아이들이 아빠와 함께 있는 모습이 평화로워 보였고, 나는 남편과의 싸움을 끝내기로 했다. 조건이 있었다. 남편은 나의 어떠한 명령에도 순종해야 했다. 우리는 부천 꿈마을아파트로 이사했다. 이사하던 날, 이삿짐센터 두 팀이 두 집에서 짐을 날랐다. 시간이 흘렀고, 아이들은 스쿨버스를 타고 인천에 있는 사립 초등학교를 다녔다. 피아노와 바이올린을 배우고, 골프와 스키를 배웠다. 그림을 그리고 외국어를 배웠다. 아이들의 재능이 눈이 부셨다. 어느 날 '제주에서 살아봐야겠다'고 생각했고, 아이들을 데리고 서귀포로 갔다. 남편은 여의도 시범아파트로 이사했고, 2년 뒤에 아이들이 서울로 돌아왔을 때, 우리는 여의도 한양아파트로 이사했다. 나는 여전히 제주를 오가며 일을 했고 그러다가 이곳에 오게 된 것이다.

2

창문 틈으로 밀려드는 바람이 차다. 파도도 제법 높다. 저 파도 부서지는 소리를 얼마나 많이 들었는지 '남극'을 생각하면 저 소리가 가장 먼저 떠오를 것 같다. 남편과 내가 아들로 인해 고통을 느끼고 있다면, 그것은 우리 잘못 때문에 아들이 받은 상처가 아들 안에서 새로운 형태로 변해 '반항'으로 표출되고 있다는 것을 알고 있다는 뜻일지도 모른다. 아들은 게임을 하고 있고, 자신의 모습을 보며 괴로워하는 부모를 지켜보고 있다. 나는 지금 그곳으로 갈 준비를 하고 있다. 다른 대원들보다 2주 일찍 귀국한다. 어떤 상황이 나를 기다리고 있든지 나는 그곳에 갈 것이다.

남극 이후 : 곁에 머물다

나의 방으로 들어왔다. 고요하다. 내가 원하던 그 고요함이다. 혜진이의 방도, 재원이의 방도, 그리고 여기도 조용하다. 우리는 살아 있는 자일까? 우리는 모두 살아 있기는 한 걸까? 숨을 쉬고, 마시고, 눕고, 먹고, 팔다리를 움직인다는 점에서는 살아 있는 것이 맞을 것이다. 나는 살아 있는가? 나의 고정 관념에 짓눌려 이미 질식한 상태는 아닐까? 그 시체가, 마치 살아 있는 듯 팔을 휘젓고 다니면서 딸을, 그리고 아들을 보려고 문 앞을 기웃거리며 문을 두드리고 있는 건 아닐까? 이미 썩어 있던 인간이 자식을 둘 낳아서 죽어가는 인간으로 키우고 있는 건 아닐까? 내 쪽방은 이미 무덤인 건 아닐까?

— 본문 '후회하실 거예요' 중에서 —

일상으로

～～～～～～～～～～～～～～～～～

연행

2021년 12월 8일

승무원의 안내를 받으며 2층 비즈니스석에서 계단을 타고 내려와 '누군가의 요청'대로 출입문 앞에 섰다. 내 뒤로 승객들이 다닥다닥 붙어 서서 문이 열리기를 기다리고 있었다.

출입문이 열리고, 정면에 파란색 방호복을 입고 안면 가리개를 한 여성이 서 있었다. 그녀가 나에게 물었다.

"최영미 씨 맞습니까?"

"네, 맞습니다."

'이게 내가 출입문 맨 앞에 서야 했던 이유인가? 누군지도 모를 사람에게 이름이 불리기 위해서?'

"최영미 씨 '본인'이 맞습니까?"

그녀는 한 번 더 물었다.

'왜 이래? 뭐야, 이 사람?'

나는 약간 긴장했고, 무덤덤한 척하면서 신경질적인 어조로 "맞다"고 대답했다. 그녀는 그제야 자신이 '경찰'이고, 자신을 따라오라고 말했다. 걸어가는 내내 그녀는 연신 뒤를 돌아보았다.

어디까지 따라가야 하나 궁금했지만 묻지 않았다. 그녀는 보딩 브리지 통로 끝에 이르러, 청사에 진입하기 전에 멈춰 섰다. 왼쪽에 테이블이 놓여 있었고, 나를 그쪽으로 오라고 했다. 우리 뒤를 조용히 따르던 승객들이 일제히 우리 쪽을 쳐다보며 청사 안으로 들어갔다. 나는 이제 이해가 되기 시작했다. 작년 9월 어느 날, 아파트 현관문 밖에 서 있던 두 명의 경찰과 그 사이로 보이던 아들의 모습. 아라온호를 타고 가면서 통화했던 영등포경찰서 정 형사. 세종기지에서 지내는 동안 연신 걸려 오던 아동복지센터 직원의 전화. 15개월 만에 한국에 돌아오자마자 환영의 꽃다발은커녕 이런 꼴을 당하다니, 기분이 잡쳤다.

그녀는 테이블 위에 종이 몇 장을 올리더니 내 얼굴을 쳐다보며 설명했다. 마지막 종이 한 장 맨 밑에 "사인을 하라"고 했다.

"격리하는 동안 이 형사에게 꼭 연락하십시오."

남극으로 출발하기 전, 화순 리조트에서 격리하는 동안 불안했었다. 경찰서에서, 아동복지센터에서 전화가 올 때마다 그들이 내가 어딘가 도망가는 줄로 알고 출국 금지라도 시키면 어쩌나 하고. 전화는 받지 않았고, 카톡은 차단했다. 출국 금지도 그랬지만, 내가 아들에게 한 짓이 사방팔방 다 알려질까 봐 걱정이 되었다. 자가 격리가 끝나고 아라온호에

오르고 나서야 나는 비로소 안도했다.

'이제 그들이 나를 막을 방법이 없겠군.'

입국장으로 나가니 남편이 와 있었다. 스포티지에 올라타고 공항고속
도로를 달렸다. 넓은 도로, 바글거리는 차들, 아파트, 한강, 파크원빌딩,
그리고 여의도공원. 선별 진료소에 줄 서 있는 사람이 너무 많아 번호표
를 뽑고 집으로 갔다가 날씨가 너무 추워 차를 몰고 가려고 나의 폭스바
겐제타를 찾았다. 한양아파트 정문 가까운 C동 건물 벽에 머리를 박고
서 있는 차 정면 유리에는 먼지와 낙엽이 수북하고, 차 안 운전석 바닥에
도 그만큼의 낙엽이 떨어져 있었다. 대리운전기사가 화순에서 가져다 세
운 그날의 모습 그대로인 듯했다.

'시동은 걸리겠지?'

시동이 걸리지 않았다. 자동차 보험 회사에 전화를 해서 "시동 좀 걸어
달라"고 하니, 곧 한 남성이 달려왔다. 그는 보닛을 열더니 놀랐다.

"오랫동안 안 타셨군요!"

"15개월 동안이요."

"배터리가 나갔을지도 모릅니다. 일단 해보겠습니다."

시동이 걸렸고, 나는 여의도공원으로 향했다. 공원에 차를 세울 공간
이 없어 KBS 본관 앞 공영 주차장에 세웠다. 차가 주차선에서 비껴 있어
다시 세우려고 시동을 거니 걸리지 않았다. 나는 다시 보험 회사에 전화
를 했고, 결국 차는 견인이 되었다. 견인차를 기다리느라 시간을 잡아먹
는 바람에 선별 진료소에 도착했을 때 내 번호표의 번호는 이미 한참 지

나가버린 상태였다. 나는 그냥 밀고 들어갔고, 눈이 똥그래진 안내원에게는 나의 상황을 간단히 설명했다. 의사는 유리창 두 개의 구멍에 이어져 붙어 있는 방호용 비닐에 양팔을 집어넣은 채로 내 콧속과 입속 깊이 뾰족하고 딱딱한 키트를 넣었다 뺐다. 걸어서 집으로 돌아오는 길은 그 어느 때보다 춥고 멀었다.

재회

2021년 12월 10일

아침 6시, 누군가 방문을 두드렸다. 나는 자다가 '혹시 재원이인가?' 하는 생각에 문을 열었더니 혜진이가 배를 움켜쥐고 문 앞에 서 있었다. 자는데 갑자기 배가 아파서 깼다고 했다. 딸을 방에 들어오게 한 후 진찰을 했다. 명치를 누르면 불편해했다. 난 약을 하나 주고 나서 등을 두드리고 손발을 주물렀다. 그리고 아침 식사 준비를 했다.

갈비탕을 데우고 달걀프라이를 했다. 열무를 볶고 감자샐러드를 덜었다. 그리고 남편과 식사를 했다. 밥을 먹는데 혜진이가 또 배가 아프다고 했다. 난 밥을 먹다 말고 혜진이 손과 발을 주물러주었고, 그러는 중에 돼지고기 앞다리 살을 썰고 양념해 냉장고 안에 재어두었다.

남편은 출근을 했고, 혜진이는 콧잔등에 식은땀을 흘렸고, 재원이는 여전히 방 안에서 나오지 않고 있었다. 혜진이 담임선생님께 조금 늦게 간다고 문자를 드린 후 냉장고에서 고기를 꺼내 프라이팬에 올려 굽기 시작했다. 온 집 안에 냄새를 풍기며 고기가 잘 익어갔다. 맛을 보니 꽤 괜찮았다. 나는 재원이 방문 앞에 서서 고기 먹으러 나오라고 했다. 재원이가 "응, 응." 대답을 하는 듯해서 일단 주방으로 왔는데 정말 아들이 나왔다! 머리카락이 어깨까지 내려와 있다.

"긴 머리가 잘 어울리는데!"

고기를 접시에 담아 식탁에 올렸다. 재원이는 고기 두 점 남기고 다 먹었다. 어제 깎아두었던 사과를 내주니 다 먹었다. 그리고 자기 방으로 다시 들어갔다. 혜진이가 방에서 나오더니 "속이 좀 편해졌다"고 하면서 가방을 메고 현관문을 열고 나갔다.

설거지를 마치고 안방에 들어왔다. 재원이가 학교에 가지 않아 마음이 조금 불편했지만, 괜찮았다. 아침을 먹었으니까.

한국에 도착한 후 이틀 동안 바라본 아들의 모습은 같이 살아보고 싶은 모습이 아니었다. 난 어제 재원이에게 문자를 보냈다.

"재원이는 왜 엄마를 피하지? 밖에 나와 밥도 먹고, 화장실도 가야 하는 거 아니야? 왜 방구석에 틀어박혀 스스로를 초라하게 만드니? 내가 너를 학교로 끌고 가는 것도 아닌데. 머리도 감고, 하루에 몇 번 양치도 하고 해야지, 지금 뭐 하는 거니? 엄마 얼굴 보기 싫으면 카톡으로 네가 나오는 시간을 알려줘. 방 안에 있을 테니까."

드디어 아들이 문을 열고 나왔다. 아침에도 나오고 저녁에도 나왔다. 밥을 맛있게 먹었고, 식사하기 전 샤워도 했다!

오늘은 재원이를 만난 것으로 만족하기로 했다. 이틀 전 공항에서 남편을, 집에서 혜진이를, 그리고 오늘 재원이를 만났다. 이제 자가 격리를 마치고 나면 엄마를 만나고 언니들을 만날 것이다. H병원 장 실장님은 제주로 다시 오라고 한다. 가고 싶다. 하지만 올해는 가족과 함께 지내려고 한다. 붙어 살아보려고 한다. 엄마가 알로에를 보내주셨다. 귀국 선물이라 생각하고 잘 마시겠다고 했다. 엄마는 내가 건강하게 귀국한 것만으로도 아주 만족하시는 것 같았다.

시험

2021년 12월 13일

오늘부터 3일 동안 시험이라는데, 재원이는 자기 인생에서 그것은 하등 중요하지 않은 것 같다. 밖에 나가고 싶은 의욕조차 없는데, 그깟 시험이 무슨 대수이겠는가. 앞으로 재원이는 어떻게 살아가야 할까. 교육이라는 것에서, 배움이라는 것에서 아무런 의미도 찾지 못한다면 무엇을 해야 할까. 재원이는 앞으로 어떻게 살고 싶은 걸까. 뭐라도 하고 싶기는 한 걸까. 게임을 좋아하는 것을 보면, 가끔 누구와 통화를 하는지 방에서 흘러나오는 웃음소리를 들으면 분명히 인생이 아주 거지 같지는 않은 듯한데, 재원이는 지금 어떤 세계에서 살고 있는 걸까. 어떤 그림을 그리는 걸까. 그냥 하루하루 시간을 때우는 게 목표일까. 사실 그것도 목표라고 할 수 있다. 의미 없는 거라 하더라도 목표일 수 있는 것이다. 살아갈 이유가 된다면 일단 그거라도 붙잡아야 하는 게 맞다.

하루 종일 찬장과 옷장을 정리했다. 사용하지 않는 컵과 주방 도구를 커다란 종이봉투에 담아 구석에 세워두고, 버릴 옷을 큰 비닐 봉투에 담아두었다. 이렇게 비워도 어느샌가 다시 꽉 채워질 것을 알고 있지만, 일단은 개운했다. 저녁에 아이들이 먹을 새우볶음밥과 북어해장국을 준비했다. 이마트에서 산 고추장멸치볶음이 맛이 괜찮았다. 재원이는 아직 자기 방을 내게 보여주지 않지만, 괜찮다. 재원이가 밖으로 나와 식사를 하고 누나와 가끔 이야기하는 모습을 보면 재원이는 건강하다. 앞으로 어떻게 해나가야 할지는 천천히 생각해보기로 한다. 내 삶도, 아들의 삶도, 그 누구의 삶도 짐작할 수 없고 예측할 수 없다. 최선을 다하고, 희망할 뿐이다.

부부 싸움

2021년 12월 26일

잠에서 깬 지는 오래되었다. 두 시간 넘게 정신이 말똥말똥했다. 배가 고팠다. 아무런 의욕도 없고 잠은 오지 않았다. 재원이가 왜 저녁을 먹지 않았는지만 생각하면서 잠을 이루지 못했다.

나와 남편의 언쟁은 아이들을 우울하게 만들 뿐이다. 과거의 어둡던 기억을 떠오르게 할 뿐이다. 남편도 주의해야 한다. 그는 술을 마시고 이성을 잃었었다. 어제 내가 한 말에 화를 내면서 방으로 들어갔다. 마치 자기가 피해자라도 된 것처럼.

배가 고팠다. 오늘도 세 장을 — 줄리아 카메론의 모닝 페이지Morning

Pages — 모두 채울 수 있을까? 무언가를 '채운다'는 건 뭘까. 배를 채우고, 종이를 채우고, 출석 일수를 채운다는 것은? 역시 채운다는 건 쉽지 않다. 그럼에도 할 말이 많이 남아 있는 사람에게 글은 좋은 수단이다. 할 말은 많은데 누구에게 털어놓기 어려울 때 내 머릿속에 엉켜 있던 생각을 풀어놓는다면 분명 마음도 풀릴 것이다.

그와 싸우고 나니 마음이 언짢았다. 그가 맥주를 마신다고 할 때 함께 마실 걸 그랬다. 난 이미 두 캔을 마셨고, 더 마시기 어렵겠다고 판단했다. 그럼에도 좀 더 마시면서 함께했더라면, 그와 대화라도 나누었더라면 그가 그런 속도로 퍼마시지도 않았을 테고, 술에 취해 감정을 고스란히 드러내지도 않았을 텐데. 우리가 그런 갈등을 보이지 않았더라면 재원이도 저녁을 먹지 않았을까. 바나나, 귤, 빵 등 여기저기 먹을 것이 많아 굶지는 않았겠지만 식사를 하지 않았다는 게 마음에 걸렸다.

이모는 내일 오신다. 이모가 하루만 안 오셔도 집이 금세 지저분해지는 것 같다. 괜찮다. 어찌어찌 잘 버티고 있다. 남편은 내가 온 이후로 집안일을 하지 않고 있다. 이것도 괜찮다. 그도 고생했으니까.

나탈리 골드버그

2022년 1월 4일

아직은 아침 빛이 거실 형광등보다 약하다. 네모난 LED 형광등은 반만 켰는데도 너무 밝아 잠을 자고 있는 딸에게 방해가 되지는 않을까 염려가 될 정도다. 아침놀은 한양아파트 B동 위에서 점점 밝게 번지고 있다. 곧 태양은 건물 위로 올라올 것이고, 빛은 우리 거실로 밀려들 것이다. 아쉬운 것은 그 시간이 아주 짧다는 것이다. 니체가 말한 시간, 오전 10시에서 정오까지의 시간, 찬란하고 희망찬 시간 말이다. 정오가 될 무렵에는 해가 A동 너머로 사라진다.

나는 베란다 가까운 거실 바닥에 앉아 글을 쓰고 있다. 이제 밖이 점점 밝아지고 있고, 빛은 나에게 밝은 기운을 주고 있다. 아침에는 나를 솔직하게 마주할 수 있다. 나를 있는 그대로 들여다볼 수 있다. 내가 접한 '세상'이 아직 번잡하지 않기 때문이다. 문득 A동 2층 복도를 걸어가는 사람이 눈에 띄었다. 거대하고 삭막한 콘크리트 건물 속 작은 움직임이 내게 신선한 느낌을 준다.

재원이는 방에서 웃고 있다. 웃고 있다는 것은 웃음 메커니즘이 작용한다는 뜻인데, 인상을 쓰고 앉아 있는 나와, 깔깔 즐겁게 웃으며 게임을 하는 아들. 누가 사회에 더 해로울 것인가. 누가 사회에 더 이로울 것인가. 나도 모른다. 재원이도 모른다. 사회도 모른다. 하지만 팔리지도 않을 글을 쓰면서 신념을 가지고 밀어붙이고 있는 나와, 자신이 좋아하는 걸 하면서 신나게 웃고 있는 아들. 둘 다 건강한 것만은 분명하다.

나는 줄리아 카메론을 통해 나탈리 골드버그를 알게 되었다. 내가 아끼는 책 『The Artist's Way(아티스트 웨이)』의 작가 줄리아 카메론이 나탈리 골드버그의 『Writing down the bones(뼛속까지 내려가서 써라)』의 서문을 쓰는 바람에 검색할 때 두 작가의 이름이 링크가 되면서 그녀를 알게 된 것이다. 지금 나탈리 골드버그의 책 몇 권을 주문해서 읽어나가고 있다. 이제부터는 그녀의 독자가 될 것 같다. 누군가 나의 책을 읽고 독자가 된다면 나의 다음 책도 기대할 텐데, 나는 '다음 책'을 쓸 준비가 되어 있는가? 나탈리는 이런 의문을 던지는 나에게 이렇게 말할지도 모른다.

"책을 쓸 준비를 하거나 책을 쓰는 법을 가르쳐주는 책을 읽지 말고, 그저 책을 써라!"

맞다. 나도 책을 써나가면 된다. 아니, 글을 계속 쓰면 된다. 나탈리는 말한다.

"Keep going. Keep writing. Keep doing.(계속 가라. 계속 쓰라. 계속 해나가라.)"

"Shut up and write!(입 닥치고 써!)"

미움받을 용기

2022년 1월 8일

1

며칠 전, 재원이 담임선생님에게서 전화가 왔다. "재원이 수업 일수가 자칫 모자랄 수도 있어 가정에서 체험 학습을 하는 게 좋겠다"고 하셨다. 나는 부랴부랴 신청서를 냈다. 그리고 아들에게 말했다.

"선생님이 재원이 수업 일수가 모자랄 것 같대. 수업 일수가 모자라면 유급이 되는데, 그러면 후배들하고 학교에 다녀야 하나 봐. 그래서 엄마가 체험 학습 신청했어. 이대로 해야 할 것 같아."

첫째 날은 독서 감상문 쓰기, 둘째 날은 체육 활동으로 줄넘기 150회와 영어 원서 읽기 및 필사, 셋째 날은 수학 문제 풀기, 그리고 마지막 날은 오죽헌 방문. 선생님이 주신 견본을 바탕으로 내가 짠 체험 학습 내용이었다. 걱정스러웠다. 잘할까? 책을 읽고, 영어 원서를 필사하고, 수학 문제를 풀고, 줄넘기를 할까? 그리고 강릉에 갈까?

체험 학습 첫째 날. 가끔 청소하러 재원이 방에 들어가서 슬쩍 보면 『미움받을 용기』*에 꽂힌 책갈피가 점점 뒤로 밀리고 있었다. 분명 재원이는 책을 읽고 있었다. 나는 그날 아침에 "저녁까지 과제를 제출해 달라"고 하면서 스프링 줄 노트를 하나 건넸다. 재원이는 저녁에 나에게 과제를 제출했다.

독서 감상문 『미움받을 용기』

철학자와 대화하는 형식으로 되어 있어 재미있게 보았다. 철학자는 무엇 때문에 무슨 생각을 하게 된다는 원인론을 부정하고 무엇을 하기 위해 무슨 생각을 한다는 목적론을 이야기했는데, 정말 그런 것인지 이해가 되지 않았지만 새로운 관점으로 생각할 수 있었다.

둘째 날. 오전에 재원이가 "줄넘기가 어디 있냐"고 물었다. 나는 신발장 서랍에서 둘둘 말려 있는 파란 형광색 줄넘기를 꺼냈고, 재원이는 그것을

★   기시미 이치로 등, 『미움받을 용기 1』, 인플루엔셜

들고 밖에 나갔다 들어왔다. 오후에 나는 나탈리 골드버그의 『Writing Down the Bones』 중에서 'Biginner's Mind, Pen and Paper(초보자의 마음, 펜 그리고 종이)'의 한 페이지를 복사해주었고, 재원이는 그중 한 문단을 썼다.

Biginner's Mind, Pen and Paper

When I teach a beginning class, it is good. I have to come back to beginner's mind, the first way I thought and felt about writing. In a sense, that beginner's mind is what we must come back to every time we sit down and write. There is no security, no assurance that because we wrote something good two months ago, we will do it again. Actually, every time we begin, we wonder how we ever did it before. Each time is a new journey with no maps.[*]

---

[*] 나탈리 골드버그(Natalie Goldberg), 『Writing down the bones』, 30th Anniversary Edition. p.5.
번역하면 다음과 같다. "초보자의 마음, 펜 그리고 종이 : 초보자 반을 가르칠 때가 좋다. 내가 쓰기에 대해 생각하고 느꼈던 맨 처음의 방식으로, 초보자의 마음으로 돌아가야 한다. 어떤 의미로는, 초보자의 마음이란 것은 우리가 앉아서 글을 쓰는 매 순간 돌아가야 하는 것이다. 우리가 두 달 전에 좋은 어떤 글을 썼다고 해서 다시 그렇게 할 수 있다고 보장하지도, 확신하지도 못한다. 실제로 우리가 글을 쓰기 시작하는 어떤 순간에라도, 우리가 이전에 어떻게 썼는지 알지 못하는 것이다. 매 순간이

◆

셋째 날. 수학 문제집이 집에 없다는 것을 알게 되었고, 사무실에서 찾아와서 주말에 풀기로 했다.

넷째 날. 바로 어제 우리는 강릉에 도착했다.

2

어제 아침 10시 반이 못 되어 강릉 언니네 집에 도착하니 언니는 거실에서 청소기를 돌리고 있었다. 내가 청소기를 빼앗다시피 하여 청소하는 동안 언니는 커피를 내렸다. 우리는 "점심은 무엇을 먹을까" 하다가 일단 장을 보러 가기로 했고, 농협 하나로마트로 향했다. 돼지고기 앞다리 살, 된장찌개 재료를 샀다. 집에 와 고기를 볶고, 찌개를 끓이고, 동치미와 김치를 꺼내 식사를 했다.

혜진이와 재원이가 햇살이 따스하고 밝은 거실 소파에서 이야기를 나누고 각자의 핸드폰과 아이패드를 들여다보는 동안, 언니와 나는 카페 '테라로사'로 향했다. 바닷가 옆, 소나무 숲 안에 있는 카페를 언젠가는 꼭 가보고 싶었는데 드디어 방문한 것이다. 나는 방역 패스가 없어 야외 테이블에 앉아 있었고, 언니가 커피를 주문해 들고 나왔다. 차가운 공기, 따스한 햇살. 우리는 경포호 산책로를 걸었다. 저녁에는 형부가 퇴근길에 치킨 세 마리를 사 오셨다. 아이들은 치킨을 맘껏 먹었고, 나도 두 조각 먹었다. 밤 12시가 될 때까지 언니와 나는 대화를 이어갔다.

지도 없이 하는 새로운 여행이다."

3

아침 7시에 일어나 샤워를 했다. 형부와 언니는 벌써 일어나 청소를 하고 있었다. 좀 있다 보니 형부가 보이지 않았다. 언니의 이야기를 들어보니 초당두부를 사러 나갔다는 것이다. 잠시 후 형부가 양손에 초당두부를 들고 오셨다. 과거 우리가 강릉에 올 때마다 일출을 보러 갔었는데, 집에 돌아오는 길에는 언제나 '원조' 초당두부집에 들러 아침 식사를 하곤 했었다. 우리 모두는 9시가 넘어 식탁에 둘러앉아 초당두부, 밥, 비지를 먹었다.

식사를 마치고 언니와 나와 재원이는 나갈 채비를 했다. 곧 오죽헌에 도착했고, 이번에도 나는 방역 패스가 없기 때문에 안으로 들어가지 못하고 언니와 재원이만 입장했다. 한 시간 뒤인 12시에 둘이 밖으로 나왔다. "체험 학습 보고서에 사진이 필요하다"고 말하면서 재원이를 '지폐 기념물' 한쪽 옆에 세우고, 나는 다른 쪽 옆에 섰다. 언니가 사진을 몇 장 찍어주었다.

오후에는 나와 언니와 혜진이 이렇게 셋이 솔향수목원으로 향했다. 우리는 30분 정도 산책길을 걸으며 이런저런 대화를 나누었다. 언니는 예전에 혜진이를 데리고 왔을 때의 에피소드를 이야기해주었다. '뱀 출몰 주의' 표지판, 냇가에 발 담그기 등. 수목원은 길이 잘 다듬어져 있었고, 솔향기는 나지 않았지만 소나무의 울퉁불퉁한 몸통과 가지, 푸릇한 솔잎을 보며 겨울 정취를 즐겼고 함께 사진을 찍었다.

집에 돌아온 후 두 시간 동안 잤다. 거실 소파에 누워 자는 동안 재원이는 내 발치에 앉아 휴대폰을 들여다보았고, 혜진이도 주방 옆방에서 나와 비슷한 시간 동안 잠을 잤다. 우리는 5시 반쯤 일어났고, 언니가 마련한 삼겹살 오븐구이, 봄동나물무침, 미나리무침을 먹었다. 식사 후 잠시 언니와 형부와 이야기를 나누었고, 아이들과 나는 저녁에 강릉 언니네 집을 떠나 춘천 엄마 집으로 갔다.

나의 엄마

2022년 1월 9일

어제저녁 춘천에 도착해서 엄마를 보니 엄마는 더 말랐고 기운도 이전보다 많이 없어 보이셨다. 재원이를 보고 싶어 하셨는데 이렇게 함께 올 수 있어 다행이다. 엄마는 그 긴 지루한 시간을 어떻게 견디셨을까. 당신의 딸인 나를 기다리셨다면 재작년 10월 중순부터 시작이었을 텐데. 혜진이와 재원이가 엄마 없이 잘 지내는지 염려하느라 힘드셨을 것이다. 어제 우리가 이곳에 도착한 일은 엄마에게 일대 사건일 것이다. 3대가, 각자의 자리에서 고통과 고뇌의 시간을 보내다가 강원도 춘천시 퇴계주공단지 한 아파트에서 만났다는 것은 우리에게 '위대한 역사'이다.

  어제저녁 도착하자마자 피곤해서 거실에 자리를 펴고 누웠다. 나는 누워서, 엄마는 소파에 앉아서 긴 이야기를 나누었다. 10시가 넘어 자려고 하던 참에 엄마가 상자 하나를 들고 오셨다. 상자 안에는 사진이 가득했다. 엄마는 맨 위 사진 한두 장을 꺼내 나에게 보여주셨다. 아주 오래된 사진들이었다. 엄마와 나, 그리고 혜진이까지, 우리는 둥글게 모여 앉아 사진을 한 장 한 장 천천히 들여다보았다. 사진 뒤에 내가 메모한 글을 읽었다. 까마득히 잊고 있었던 기억들이 되살아났다.

방산국민학교 6학년
담임 김 선생님과.

졸업식 날.
"저를 6년 동안 가르쳐주신 것. 엄마, 감사합니다."

1984년 가을 소풍(중2)
국어 선생님인 탁 선생님과 함께.
(탁 선생님은 별명이 닭똥집이었고, 내가 국어부장을 했었다.)
선생님, 꼭 농부 같구먼유!

1985년 5월 11일 봄 소풍(중3)
나와 단짝이었던 성실한 친구 소연과.
(소연이는 도시락을 안 싸 와 나와 같이 먹게 되면 꼭 빵을 사주곤
했다.)

혜진이는 나의 꼼꼼한 메모에 감탄했다. 가끔 재원이도 나와서 들여다보며 웃었다.

◆

오늘 새벽에 이 글을 쓰고 있는데, 갑자기 엄마가 거실로 나와 "깜깜한 데서 뭐 하냐"고 하신다. 이 어스름 속에서 모두가 잠들어 있을 때 노트를 펴고 추억을 써나가는 일이 얼마나 즐거운지 엄마는 모르신다. 그저 배려를 하시는 것이리라. 거실에 불을 환하게 켜고 하면 오죽 좋을까 생각하시는 것이다. 지금 이 시간, 유리에 김이 뿌옇게 서린 불을 켜지 않은 거실에서 나는 어깨까지 이불을 덮은 채 엎드려 글을 쓰고 있고, 엄마는 아침밥을 짓고 계신다.

일상

2022년 1월 13일

1

아파트 정문 앞 횡단보도를 건너 홍우빌딩 3층으로 올라갔다. 내과의원 안은 환자로 북적이고 있었다. 간호사가 접수를 하더니 "기다리라"고 했다. 마스크를 쓴 사람들은 눈을 반짝이며 대기 의자에 앉아 자신들의 순번을 기다리고 있었다. 양복을 입은 사람들이 많았다. 사람들은 계속 밀려들어오고, 나는 지루해져 시계를 들여다보았다. 간호사에게 "언제 주사를 맞는지" 물었고, 그녀는 "세 번째 뒤에 맞게 될 것"이라고 대답했다.

휴대폰을 들여다보는 동안 내 차례가 되었고, 진료실에 들어갔다. 의사는 피곤해 보였다. 오전 9시에 진료를 시작했다면, 오늘 진료를 시작한 지 두 시간이 조금 넘었을 뿐인데 왜 저렇게 피곤해 보이는 것일까?

'환자가 저렇게 줄을 섰으니 그럴 만도 하겠구나' 하고 생각했다. 의사와 대화를 나누었다. 그녀는 목소리는 가라앉아 있었지만 정중하고 친절했다. 진료실 밖으로 나와 조금 있으니 간호사가 내 이름을 불렀다. 나는 주사실로 들어가 오른쪽 어깨를 내밀었다. 간호사는 화이자 백신을 놔 주었고, "대기실에서 15분 지켜보다가 가라"고 말했다. 급성기 부작용은 없었고, 나는 집으로 돌아왔다.

2

경찰서, 길병원, 사과나무치과, 최치과, 작은별피부과 등에 갔었다. 영등포경찰서는 두 번째이고 내일 또 가야 한다. 길병원에 건강 검진을 하러 다녀왔다. 사과나무치과에 두 번 다녀왔다. 윗니 안쪽 교정쇠가 없어 새로 제작해 붙였다. 남극에서 일부가 떨어지는 바람에 거기서 아예 떼어버렸던 것이다. 최치과에 가서 남극 가기 전 수술했던 치아의 상태가 어떤지 확인했고, 시린 이 치료도 했다. 작은별피부과에 두 번 갔다. 턱 보톡스를 맞으러 한 번, 그리고 혜진이 내향성 발톱을 치료하러 한 번. 부천 미용실에 가서 커트와 파마를 했고, 동네 미용실에 가서 재원이 머리를 깎아주었다. 더현대백화점과 IFC몰에 다녀왔고, 고려빌딩 사무실을 다섯 번 들락날락했다. 강릉과 춘천에 다녀왔다. 귀국한 것이 12월 8일, 격리를 마친 것이 12월 18일이니까, 격리 해제 후 3주 조금 넘는 시간 동안 이 많은 일들을 한 것이다. 집에서 매일 음식을 해 먹었다. 책을 두 권 읽었고 세 권째 읽어나가고 있다. 지금은 식단을 쓰지 않는다. 줄리아 카메론과 나탈리 골드버그의 지도를 받으며 글을 쓰고 있다. 500페이지 분

량의 이야기는 책으로 발행되지는 못할 것 같다. 그럼에도 나는 밤을 새며 원고를 마무리했다.

오늘도 이렇게 약속을 기다리며 햇살이 잘 드는 창가에 앉아 글을 쓰고 있다. 내 옆 로비 쪽 둥근 테이블에서는 대여섯 명의 여인들이 대화를 이어가고 있다. 그들은 이 건물 어딘가에서 함께 일하는 사람들인지 시간이 되니 동시에 일어나 같은 곳을 향해 걸어갔다. 나는 바쁜 생활을 이어가고 있다. 무엇보다도 밥 먹고 호흡하고 잠자는 것처럼 글을 써나가고 있다. 종이를 채우기 위해서가 아니라 마음과 영혼과 인생을 채우기 위해서이다. 앞으로도 내 안에 있는 것들이 나의 손을 통해 밖으로 나오도록 계속 써나갈 것이다.

약속

2022년 1월 21일

알람 소리에 일어났다. 새벽 5시 50분. 몸을 일으켰다. 진한 초록색 이불을 작게 개어 방문 옆 구석 고가구 위에 올렸다. 보랏빛 자카드 커버 요를 세 겹으로 개어 이불 위에 올렸다. 그 위에 베개를 올렸다. 이불을 서둘러서 정리하는 이유는, 이불을 펴두는 일은 게으름에 일조를 한다는 생각에서다. 방바닥을 깔끔하게 비워야 다른 일을 진행하는 데 추동력이 생긴다.

아침 식사 준비를 시작했다. 양지육수를 끓여 떡국을 만들었다. 딸과 아들을 불렀다. 함께 식탁에 둘러앉아 막 끓여 따끈한 떡국을 먹었다. 아이들이 식사하러 나오기 전 짐을 싸두었고, 장바구니 하나를 더 꺼내 춘천에 가져갈 생수, 우유, 크리스피크림도넛, 바나나, 감귤을 넣었다. 설거지를 하려고 하니 남편이 "얼른 출발이나 해"라고 말하면서 고무장갑을 끼었다. 딸이 짐을 꾸리는 동안 더 가져갈 것은 없는지 둘러보았고, 아들 방문을 두드렸다.

"얼른 옷 입고 나와."

조용했다. 잠시 후에 다시 문을 두드렸지만 응답이 없었다. 카톡을 보냈다.

"재원아, 준비됐니?"

답이 없었다. 춘천에 가는 일이 무산될 것이라고 느끼면서도 조금 기다려보는 게 좋겠다고 생각했다. 베란다 가까운 거실 바닥에 앉았다. 새벽 어스름이 문밖에 펼쳐져 있었다. 출발이 더딘 것을 지켜보다가 남편이 출근을 했고, 나는 적막한 공간을 지키며 생각했다.

'그래, 춘천에 가지 않는다고 무슨 큰일이라도 나겠는가? 아침부터 짐을 다 싸두었고, 그 짐을 들고 나가지 않는다고 그 짐에 뭐가 문제가 있겠는가. 단지 간다고 했다가 못 가게 되어 엄마에게 죄송할 뿐인데, 재원이가 안 간다고 하면 존중해줘야지 어쩌겠는가.'

아들에게서 답장이 왔다.

"안 갈래."

재원이는 어디에서 맘이 바뀐 것일까. 춘천에 간다고 했었는데 혹시 강릉에 가는 것으로 생각했던 걸까? 아니면 춘천에 가는 것은 알고 있었지만 막상 가려고 하니 무언가 마음에 걸려 싫어진 것일까? 큰이모와 작은이모가 모두 모인다고 하니까 불편했던 걸까? 할머니 집에 와이파이가 되지 않아 휴대폰을 들여다보지 못할 생각을 하니 마음이 바뀐 걸까? 이유가 있는 게 분명했다. 그것을 조리 있게, 아니 어쩌면 그냥 말하기 싫은 것뿐이다. 아들은 무언가에 저항을 하고 있다. 원인을 모르더라도, 또는 원인을 알고 보니 별 시답지 않은 것이었다 하더라도 존중해주기로 마음먹었다.

다시 짐을 풀어 정리했고, 가방도 원래 위치에 가져다 두었다. 그리고 따뜻하게 옷을 걸쳤다.

"혜진아, 엄마 한강공원에 다녀올게."

아침 해가 떠올라 공원을 환하게 비추고 있었다. 어제만 해도 바닥에 흰 눈이 가득했는데 그늘진 구석을 제외하고는 눈이 거의 다 녹아 있었다. 공원 길을 걸어 마포대교까지 갔다가 돌아왔다. 여의도중학교 앞 굴다리를 통과한 다음 원효대교 방향으로 걸어 다리 밑 횡단보도를 건넜다. 오른쪽으로 걸어 홈마트에 들어갔다. '점심에 무엇을 해 먹을까?' 김치볶음밥, 떡볶이, 목우촌 소시지를 장바구니에 담았다. 아들이 좋아하는 사이다와 밀키스도 하나씩 넣었다. 계산을 하고 보라색 종량제 봉투를 들고 집으로 향했다.

아침 9시. 거리는 사람들로 붐비고, 도로 위에는 승용차와 버스가 분주히 오갔다. 집에 도착해서 다용도실 앞에 봉투를 내려놓고 하나하나 꺼내 냉장고에 넣었다. 쪽방에 들어가 옷을 갈아입고 거실 바닥에 앉아 옆에 세워둔 백팩 안에서 나탈리 골드버그의 『The Great Spring(위대한 봄)』을 꺼냈다. 햇살은 책상과 의자와 거실 바닥을 환하게 비추었다.

죄 사함

2022년 2월 15일

베란다 가까운 거실 바닥에 자리를 잡고 앉았다. 베란다에는 캐리어 세 개가 나란히 세워져 있는데, 구정 연휴에 제주에서 돌아온 이후 줄곧 저렇게 세워져 있었다. 제주 여행을 떠날 때 창고 자물쇠를 잠그고 갔는데, 다녀오고 나서 비밀번호를 잘 맞추고 돌려도 열리지가 않아 할 수 없이 저곳에 세워둘 수밖에 없었다. 내 등 뒤로는 커다란 책장이 있다. 혜진이와 재원이가 어렸을 때 쓰고 그리고 만들었던 작품들, 가족여행을 떠나기 전후의 자료와 사진 들이 가득 꽂혀 있다. 내 앞에는 혜진이가 갓난아기 때 샀던 분홍색과 회색이 섞인 플라스틱 4단 서랍장이 있고, 그 옆으로 화장대로 썼던 원목 서랍장, 긴 책장이 이어져 있다. 긴 책장에는 아이들 교과서, 참고서, 문제집과 최근에 아이들이 읽었던 책들이 꽂혀 있다.

아침 6시 반에 일어나 현관문 앞에 배송되어 온 장바구니를 들고 들어와 바구니 안에 있는 음식들을 정리했다. 국을 끓이고 소시지를 굽고 반찬을 꺼낸 다음 아침 식사를 하고 나서 그릇들을 식기세척기에 넣었다. 조금 전 빨래 바구니 안에 있던 빨래를 세탁기에 넣고 돌리기 시작했다. 식기세척기가 돌아가고 세탁기가 돌아간다. 두 기계에서 나는 소리가, 크기도 거칠기도 높낮이도 다른 소리가 요란하게 섞이고 있다. 참새가 지저귀는 소리는 들리지 않는다. 가끔 베란다 쪽에서 오토바이 달리는 소리만이 들릴 뿐이다.

아까 장바구니를 들여오려고 현관문으로 걸어가는데, 재원이 방의 불이 환하게 밝혀져 있었다. 컴퓨터 자판 두드리는 소리나 마우스 딸깍거리는 소리는 들리지 않았다. 잠시 침대에 몸을 누이고 쉬고 있었을까? 조용히 동영상을 보고 있었을까? 의자에 앉아 졸고 있었을까? 안에서 무엇을 하고 있는지 내가 밝혀내야 할 의무는 없고, 재원이도 자신이 무엇을 하는지 문밖 세상에 — 출근하고 장 본 것으로 요리를 하고 가방을 메고 학원에 가는 아빠와 엄마와 누나에게 — 알릴 이유가 전혀 없다. 재원이는, 내가 나의 공간이 필요해서 사무실을 얻은 것처럼, 자신의 공간이 필요한 것이다. 자신이 무엇을 하든 아무도 참견하지 않는 그런 공간과 시간이 필요한 것이다.

어제 재원이가 작성한 '처벌불원서'를 스캔해서 영등포경찰서 담당 형사에게 보냈다. 내가 귀국한 이후 경찰서에 왔다 갔다 하면서 조사를 받는 동안, 담당 형사는 재원이와 몇 번 통화를 했고, "엄마가 처벌을 받기 원하지 않는다"는 재원이의 의사를 확인한 후 그것을 문서화할 서류 양식을 어제 나에게 문자로 보내주었다. "기재해야 할 내용만 빠뜨리지 않으면 된다"고 하길래 그 문서를 프린트하지 않았고, 내 일기장으로 쓰고 있는 스프링 줄 노트 한 장을 뜯어 재원이에게 건넸다. 둘은 식탁에 앉았고, 재원이는 내가 준 줄 노트 위에 연필로 내가 불러주는 내용을 적었다. 이름, 주민 번호, 주소, 연락처, 그리고 '처벌을 원치 않는다는 내용'

까지. 재원이는 마지막으로 '진술인'이라고 쓰고 그 옆에 자기 이름을 쓴 다음 엄지손가락 끝마디 바닥 쪽에 뻘건 인주를 묻혀 지장을 찍었다. 그리고 벌떡 일어나 방으로 들어갔다.

이제 거실에 햇빛이 환하게 밀려들어온다. 오늘도 나는 글을 쓴다.

거실에 쏟아져 들어오는 빛을 쪼이며

사는 게 차갑게 느껴질 때 짐을 싸서 떠났다.

내가 간 곳은 삶보다 더 춥고 가혹한 곳.

눈보라가 치고 바람이 불고 건물이 흔들리고 지진이 일어나고

하루 종일 거친 파도가 해안 자갈 위로 쏟아지는 곳.

먹고, 마시고, 자고, 이야기를 나누며 지내는데,

나는 여기에 왜 온 것일까. 왜 가족을 떠나 이곳에 왔을까.

방 한쪽 구석 자그마한 창문은 북쪽을 향해 있지만

겨울에도 창을 통해 햇살이 밀려들어온다.

나는 무엇을 알게 되었나.

나의 가족이 얼마나 나에게 친절하고 소중했는지를.

거실로 밀려들던 햇살이 얼마나 따뜻하고 고마운지를.

말 안 듣는 딸과 아들이 나에게 얼마나 잘 어울리는지를.

여의도 높다란 건물들과 도심을 가르는 앰뷸런스 사이렌이

나에게 얼마나 친근한지를.

Shut Up and Write![*] (입 닥치고 써!)

My Most Loved Time of a Day (하루 중 내가 가장 좋아하는 시간)

2022년 1월 23일

태양은 밝은 빛을 쏟아내고 있고, 베란다 가까운 거실 바닥에 앉은 나의 무릎을 따스하게 만들어준다. 주방 창문을 통해 들리는 참새의 지저귀는 소리는 밝은 햇살과 더불어 아침을 경쾌하게 만든다.

아침을 먹고 방으로 들어간 아들은 누군가와 대화를 주고받으며 큰 소리로 웃고 있다. 이 시간에 밖으로 나가면 얼마나 좋을까. 시원한 공기를 폐 깊숙이 들이마시고 공원을 걷고 뛰면 얼마나 상쾌할까. 코로나

★ 나탈리 골드버그가 다수의 저서에서 글쓰기를 독려하며 언급한 말. 'My Most Loved Time of a Day' 등 이하 소제목들은 나탈리 골드버그가 다수의 저서에서 "글을 쓰라"고 던지는 주제들이다. 몇 개의 주제는 내가 임의로 수정하거나 추가하여 작성했다.

로 등교와 원격 수업을 반복하던 아들은 더 이상 학교에 가기를 거부하고 방에 눌러앉아버렸고, 특별한 일이 있지 않으면 밖으로 나가지 않는다. 딸은 공부도 하고 보컬 레슨도 받으면서 자신이 하고자 하는 일을 찾아나가고 있다.

물론 나도 오늘처럼 추운 날씨에는 아무 데도 나가지 않고 아침 내내 거실에 앉아 있다. 이렇게 실내에 머무르는 일이 만족스럽기조차 하다. 인간은 게으르면 안 된다는 법은 없다. 인간도 겨울잠을 잘 수 있고, 때로는 내 아들처럼 아주 긴 겨울잠을 자는 경우도 있다. 아들이 오랜 시간 밖에 나오지 않으면 나는 이렇게 생각해본다. '푹 쉬고 있겠지.' '이틀 동안 잠을 안 자다가 몰아서 자는 거겠지.'

오전 내내 나는 책을 읽고 글을 쓴다. 나탈리 골드버그를 만나고, 그녀가 나에게 던지는 주제에 대해 글을 써나간다. 고민과 괴로움과 슬픔과 기대와 희망을 이야기하며 내 마음을 털어놓는다. 그러는 동안 여전히 재원이는 방에서 나오지 않는다. 자신의 방이 가장 편하기에, 집 안의 그 어디도 자신의 방만큼 편하지 않기 때문에 밖으로 나오지 않는다. 재원이는 홀로서기를 하고 있다. 가족 다른 구성원과 거리를 두며 그들의 성격을 평가하고, 그들의 장단점을 재고, 자신을 비추어보는 중이다. 그러하기에 아들의 행동을 "문제가 있다"고 규정할 수는 없다. 오히려 나를 돌아보아야 한다. 나는 괜찮은가? 나는 홀로 설 수 있을 정도로 밑바탕에 무게 있는 무언가를 가지고 살고 있는가?

Six Words(여섯 마디 말)

2022년 2월 9일

재원이는 왜 아직도 굶고 있는 걸까.

희망을 갖자. 변화를 기대하자. 목표를 이루자.

커피와 맥주는 내 인생 최고의 선물.

오늘 병원에 다녀왔다. 당직실 침대를 바꾸었다.

점심에 빵과 우유와 커피를 마셨다. 좋다.

짧은 인생을 사는 동안 꿈이 없다면?

시한부 인생을 산다면 무엇을 먼저 하겠는가?

날씨 흐림, 마음 울적함, 소변 마려움.

선거에 관한 뉴스를 너무 많이 봤다.

나의 아들이 듬직하게 컸으니 얼마나 좋은가.

혜진이는 오늘 영 밖으로 나가지 않네.

앉은뱅이 의자와 도라에몽 책상과 필통과 볼펜.

정치적 입장이 다르다고 굳이 싸우지는 말자.

나는 내일부터 출근을 한다. 백수 탈출이다.

준비물: 청진기, 운동화, 수건, 노트북, 가방.

About a Disease (어떤 질병에 관한 일화)

2022년 3월 15일

우리는 식탁에 둘러앉아 있었다. 오랜만에 재원이와 함께 앉아 있었기 때문에 약간은 들뜬 분위기였다. 내가 혜진이의 호주 유학 이야기를 하던 중이었을까? 배를 먹다가 깔깔 웃던 혜진이의 안색이 확 변하는 것이었다. 숨을 들이쉬지도, 내쉬지도 못하고 있었다.

"이런!"

나는 벌떡 일어나 혜진이를 일으켜 세우고 등 뒤에서 하임리히법*을 시행했다. 혜진이 몸은 뻣뻣했고 세 번 시도했지만 잘되지 않았다.

"입안에 있는 거부터 뱉어!"

한 번 더 시도했다. 혜진이의 입안에 있던 씹다 만 배, 그리고 기도를 막았던 배 조각이 바닥에 툭 떨어졌다. 혜진이는 기침을 몇 번 하더니 숨을 쉬었고, 울음을 터뜨렸다. 조금 울다가 내가 등을 두드리며 "괜찮아?"라고 물으니 고개를 끄덕거렸고 자신의 방으로 들어갔다. 방 안에서 텔레비전을 보고 있던 남편은 무슨 일이 일어났는지 전혀 모른 채 그대로 앉아 있었고, 밥을 먹다가 사태를 전부 지켜보던 재원이는 밥을 남긴 채 방으로 들어갔다. 나는 휴지를 들고 입안에서 튀어나온 배를 집어다가 비닐에 담아 버리고 물티슈로 바닥을 깨끗이 닦았다. 나는 혜진이

★ 하임리히법(Heimlich法): 음식물 따위가 기도로 들어갔을 때 이를 빼내기 위한 응급 처치 방법.

가 괜찮은지 한 번 더 확인하고 나서 주방으로 돌아와 재원이의 저녁상을 정리했다.

My Biggest Mistakes(가장 큰 실수)
2022년 3월 17일

1

재원이의 반항이 눈에 띄게 거세질 무렵, 나는 남극에 가기로 한 결정을 밀어붙였다. 어쩌면 도망가고 싶었는지도 모르겠다. 깊어가는 우울감. 삶의 의미를 상실해가던 나. 제주를 오가면서 응급실 근무를 하고 올레길을 걷던 삶의 '일탈'이 없었더라면 그 시간을 견디기 더 어려웠을 것이다.

남극 출발 한 달 전부터 거실에 짐 상자를 놓고 정리하기 시작했다. 엄마가 떠날 날을 기다려야 했던 딸과 아들의 마음, 짐 상자에 짐이 차곡차곡 정리되어가는 것을 지켜보던 아이들의 마음은 과연 어땠을까. 중학교 1학년이었던 아들이, 엄마에게 귀를 맞아 고막이 찢어지는 일을 당했던 아들이, 그런 엄마를 경찰에 신고할 수밖에 없었던 아들이 나를 떠나보내며 마음이 어땠을까. 복잡한 감정을 견뎌야 했던 긴 시간이 얼마나 고통스러웠을까. 나에 대한, 자기 스스로에 대한 왜곡된 감정을 풀지도 못한 채 얼마나 답답했을까. 하지만 나는 아이들의 마음을 헤아리지 못했고, 그럴 여유조차 없었다. 나의 목표에 생각이 집중되어 있었다.

'무엇을 가져갈까? 멀미를 심하게 하면 어쩌지? 치과 수술을 한 부위

는 별문제 없을까? 남극 기지에 운동을 할 데는 있을까?'

2

더웠다. 전신 방호복을 입은 나의 걸음은 어기적거렸고, 두 겹 장갑을 낀 손은 답답했다. 얼굴 가림막 너머 환자의 얼굴은 흐리게 보였고, 그들의 신음 소리와 말소리는 귀를 기울여야 겨우 들렸다. 그날도 나는 닥터 우마르와 함께 레드 존으로 향했다. 우리는 스태프들의 도움으로 방호복을 착용했고, 텐트 안으로 들어갔다. 나는 12월 25일부터 시에라리온 에볼라치료센터에서 이머전시* 동료들과 매일 에볼라 양성 환자를 돌보고 있던 중이었다. 텐트 사이에 있는 물품 공간에서 혈액 채취에 필요한 것들을 트레이에 담아 젊은 여성이 누워 있는 침대 곁으로 갔다. 그녀는 기운이 없는 듯 몸을 축 늘어뜨린 채 누워 있었고, 시선은 그저 얼굴이 향하는 방향으로 던지고 있었다. 그녀의 오른쪽 팔을 펴고 팔꿈치 안쪽을 알코올 솜으로 닦았다. 바늘로 정맥을 찌르고 나서 혈액을 빼내기 시작했다. 갑자기 그녀가 팔을 번쩍 들어 올렸고, 주사기는 내 손에서 벗어나 바닥에 떨어졌다. 그 짧은 순간 나는 무언가를 느꼈다. 내 왼쪽 손가락에 무언가 불편한 감각이 느껴졌던 것이다.

'설마?'

하지만 아무리 애써보아도 내 손가락 끝이 따끔했던 찰나를 부정할

★ 이머전시(EMERGENCY): 이탈리아 NGO 단체. 전쟁, 가난 등으로 어려움을 겪는 환자들을 치료하는 일을 한다.

수 없었다. 그녀가 팔을 움직이는 순간 주사기가 팔뚝에서 바닥으로 떨어지면서 바늘이 내 손가락을 스쳤던 것이다. 나는 절망적인 마음이 들었다. '감출까?' 그러다가 '내가 감염되고 다른 사람에게까지 영향을 준다면?' 나는 1~2분 정도 그대로 서 있었다. 그리고 닥터 우마르를 향해 걸어갔다.

A Time I've Been Alone(홀로 외로웠던 때)
2022년 3월 30일

에볼라치료센터를 떠나 룽기공항으로 향했다. 해가 서서히 서쪽으로 넘어가는 동안 차 네 대가 요란한 앰뷸런스 사이렌을 울리며 달리고 또 달렸다. 길가에 드문드문 보이는 풍경이 빠른 속도로 사라지는 동안 빨랫줄에 널린 옷들과 앞마당에서 뛰노는 아이들, 넓게 펼쳐진 숲이 눈에 잡혔다.

공항에 도착했을 때, 시에라리온의 열기는 서서히 식어가고 있었다. 반팔만 걸치고 있던 나는 캐리어에서 겨울 코트를 꺼냈다. 무릎까지 내려오는 검은색 울 코트는 나의 몸을 따뜻하게 감쌌다. 컴컴한 하늘에 반짝이는 불빛이 나타났다. 크기가 점점 커지면서 아래로 향했고, 우리에게 가까이 다가오며 요란한 쇳소리를 냈다. 비행기는 공항 활주로에 바퀴를 내릴 때에야 비로소 자신의 모습을 드러냈고, 어둠만이 짙게 깔린 공간을 가르며 달리다가 멀리서 멈춰 섰다.

나와 이머전시 동료들, 공항 직원 몇 명은 에어 앰뷸런스를 향해 걸었다. 곧 출입문 아래 계단이 설치되었고, 하늘색 방호복을 갖춰 입은 두 명의 남성이 그것을 밟고 내려와 우리 쪽으로 걸어왔다. 그들이 나에게 인사를 했고, 자신들을 간호사라고 소개했다. 그들 중 한 명이 내 귀에 체온계를 대고 열이 나는지 체크했고, "정상이다"라고 말하며 나를 비행기로 안내했다.

비행기 내부를 둘러보니 통로 양쪽으로 좌석이 두 개씩 세 줄로 놓여 있었다. 맨 뒤 '에볼라 환자'를 위한 격리 구역은 두터운 비닐로 일반석과 나뉘어 있었다. 그곳에는 침대와 모니터, 의료 기구가 갖추어져 있었다. 간호사가 나에게, "격리 구역에 누워서 가는 것이 원칙이지만 그냥 일반 석에 앉아서 가라, 체온이 정상이고 호흡기 증상도 없기 때문이다"라고 말했다. 나는 좌석에 앉아 벨트를 맸고, 이륙을 한 후에는 의자를 뒤로 젖혔다. 그들이 햄버거를 권했지만 나는 먹지 않았다. 입맛도 없었지만 햄버거를 별로 좋아하지 않았기 때문이다.

7시간 반이 지나고, 착륙을 준비하라는 기장의 목소리가 들렸다. 비행기는 베를린공항에 착륙했다. 밖에 나오니 샤리테병원 앰뷸런스가 대기하고 있었다. 의사와 간호사가 나를 차에 태웠고, 우리는 곧 병원에 도착했다.

감염병동 건물은 단층이었고, 외부 담벼락과의 사이에 나무가 울창했다. 의사는 정원 쪽에서 병실 문을 열더니, "이 문이 닫히면 더 이상 안쪽에서 열 수 없다"고 알려주었다. 나의 몸은 캐리어와 백팩과 함께 병실에 갇히게 되었다. 입실을 '축하'하는 과일 바구니가 테이블 위에 놓여 있었다. 병실 한쪽 수납공간에 캐리어를 세우고 옷을 걸었다. 벽과 천장은 밝고 깨끗했고, 정원 쪽 넓은 창으로 푸른 풍경이 내다보였다. 침대 두 개가 있었고, 각각의 침대에는 환자용 모니터와 수액걸이와 의자가 있었다. 간호사는 텔레비전 모니터를 어떻게 작동시키는지 알려주었다. 욕실 안에는 고급스러운 샤워용품과 수건, 슬리퍼가 있었다.

열흘 동안 책을 읽고, 글을 썼고, 헤드폰을 끼고 음악을 들었다. 의료진들은 매일 혈액과 피부 샘플을 채취했고, 새로 생긴 불편한 증상이 없는지 확인했다. 식사를 가져다주고 청소도 해주었다. 어느 날 'Over the Rainbow'를 들으면서 눈물을 흘리고 있던 나에게 간호사 한 명이 "괜찮냐"고 친절하게 물어보았고, 의사는 상담도 해주었다. 열흘에 걸친 검사에서 이상이 없었고, 에볼라 증상도 나타나지 않았다. 병실을 떠날 때 그들은 나를 따뜻하게 안아주었다.

Letter to My Father(아빠에게 보내는 편지)
2022년 3월 30일

아빠. 저는 사실 아빠가 가신 곳이 부럽습니다. 이 세상과 아무 상관 없는 곳. 의무가 없는 곳. 피곤함도 없고 밤새며 일해야 할 걱정도 없는 그곳. 그럼에도 한편으로는 이 세상에서 고통의 끝이 어떤 것일지 궁금하기도 해요. 어차피 편한 곳으로 갈 텐데 조금 더 고생해서 내 몸이 망가진다고 뭐 대수냐, 그런 생각인 거죠. 그리고 저에겐 당신의 사랑하는 손녀와 손자가 맡겨져 있어요. 이 둘을 어떻게든 혼자 세상을 살아낼 수 있는 성인으로 키워야 할 책임이 저에게 있는 거죠. 그래서 힘들어도 일하러 가고 일찍 일어나 밥을 해요. 재원이가 학교에 가면 행복해하고요. 아빠가 계신 곳, 언젠가 저도 갈 겁니다. 얼마 전에 저는 정말 가고 싶었어요. 하지만 좀 더 살아보려고 해요. 인생이 저에게 어떤 의미를 주는지 끝까지 가보려고요.

Tenderness (고통)

2022년 4월 1일

생활관 2층 나의 방에는 작은 창문이 있었다. 창밖으로는 좌우로 길게 위버반도가 보였다. 반도의 왼쪽 끝은 절벽처럼 급경사를 이루다가 수면 가까이에서 완만해진 다음 흘러내리듯 바다 속으로 사라졌다. 위버반도 위에는 흰 눈이 쌓여 있었다. 맑은 날에는 그 모습이 너무 선명해서 안경을 쓰지 않은 근시의 흐린 눈으로도 볼 수 있을 정도였다. 위버반도 왼쪽 멀리 필데스반도가 북에서 서로 길게 이어져 있는 것이 보였다. 그곳을 덮은 눈은 태양 빛을 환하게 반사했다. 필데스반도 쪽에서 불어오는 북서풍은 세종기지 해안 자갈 위로 끊임없이 파도를 쏟아부었다. 나는 그 풍경을 즐겼다. 하지만 나의 마음은 깊은 시름에 잠겨 있었다.

나는 17,000킬로미터 떨어진 대한민국 서울 여의도 한양아파트에서 들려오는 아들 소식에 절망했다. 재원이가 학교에 가지 않는다는 소식, 밤새 게임을 한다는 소식, 밖에 누군가 있으면 절대로 방 밖으로 나오지 않는다는 소식, 자신을 돌보러 온 할머니마저 춘천으로 돌아가시도록 만들었다는 소식, 머리는 장발을 하고 있다는 소식, 그리고 아빠와 싸웠다는 소식이 이어졌다. 내 마음은 무너졌고, 가슴이 답답하고 머리가 아팠다. 그럼에도 '한국에 돌아가야 한다, 재원이를 일단 만나자' 생각했다. 그리고 집에 돌아왔다. 고통은 지속되었지만 희망이 보였다. 깜깜한 암흑, 잿빛 바다 위 층층이 먹구름이 끼어 있는 가운데 한 줄기 빛이 보였던 것이다. 아들은 방문 밖으로 나와 밥을 먹기 시작했고, 긴 머리를 잘랐고, 외출을 했고, 제주 여행도 갔고, 밤에 잠도 좀 잤고, 최근에는 학교에도 갔다. 재원이가 잠을 자니 나도 잠이 왔다. 하지만 나는 안다. 아직 나에게는 '고통의 기회'가 훨씬 많이 남아 있다는 것을.

Music(음악 수업)

2022년 4월 14일

자리에서 일어났다. 몸을 일으켰을 뿐인데 내 짝은 작아지고 나는 거인이 된 듯했다. 담임선생님은 얼굴이 작고, 키는 제법 크고, 체격이 마른 분이었는데 단정한 반팔 셔츠와 분홍색 바지를 입고, 파마머리를 하고는 교단 위에서 그녀의 작은 눈으로 나를 바라보고 계셨다. 왼쪽 창으로는 한낮의 태양이 교실을 환히 비추었고, 체육 수업을 하고 있는 어느 반 여학생들의 목소리가 운동장에 가득했다.

◆

나는 나는 외로운 지푸라기 허수아비
너는 너는 슬픔도 모르는 노란 참새
들판에 곡식이 익을 때면 날 찾아 날아온 널
보내야만 해야 할 슬픈 나의 운명
훠이, 훠이, 가거라.

여기까지 글을 썼는데, 커트 머리 여성이 큰 목소리로 누군가와 통화를 시작했다. 그녀의 대화는 길어졌고, 나의 집중력은 흐트러졌다. 가방을 메고 스프링 줄 노트와 커피를 손에 들고 자리를 옮겼다. 이제 조용하다. 참, 그래서 노래는?

산 넘어 멀리 멀리
보내는 나의 심정 내 님은 아시겠지.

나의 노래는 끝났고, 교실은 조용했다. 잠시 후 선생님이 입을 여셨다.

"노래 참 잘하네."

Gilbert (질베르)

2022년 4월 20일

난 눈물이 날 것만 같소, 질베르. 당신이 가장 집중해서 써내려갔다는 그대의 '시'라는 것만 해도, 그것이 나에게 어떤 의미를 주는지 알기 때문이오. 나도 그 '최대의 집중의 시간'을 경험해보았기 때문인 것 같소. 죽음을 생각하던 때. 모든 일이 꼬이기만 하던 때. 환경이 나를 어처구니없을 정도로 '바보'로 만들어가던 때. 춥고 어둡고 외롭던 그때. 난 최대의 집중력을 가지고 나의 일기를 써나갔고, 나의 글을 써나갔고, 니체의 책을 읽고 필사를 해나갔소. 고통의 한가운데에서, 앞으로는 내 인생에서 더 이상 경험할 수 없을지도 모를 강한 집중력으로 나에게로, 나에게로 깊이 빠져들 수 있었소. 나의 심장이 갉아 먹히던 그때, 죽음은 나의 심장 가까이까지 기어왔었소. 나의 명치에서 피부를 뚫고 들어와 양쪽 폐 사이를 지나 심장의 외막을 뚫으려고 하고 있었소. 하지만 그 죽음의 Fox는 나를 조금 더 관찰하더이다. 내 심장에 가득한 '고통'이 아직 '죽음'의 기운을 내뿜지는 않았던 것 같소. 오히려 삶을 향한 애정과, 아들을 향한 사랑의 감정이 만들어내는 따뜻한 온기가 존재했었던 것 같았소. 17,000킬로미터 떨어진 곳에서, 몸을 혹사시키며 게임을 하고, 씻지도 먹지도 자지도 않고, 햇빛을 보지도 사람을 만나지도 않고, 혼자만의 동굴에 갇혀 있는 아들을 생각하며 나는 삶의 의지를 불태우고 있었던 것이오. '아들을 만나야 한다. 그러고 나서 어떻게 할지 생각해보자.' 나는 아들의 얼굴 보기를 간절히 기다렸소. 이것이 '삶의 의지'가 아니고 무엇이었겠소? 내 심장 가까이 다가온 여우는, 검은 몸체에 두 눈을 번뜩이며 나의 심장 외막에 자신의 발톱을 가져다 대다가 뒤로 물러난 것이오. 나는 죽음을 맛보았지만 삶을 열렬히 사모했기에 발톱이 거기에서 떨어지는 순간 다시 호흡을 하며 생명을 이어갈 수 있었던 것이오. 질베르, 당신은 나의 남극에서의 시간을 떠올려주고 있소. 당신의 시가 무엇인지 모른다 해도 내가 당신이 지녔던 감정 가까이에 있는데 무엇이 문제이겠소.

About Dying(죽음에 대하여)

2022년 6월 2일

인스턴트커피를 한 모금 마신다. 재원이의 방에서 웃음소리가 들린다. 나는 속이 썩어가는데, 아들은 무언가 신나는가 보다. 웃지 않는 시간에는 자신도 속이 썩기는 마찬가지겠지. 거실 구석에 놓인 소형 냉장고 엔진 소리가 들린다. 재원이의 방에서 컴퓨터 자판 두드리는 소리가 난다. 베란다 열린 문틈으로 나와 함께 여의도 하늘 아래 살아가는 사람들의 소리가 들린다. 현관문 앞 복도에서 사람이 오가는 발자국 소리가 들린다.

　베란다로 나가 밖을 내다보다가 아래를 내려다본다. 넓은 정원이 펼쳐져 있고 중간중간 키가 큰 나무가 있다. 내가 여기서 떨어지면 잘 죽을 수 있을까? 바닥에 "쿵" 하고 떨어질 때 그 고통의 크기는 얼마일까? 고통을 느낄 새도 없이 목숨이 사라지는 걸까? 떨어지다가 나무에 내 몸의 일부가 걸릴 때 그 고통을 받아들일 수 있을까? 나는 결론을 내린다.

제정신으로 뛰어내리는 것은 불가능하다고. 소주 두세 병 마시고는 가능할까? 몸을 가눌 수 없을 정도로 취하면, 일을 아예 실행할 수 없을지도 모른다. 어쩌면 비참한 감정 자체가 사라져서 실행에 옮길 필요가 없어질지도 모른다. 나는 정말 삶을 중단하고 싶은가?

그저 나에게 가장 자연스러운 방식의 죽음이 다가오기를, 고통도 덜하고 구차하거나 지저분하거나 가족에게 상처를 주는 방식이 아니기를, 간절히 바랄 뿐이다.

Home(나의 집)

2022년 6월 3일

나의 집, 나의 휴식처. 내가 거주하는 여의도 한양아파트가 그런 곳일까? '교육받지 않을 권리'를 쥐고서 자신의 방문을 닫아 잠그는 청소년이 있는 그곳? 인터넷이 차단되니 학교 과제를 하기 힘들다고 말하는 딸이 있는 그곳? 자녀에게 근사한 집 하나 물려주는 것이 목표라고 말하는 남편이 사는 그곳? 매일 아침 아들을 깨우다가 자괴감에 지쳐 포기하고, 학교에 가든 자신의 미래를 어떻게 꿈꾸든 이제는 자기 의지에 달렸다고 마음을 내려놓고, 매일 일찍 일어나 아침밥을 하고, 저녁에 운동을 하고 돌아와 세수도 안 한 채 쪽방에서 곯아떨어지는 내가 사는 그곳?

맞다. 그곳이 나의 홈이다. 그곳을 나는 그토록 그리워했다. 남극에서 지내는 동안 보이는 생명체라고는 대원들과 펭귄들과 스쿠아들뿐인 그곳에서 나는 얼마나 여의도를 그리워했던가. 이른 아침 창으로 밀려들어오는 참새의 지저귐과 까마귀의 그윽한 울음소리를 나는 얼마나 듣고 싶어 했던가. 베란다 창밖으로 내다보이던 황량한 콘크리트 건물들의 풍경, 그 위로 솟은 태양이 베란다를 통해 거실로 쏟아내던 그 빛을 나는 얼마나 그리워했던가. 지금 내가 앉아 있는 일자형 카페 테이블 넓은 유리창 너머 도로 건너편 한양아파트 서른네 평의 공간은, 비록 그 안에 고통과 슬픔과 불안과 우울함과 앞이 보이지 않는 불투명한 미래가 가득할지라도 그곳은 나의 홈이다.

Dear God(오, 주님)

2022년 6월 27일

제 아들, 재원이의 사춘기를 맞아 제 인생조차 뒤흔들리고 있습니다. 전 어찌해야 할까요. 아들의 저 오락가락하는 흔들림 속에서 저는 어떻게 굳건히 버텨야 할까요. 지금 제 상황을 어떻게 받아들여야 할까요. 제가 괴로운 것은 제 잘못입니까? 아들이 그냥 흔들리도록 두면 되는 것을, 끼어드는 것 자체가 어리석은 짓일까요? 멀찍이 떨어져서 바라보면 되는 것을, 굳이 가까이 갈 필요가 없는 것입니까? 아들 인생에 괜한 참견을 한 걸까요?

언제쯤 고통이 없는 삶을 살아갈 수 있을까요. 이 상황을 바라보는 제

눈, 제 판단, 제 태도에 잘못된 부분이 있다면 바로잡아 주소서. 저를 지혜롭게 하소서. 제 아들을 이끌어주소서. 제가 감당할 수 있는 일이 아닌 듯합니다. 그 누구도 못합니다. 재원이 스스로 마음먹어야 하며, 그 마음먹은 대로 신께 의탁하고 이끌리는 방법밖에 없습니다. 재원이 스스로 신을 찾고, 신께 의지하면서 인내와 신념을 가지고 자신의 뜻을 펼쳐나가는 수밖에 없습니다. 다른 인간이, 그것이 비록 그의 엄마라 할지라도, 할 수 있는 일이 아닌 것입니다.

고통에 대하여

개학

2022년 3월 2일

계속되는 아들의 파행, 자신의 동굴에서 벗어나지 않는 아들의 모습에 절망하며 어제저녁 내내 고뇌에 차 있었다. 언제나 잠옷을 입은 모습으로 자기 방과 화장실, 거실, 그리고 다용도실을 왔다 갔다 하는 아들을 바라보는 내 심정은 복잡했다.

앞치마를 두르고, 고무장갑을 끼고, 방금 세척이 끝나 김이 모락모락 나는 그릇을 식기세척기에서 꺼내 정리했다. 다시 싱크대 안에 남아 있던 그릇들을 세척기 안에 넣었다. 딸이 학교에서 만든 파스텔 톤 분홍색과 파란색이 섞여 있는, 손 하나만 한 나뭇잎 모양 접시, 테두리에 은은한 금빛 띠가 있는 한국 도자기 접시, 놋 밥그릇 두 개, 수저, 작은 종지 들을 촘촘히 꽂았다. 액상 세제 하나를 던져 넣고 전원을 눌렀다. 그런 후 싱크대로 돌아와 키친타월로 프라이팬의 기름을 닦아낸 다음 분홍색 손뜨개 수세미에 퐁퐁을 묻혀 프라이팬을 닦고 스테인리스 냄비를 씻었다.

빨래 바구니를 들고 다용도실 세탁기 앞에 섰다. 전원을 누르고, 시작 버튼을 누르고 뚜껑을 닫은 채 멍하니 서 있는데, 갑자기 문이 확 열리는 소리가 났다. 고개를 돌려보니 욕실로 뛰어들어가는 재원이의 뒷모습이 보였다. 난 조용히 쪽방으로 들어갔다. 욕실에서 나온 재원이가 주방 가까이에서 주춤거리는 듯한 발자국 소리를 냈다. 나는 얼른 방에서 나와 재원이에게 "밥 먹을래?" 물으니 고개를 끄덕였다. 나는 스팸을 굽고 달걀프라이를 했다. 딸이 방에서 나오기에 함께 식사를 하도록 준비하고 나서 작은 스툴 의자에 앉았다.

혜진이가 반 배정 이야기를 하길래, 혹시라도 재원이가 반을 모를까 해서 새로 배정된 반을 알려주었다. 딸이 친구네 학교 이야기를 했다. 남녀 분반을 했다가 다시 합반을 했다고. 나도 질세라 중학교 경험을 꺼내놓았다. 남자반, 여자반 하나씩 있어 반을 옮길 필요가 없었다고, 체육 시간에 선생님이 공 하나 던져주시면 우리는 운동장에서 신나게 놀았다고. 그 말을 듣고 재원이가 말했다.

"그 체육선생님 꿀 직업이네."

재원이가 밥을 다 먹고는 옷을 찾았다. 체육복 바지와 반팔은 옷 서랍에서 쉽게 찾았는데 긴팔 체육복을 찾을 수가 없어 재원이가 씻는 동안 안방을 구석구석 뒤졌다. 딸의 집업 상의 하나가 체육복과 비슷해서 샤워를 마치고 나온 재원이에게 보여주었더니, "다른 학교 체육복 같다"고 하면서 반팔 위에 패딩을 입겠다고 했다. 나는 재원이에게 "가다가 문구점에서 하나 사라"고 말했다.

재원이가 밖으로 나가려고 하니 혜진이가 놀란 표정을 지었다.

"빨리 가네?"

재원이는 현관문을 열고 나가더니 무엇을 두고 나갔는지 두 번 더 들락날락했다. 다시 현관문 비밀번호 누르는 소리가 났다.

"엄마, 자전거 자물쇠 비밀번호가 뭐지?"

"77××1."

아들은 자전거를 끌고 학교에 갔다. 나는 남편에게 카톡을 보냈다.

"재원이 학교 갔어, 자전거 타고."

아주 잠시의 행복인가? 아니면 행복의 시작인가?

위로의 힘

2022년 3월 26일

3월 2일 개학일에 재원이가 학교에 갔다. 새벽같이 일어나 아침 식사를 했고, 누나가 등교하기도 전에 먼저 가방을 메고 학교에 갔다. 그날이 수요일이었고, 목요일과 금요일에는 오후 등교 수업이었고, 그다음 주는 원격 수업이었다. 나는 목요일 아침 일찍 병원으로 향하면서 왠지 불안했다. 개학일에 학교를 가기는 갔지만 재원이는 시간관념이 없는 생활을 해오고 있었고, 특히 오후에는 잠을 자는 일이 많았기 때문에 '과연 그 시간에 학교에 갈 수 있을까?' 하는 생각이 들었던 것이다.

수요일 재원이가 학교에 다녀왔을 때, 나와 혜진이와 재원이는 케이크 하나를 두고 축하 노래를 불렀다. '개학 축하 노래.' 하지만 다음 날, 그 다음 날 재원이는 학교에 가지 않았고, 원격 주간에는 화상 수업도 듣지 않았다. 원격 주간이 끝나고 그 주말이었을까? 다음 주는 등교 주간인데 이런 식이라면 재원이가 학교에 계속 가지 않을 것 같았다. 월요일이 되었고, 아들은 정말 학교에 가지 않았다. 나는 절망스러운 마음에 지푸라기라도 붙들고 싶은 마음으로 시흥 Y병원* 의사 단톡방에 내 아들의 상황을 올렸다.

"제 아들을 그냥 드릴 테니 데려다 키우실 분 없으십니까?"

"매일 게임하느라 학교에 가지 않는 아들 때문에 너무 힘드네요."

과장님들의 조언이 쏟아졌다. 몇 분은 과거 자신의 아들과의 갈등과 그것을 극복하기 위해 치렀던 과정을 단톡방에 너무나 상세하게 올리셨다. 개인 톡으로 격려해주시는 과장님들도 있었다. 나는 그동안 재원이의 일로 마음을 졸이느라 한 번도 운 적이 없었는데, 그날 많이 울었다.

3월 16일 수요일, 나는 오전 10시에 집 인터넷을 차단했다. 과장님들의 조언에 힘입어 재원이와 부딪힐 일을 만드는 한이 있더라도 액션을 취해야 할 것 같았다. 그리고 그날 근무였기 때문에 병원으로 향했다. 아들은 이모가 집에 오셔서 청소하고 음식을 하는 동안에도, 그리고 내가 퇴근해서 집에 온 이후에도 아무것도 먹지 않았다. 혹시라도 화가 나서

★   시흥 Y병원 : 현재 근무하는 시흥의 종합병원이다.

거친 행동을 하면 어쩌나 염려한 것과는 달리 조용히 방 안에만 있었다. 나는 밤에 잠자리에 들기 전에 재원이가 먹을 음식을 쟁반에 담아 주방 선반 위에 올려두었고, 새벽에 재원이는 쟁반 위의 음식을 스팸 두 조각을 빼고 다 먹었다. 그 이후로도 재원이와 마주칠 일이 없었고, 재원이가 먹을 음식을 작은 그릇에 담아 쟁반에 올린 다음 포일로 덮어두었다.

재원이가 무언가 조금 털어낸 듯한 모습을 보인 것은 며칠 후인 토요일이었다. 방을 두세 번 들락거렸고 식사도 잘했다. 내가 일요일 근무하는 동안 재원이는 "과제를 하러 간다"는 누나를 따라 피시방에도 다녀왔다. 난 사실 그런 모습에 기대를 했다.

'재원이가 다 털어낸 것일까?'

'이제 마음을 먹었을까?'

맞다. 재원이는 마음을 먹었었다. 하지만 그것을 지속할 어떤 동기를 얻지 못했다. 월요일 아침, 재원이가 아침을 일찍 먹길래 은근히 학교에 가기를 기대했던 그날, 나의 기대는 무참히 무너져버렸고, 재원이는 학교에 가지도, 방에서 나오지도, 피시방에 가지도 않았다. 나는 방문 앞에서 재원이에게 소리쳤다.

"엄마 아빠 싫어하는 거 하고 괴롭게 만드니까 행복해?"

방에서 훌쩍거리는 소리가 들렸다. 나는 재원이를 밖으로 불러내 대화를 했다. 재원이가 아빠에게 실망했던 일을 문자로 보내줘 읽어본 터라 그것을 바탕으로 이야기를 이어갔다. 그리고 재원이가 게임을 배우고 싶어 하고, 게임을 배우면서 학교에 다니고 싶어 한다는 것을 알게 되었다. 나는 재원이에게 게임 학원을 알아보겠다고 약속했고, 함께 홍우빌딩 3층

'열빈'에서 짜장, 매운 사천식 해물짬뽕을 먹었다. 나는 오후에 몇 군데 게임 학원에 전화를 했고, 그날 저녁 7시에 한 게임 학원에 면담 약속을 잡을 수 있었다. 우리는 6시 30분에 그곳에 도착했고, 30분을 카페에서 기다리다가 2층에 올라갔다. 9시가 넘을 때까지 면담을 했고, 좋은 기분으로 집에 돌아왔다. 재원이가 그 학원에 다니겠다고 했고, 나는 다음 날 학원에 전화해서 "다니겠다"는 의사를 전달하고 돈을 부쳤다.

포기하지 않아

2022년 4월 5일

아침 7시 40분, 아들을 깨웠다. 8시에 다시 깨웠다. 요지부동이었다. 난 무언가 감지했다. 학교에 갈 것 같지 않았다. 나는 문을 지속적으로 두드렸고 잠시 나오라 했다. 다행히 —여러 번 두드리느라 힘들기는 했지만— 재원이가 문을 열었다. 방 안으로 들어가 학교에서 무슨 일이 있었는지 물었다. 다행히 없었다. 재원이는 학교에 가려고 7시에 알람을 맞췄는데 울리지 않았고, 그래서 결국 늦게 일어났는데 급하게 서둘러 학교에 가고 싶지는 않다고 했다. 나는 재원이를 설득하려고 이런저런 이야기를 주절거렸다. 중학교는 졸업해야 하지 않냐, 게임 학원 원장님과도 약속하지 않았나, 성실함이 중요하다, 엄마가 앞으로 너와 무슨 약속을 할 수 있겠냐. 그러자 재원이는 "나를 조종하려 하지 말라"고 말하는 것이 아닌가. 나는 침대의 머리맡 쪽에 엉덩이를 붙이고 앉아 있다가 잠시 침묵을 지켰다. 침대에서 일어나 밖으로 나오면서 문손잡이에 있는 잠금 버튼을 누른 다음 밖으로 나와 문을 조용히 닫았다. 화장실에 들어가 양치를 하고 나오니 재원이에게서 카톡이 와 있었다.

"그냥 포기하는 거야?"

"기다리는 거지. 세상의 모든 엄마는 포기하지 않아."

말은 그렇게 했지만 절망스러웠다. 우울했다. 집 안에 가득히 퍼지는 음울한 공기에서 잠시 벗어나야 했다. 빨래를 널고 나서 가방을 챙겼다. 식탁에는 양념갈빗살구이를 준비해두었고, 가스레인지 위에는 전복미역국을 끓여두었다.

날씨가 화창했다. 공기도 깨끗했다. 이렇게 밝은 아침에, 우리 집 방 한 구석에 어린 아들이 학교에 가지 않은 채 음울한 기운을 뿜으며 침대에 누워 있다. 아니 어쩌면 아까 방에서 나올 때와 똑같이 침대에 걸터앉아 있을지도 모르겠다.

『소크라테스 익스프레스』*의 '시몬 베유' 편에서 그녀는 '관심'을 말한다. 관심은 사랑이다. 관심은 기다림이다. 적극적으로 무언가를 하려고 하지 말고 생각을 '유보'하라고 조언한다. 가슴 속에 막힌 무엇이 풀어지고 정리되는 것을 느낀다. 나는 아들을 내게 복종시키려 한 것은 아닐까? 재원이가 말한 대로 조종하려고 했던 게 아닐까? 아들에게 관심을 기울였나? 관심은 기다림, 사랑이라는데 나는 미래에 대한 불안감으로

★   에릭 와이너, 『소크라테스 익스프레스』, 어크로스

조급했던 것은 아닐까?

홈마트에 가서 재원이가 며칠 전 맛있게 먹었던 양평해장국 두 봉지를 집어 들었다. 재원이가 좋아하는 토마토를 샀다. 대교상가 파리바게트에서 꽈배기 두 개와 찹쌀도넛 한 개를 샀고, 집으로 걸어오면서 찹쌀도넛을 먹었다.

집에 돌아오니 상차림이 그대로였다. 나는 양평해장국을 끓이고 아들에게 먹겠냐고 물으니 안 먹는다는 답변이 돌아왔다. 나는 불을 켜지 않은 어두컴컴한 거실에서 독서를 이어갔다. '간디' 편을 읽으며 간디와 비폭력 저항가를 생각했다. 자신의 삶 속에 타인의 고통을 함께 담아나갔던 사람들을. 나는 타인은커녕 나의 고통, 나의 책임에 눌려 옴짝달싹 못하고 있는데 말이다. 딸에게서 "곧 집에 도착할 텐데 식사를 할 수 있겠냐"는 카톡이 왔다. 나는 물론이라고 대답했지만 무언가 만들 의지가 전혀 없었다. 맥주를 마실까? 그러면 기운이 날까?

칼스버그 하나를 꺼내 쪽방에 들어가서 캔을 딴 다음 한 모금 마셨다. 휴대폰 음악 앱을 열어 플레이리스트를 눌렀다. 힘이 좀 났다. 새벽에 배송되어 냉장고에 들어가 있던 항정살을 구웠다. 프라이팬에서 고기가 익어가는 동안 나는 쪽방을 들락거리며 맥주 캔을 들었다 놓았다를 반복했다. 기분이 한결 좋아지고 힘도 났다. 문득 재원이가 고기는 먹을지도 모른다는 생각이 들었다.

"재원아, 항정살구이 먹을래?"

"응."

밥그릇 두 개, 수저 두 벌을 식탁에 올리고 소금장을 만들었다. 다용도실 커다란 유리병 안에 국자를 푹 담근 후에 마늘장아찌를 꺼내 종지에 담았다.

재원이가 나왔다. 나는 프라이팬 위에 지글거리는 고기를 접시에 담았고, 재원이에게 밥을 좀 뜨라고 했다. 고기 기름에 김치를 굽는 대로 상에 올렸다. 토마토를 4등분해 설탕을 뿌렸다. 해장국을 떠주니 고기와 함께 잘 먹었다. 재원이가 밥을 한 번 더 가져왔다. 나는 맥주로 기운을 북돋우고, 아들은 항정살로 첫 식사를 했다. 어차피 길게 갈 전쟁이다. 관심, 사랑, 기다림, 비폭력. 이 모든 것이 함께 가야 한다고 생각했다.

살다

2022년 5월 28일

어제 나는 정말 죽으려 했고, 죽었을 수도 있었을까? 그렇지 않다. 죽을 자신이 없었다. '다른 사람들도 죽을 자신이 없어서 그냥 살아가고 있는 것은 아닐까?' 하는 생각도 들었다. 죽기 위해 '최선의 방식'을 선택한다 하더라도 고통스러울까 봐, 고통을 잘 견딜 수 없을까 봐 두려운 것이다. 고통만 잘 견딜 수 있다면, 그것만 보장이 된다면 쉽게 죽음에 가까이 갈 텐데. 고통 없이 죽을 수는 없는 걸까?

"엄마 없이 살아봐!"

낮고 굵고 단호하고 슬픈 목소리로 재원이를 향해 소리치고 나서 집을 나왔다. 가방에는 지갑, 여권, 피트니스 파우치, 책이 들어 있었다. 여의도우체국으로 향했다. 생존 급부금[*]을 타기 위해. 약관 대출 일부도 갚았다. 700번 버스를 타고 부천으로 향했다. 미용실과 백화점에 들른 후 중3동 주민센터에 가서 사전 투표를 했고, 신중동역에서 지하철을 타고 보라매역으로 갔고, 그곳에서 버스로 환승한 후 진주아파트에서 내렸다. 횡단보도를 건너 롯데슈퍼에서 아이스크림과 음료수를 산 다음 나는 멀쩡히 '산 채'로 집에 돌아왔다.

헬스장에 들러 운동을 하고 간단히 씻은 후 방배동으로 향했다. 461번 버스 안에서 계속 졸았다. 팔꿈치로 나를 건드려 깨우는 오른쪽 남자를 피해 뒷좌석으로 옮긴 후에도 계속 졸다가 방배동 자이아파트 정류장에서 내렸다. '54계단커피' 창가에 붙은 좌석에 자리를 잡고 앉아, 푹신한 소파에 등을 기댔다. 샌드위치와 커피를 주문하고 자리로 돌아와 가방에서 『에피쿠로스의 네 가지 처방』^{**}을 꺼내 읽어내려갔다. 오른쪽으로 고개를 돌리니 주홍빛 석양이 골목 끝 지평선 가까이 내려가고 있었다.

'내가 죽는다면, 아니 죽음 직전이라면, 저 태양도, 따스한 빛도 너무 아깝지 않을까?'

창틀에 놓인 화분을 바라보았다. 초록빛 생명도 나처럼 빛을 받고 있었다. 우리는 함께 빛을 쪼이고, 살아 숨 쉬고 있었다. '산다'는 것이 너무

---

* 생존 급부금: 보험 가입자가 보험 기간 동안 생존해 있을 경우 특정 조건, 기간을 충족했을 때 지급하는 금액.
** 존 셀라스, 『에피쿠로스의 네 가지 처방』, 복복서가

나 자연스러운 일처럼 느껴졌다.

샌드위치를 다 먹고 나서 가방을 챙긴 후 『논어』를 배우러 가기 위해 어둑어둑해진 거리로 나섰다. 넓은 도로의 횡단보도를 건너고 나지막한 산을 따라 이어지는 보도블록을 걸어 아들이 이전 다녔던 숲나학교로 향했다. 나는 아들의 과거와 만나 화해하고 싶었다. 그것은 나의 과거이기도 했고, 나의 과거와도 화해하는 일이었다. 그렇게 해서 조금이라도 과거로부터 다시 시작하고 싶었다. 현재가 조금 더 나아질까 기대하고 그렇게 되길 소망하면서 말이다.

신과 함께

2022년 6월 9일

햇살이 좋은 아침이다. 베란다 바닥을 물청소해서 그런지 거실로 밀려드는 바람에서 싱그러운 냄새가 난다. 새들은 아파트 정원 여기저기를 오가며 지저귀는데, 그 소리가 아파트 건물 벽에 울리면서 그윽하게 퍼진다. 앰뷸런스 사이렌이 요란하고, 세탁기 통으로 쏟아지는 물소리가 시원하다. 오랜만에 텅텅 빈 재원이의 공간에 들어가 먼지를 털고, 이불을 정돈하고, 휴지통을 비우고, 빨랫거리를 꺼냈다. 일주일 청소를 안 했더니 방이 난장판이었다. 재원이는 그동안 이렇게 가끔씩만 방을 비워주었다. 방이 더럽더라도 그 누구의 방해도 받지 않고 자신의 공간을 지키고 싶어하는 것 같았다. 어제 재원이는 아무 설명도 없이 갑작스레 인터넷을 끊어버렸던 나의 사과를 받아들였다. 물론 자신도 "성실하겠다"는 약속을 지키지 않았기 때문에 노력하기로 했다. 어제는 쪽방에 와서 벌러덩 누운 채 휴대폰 앱으로 쌀국수를 시켰고, 기다리는 동안 책장에서 『후WHO』 한 권을 꺼내 읽기도 했다.

가끔, 그날을 떠올리곤 한다. 여섯 살이던 아들이 타이항공 기내에서 크루프*로 숨을 쉬지 못하던 그날. 몸을 뒤틀고 있던 아들의 이마에 내 이마를 붙이며 "아버지, 살려주세요!"라고 간절히 외치지 않았다면 의료 물품으로 가득했던 두 개의 구급상자에서 벤토린 흡입기가 바닥에 "뚝" 떨어지고 스테로이드 앰풀이 눈에 띌 수 있었을까? 수천 미터 상공, 기온은 낮고 건조했던 그곳, 그래서 아들의 증상이 최악으로 치달았던 그곳에서 나는 신을 불렀고, 신은 내게 응답했다. 나는 아들 얼굴에서 산소마스크를 위로 올리고 입안에 벤토린을 뿌렸고, 스테로이드를 주사기에 담아 아들 엉덩이에 내리꽂았다. 그 후 아들은 조금씩 숨을 쉬었고, 회복이 되었고, 지금 이렇게 커서 사춘기를 맞아 엄마에게 고통을 안겨주고 있는 것이다.

몇 년 전 딸은, 칼과 창을 들고 무장한 채 무대 위에서 연기를 하던 배우가 연기를 마치자마자 무기를 내리고 얼굴에 바른 몇 겹 분장을 지우고 맨 얼굴로 모습을 드러내듯 그렇게 어느 순간 자신의 사춘기를 지워버렸다. 그것이 잠시 동안이 아니라 완전히 변한 모습임을 서서히 알게

★ 크루프(croup) : 급성폐쇄성후두염. 후두 점막의 부종으로 기도가 좁아지면서 증상이
   나타난다.

되었고, 그것을 깨달았을 때는 요란스러운 기쁨이랄 것도 없이 그저 무덤덤했다. 재원이에게도 그런 날이 올까?

이유

2022년 6월 30일

비가 온다. 비는 자신의 본분을 다한다. 나의 생각, 감정이 어떤지 상관 없이 비는 자신의 길을 간다. 높은 곳에서 아래로 떨어진다. 아스팔트 바닥에, 보도블록에, 빌딩 꼭대기에, 아파트 복도에, 차의 지붕에, 놀이터 기구 위에, 화단 풀 위에, 꽃잎에, 나무에, 그리고 고여 있는 물웅덩이 위에 자신을 떨군다. 비는 사람의 머리와 어깨와 발등을 적신다. 우산을 때리고 경사를 타고 바닥에 떨어진다. 달리는 차의 지붕을 때리고 튕긴다. 사람들은 비를 쳐다본다. 베란다 밖으로 쏟아지는 빗줄기를 보며 멀리 떠나야 하는 여정을 걱정한다. 운전대를 잡고 있는 사람들은 교차로 신호 대기 중에 앞 유리를 때리는 빗방울과 와이퍼에 밀려 양옆으로 쪼르륵 흐르는 빗물을 본다. 우비를 입고 뛰는 사람들의 발은 이미 축축하게 다 젖어 있다. 발가락이 아파오고 비를 헤치고 가야 할 길이 멀게 느껴진다……

남편은 왜 그럴까. 재원이가 이토록 오래 방황하고 있는 이유의 출발점이 본인이었음을 내가 한참 전에 전달했는데도, 자신은 왜 부정하고 있는 걸까? 잊은 척하는 건가? 어제 남편이 갑자기 작년 1학기 때 재원이가 공부를 열심히 하던 이야기를 꺼냈는데 너무 천연덕스럽게 말하는 것이다.

"그 오래전 이야기가 지금 무슨 소용이야? 좀 듣기 힘드네. 다 지나간 건데. 당신이 지난번 말했던 아파트 이야기나 하자."

그가 버럭 화를 냈다.

"이야기를 뭐 주제를 정해서 해?"

그는 재원이에게 제대로 사과하지 않았다. 재원이가 명확히 지적해주었는데도 불구하고 자기가 추측하는 이유만 댔다. 자신 안에서 이유를 찾는 것이 아니라 밖으로 겉돌았다. 그래서 아들과의 관계가 아직도 저 모양 저 꼴인지도 모르겠다.

앰뷸런스 사이렌이 울린다. 저 차는 누구를 실으러, 아니면 싣고 가고 있을까? 이른 아침 사이렌 소리가 요란하다고 해서 아파트촌 거주자들 어느 누구도 화를 내거나 이의를 제기하지 않을 것이다. 저 소리는 타인을 위한 것이기도 하지만, 과거에 나와 나의 가족과 나의 가까운 이들을 위한 것이었고, 또는 미래에 그렇게 될 수 있기 때문이다. 남편이 귀가 가려운지 쪽방 옆을 왔다 갔다 한다. 재원이는 식탁에 앉아 식사 중이다. 내가 만든 된장찌개, 닭갈비를 맛있게 먹고 있다.

철학하다

2022년 7월 29일

철학을 하면 중심을 잡을 수 있다. 어떤 비난, 눈총, 이간질에도 흔들리지 않는다. 철학을 하면 주변을 섬세한 눈으로 바라볼 수 있고, 하루의 체험이 풍성해지는 기쁨을 누릴 수 있다. 철학을 하면서 가족에게 던지던 날 선 단어를 순화시켜 우호적이고 친밀감이 있는 단어로 바꿔나간다. 철학을 하면서 '왜 이토록 감정이 상해 있는지' 파악하고 이해하고 고쳐가고, 같은 상황에 맞닥뜨렸을 때 더 나은 감정을 유지할 수 있다. 철학을 해야 내 환경을 진실하게 파악할 수 있고, 주어진 것에서 최대의 만족을 이끌어낼 수 있다. 철학을 해야 커피 한 잔과 접시에 올린 빵 하나를 얻기 위해 카드를 "쓱" 하고 긁어댈 수 있었던 것이 얼마나 다행한 일이었는지 느낄 수 있다. 철학을 하면 고통 속에서도 여유롭게 주변을 바라볼 수 있다. 나를 이해해가면서 내 주변과 인류를 이해하기에 이른다. 철학을 하면 한여름에도 가죽 워커를, 패딩 코트를 편안히 신고 걸칠 수가 있다. 철학을 해야 사춘기 아들을 조종하려는 의도 없이, 아무런 '바람'이 없이 대할 수 있는 것이다. 철학을 한다는 것은 앞으로 내가 가야 할 '길' 위에 서는 것이다. 길이 없다면 만들어내는 것이다. 철학을 하면 구름 위 들떠 있던 허영을 깨닫고, 거기서 내려와 대지 위에 발을 디딜 수 있다. 철학을 하면 끔찍했던 과거로부터 탈출해 온전히 회복할 수 있다. 그래서 오늘도 나는 철학을 하고, '나의 삶'을 살아간다.

차별과 공정

2022년 8월 10일

혜진이가 나에게 중립을 지키라고 언명했다. 대한민국 공정한 판사조차 지킬 수 없을지도 모를 중립을 나에게 요구하고 있는 것이다.

우리는 어제 얼마나 좋은 하루를 보냈는지 모른다. 늦은 아침을 먹었고, 함께 바다에 나갔다. 딸은 서핑을 하고, 아들과 나는 처음에는 해안 뜨거운 모래 위에 앉아 있다가 나중에는 파라솔 하나를 빌려 선베드 위에 누웠다. 나는 혜진이가 어디에서 서핑을 하고 있는지, 바글거리는 서퍼들 사이에서 안전하게 타는지 뜨거운 모래사장을 밟고 왔다 갔다 하며 수시로 살폈다. 혜진이가 서핑 보드를 끌고 해변에 올라와 함께 연습하던 언니와 쉬고 있을 때 얼음물과 이온 음료를 사다가 건넸다. 나와 재원이는 파라솔 아래에서 해를 피하기도 하고, 바다로 뛰어들어 파도 속에서 놀기도 했다. 나는 혼자 물에 있을 때에는 재원이를 살피다가 혜진이를 살피다가 했고, 혜진이가 시야에서 너무 멀리 벗어나 있는 건 아닌지 확인하고 또 확인했다. 혜진이가 뜨거운 태양에 힘을 빼앗기고 서핑에 지쳐 파라솔로 왔을 때, 나는 선베드를 딸에게 내주었다. 혜진이는 달랑 5분 선베드에 누워 있더니 힘을 보충했는지 재원이와 함께 바다로 달려갔다. 둘로 흩어져 있던 나의 관심과 집중력이 한 장소로 모이게 되니 마음이 한결 편했다.

수평선과 끊임없이 밀려드는 파도, 멀리 부표들과 서핑 보드를 붙들고 파도를 기다리는 사람들, 튜브를 타고 혹은 맨몸으로 파도에 몸을 맡기고 있는 사람들, 해안가 절벽 위에 멋진 풍광을 만들어내는 파르나스호텔. 파도 소리와 사람들의 함성. 그리고 발바닥을 달구는 뜨거운 모래. 시간이 잠시 멈춘 듯했다.

바다에서 돌아와 몸에 묻은 모래를 털고 샤워를 하고 저녁 식사를 기다리는 동안 나는 아이들이 놀고 있는 방에서 나와 작은 홀 소파에 앉아 책을 읽었다. 내가 책을 읽던 몇십 분 안 되는 시간 동안 신라호텔 675호 프리미어룸, 좋은 더블베드와 엑스트라베드가 있고, 테이블과 소파가 갖춰져 있고, 넓은 테라스에 라탄 테이블과 의자까지 잘 갖춰져 있는 그 방에서는 격렬한 싸움이 벌어지고 있었다. 혜진이는 재원이에게 "너 지금 어떤 게임 해?" 하고 물었고, 재원이가 대답을 하지 않자 동생이 덮고 있던 이불을 빼앗았다. 재원이는 발버둥을 치다가 누나를 찼고, 혜진이는 동생의 휴대폰을 빼앗았고, 재원이도 누나의 폰을 빼앗았다. 상대방의 휴대폰을 들고 있던 둘은 각자 그것들을 바닥에 내동댕이쳤는데, 하필 혜진이가 던진 휴대폰이 베란다 새시 문에 부딪혀 유리에 흠집이 생겼고, 사건이 종결이 되었던 것이다. 나는 책을 읽다가 어떤 여성이 통화하는 소리가 귀에 거슬려 방으로 돌아왔다. 혜진이는 새시 문 앞에 무릎을 꿇고 앉아 무언가를 손가락으로 만지작거리고 있었고, 재원이는 침대 위에 베개 두 개를 겹쳐 등에 받치고 앉아 있었기에 나는 무슨 일이 있었는지 전혀 눈치채지 못했다. 혜진이가 "싸움이 있었다"고 이실직고를 했고, 사건의 경위를 설명하는 동안 재원이로부터 "왜 자신한테 유리하게만 말하느냐?"는 반발이 있었고, 나의 심문이 있었다. 딸은 사건의 발단으로 유추되는 행동에 대해서는 해명하지 않았고, 둘의 싸움이었고, 둘 다 상대방의 휴대폰을 들었고 함께 바닥에 던졌다는 것과 그 와중에 자신이 "휴대폰을 맞교환하자"는 공정한 제안을 했음을 강조했다.

저녁 식사를 하는 동안 이 일을 잊자 생각했다. 호텔 측에서도 유리의 흠집이 다행히 코팅에만 살짝 금이 간 정도로 끝났다고 하며 "괜찮다"고 했기 때문에 마음이 제법 편해졌다. 식사 후에 혜진이와 산책을 했다. 추억이 깃든 곳이라 이곳저곳 과거의 흔적이 남아 있었다. 수영장 앞 공연 무대에서는 외국 밴드와 가수가 연주를 하고 노래를 부르고 있었다. 우리는 가던 길을 잠시 멈추고 박수를 치고 춤을 추었다. 산책을 마치고 나서 풀사이드바poolside bar 파라솔에 자리를 잡고 음료를 주문했다. 갑자기 혜진이가 나에게 말했다.

"왜 재원이와 저를 차별하세요?"

나는 혜진이의 질문에 놀랐고, 서운했다. 가장 힘든 시기를 보내는 지금, 아들이 온통 내 신경을 '갉아 먹고' 있는 중에, 내 삶이 왜 이렇게 고통스러운가 헤아리고 있는 중에 폭격을 받은 느낌이었다. 차별. 이것을 차별이라고 불러야 하는 걸까? 공정하게 대해 달라고 하는데, 어떻게 하는 게 공정한 걸까?

오늘 오후 로비 라운지 'ㄷ' 자 의자에 홀로 앉아 야외 수영장과 카바나, 선베드와 파라솔, 좌우로 길게 이어진 야자수, 수평선과 파란 하늘, 그리고 흰 구름을 바라보았다. 이 풍경을 지배하는 것은 무엇일까. 빛이다. 빛은 하늘을 저토록 파랗게 하고, 수평선 위 짙은 구름조차 풍성하게 만들었다. 야자수의 잎을 초록으로 반짝이게 하고 카바나와 파라솔을 덮은 베이지색 천을 눈에 띄게 했다. 뷔페 레스토랑이 있는 3층에서부터 내가 앉아 있는 6층 높이에 이르는 커다란 유리창에 담긴 풍경은 한 점의 그림처럼 황홀했다. 빛은 인간이 거주하는 공간을 지배하는 가장 강력하고 위대한 힘일지도 모른다는 생각마저 들었다. 세상을 공평하게 비추는 빛은 부자와 거지, 명품을 입은 사람과 부랑자, 부모와 반항하는 청소년 할 것 없이 그 누구에게도 '공정하다.' 어머니의 사랑도 그럴까? 어머니에게 사랑이라 부를 만한 무언가가 있다면 그것은 과연 공정할까?

나는 엄마다. '사랑'이라 부를 만한 어떤 것을 가지고 있을 것이다. 하지만 나는 완벽하지 않고 공정할 수도 없다. 어쩌면 '공정의 척도' 자체를 알지 못하는 것일 수도 있다. 그래서 철학을 하고 있고, 인간을 이해하려고 노력하고 있고, 조금씩 달라지려고 애쓰고 있다. 지금 내 상태가 이러한데, 나에게 공정을 바라는 혜진이의 요구는 그 의미가 이해되기도 전에 이미 나에게 벅차고 불가능한 일이다.

마들렌을 4등분해 한 조각을 입에 넣었다. 커피에 큐브 모양 흑설탕 한 조각을 넣어 마시고, 남은 마들렌 세 조각을 먹으며 호텔 창밖에 펼쳐진 '빛'의 세상을 바라보았다. 조금 더 시간을 보내다가 방으로 올라가며 생각했다.

'설마 이 시간에도 둘이 서로의 휴대폰을 던지고 있는 것은 아니겠지?'

몰입

2022년 8월 29~30일

1

아드님은 8시 15분이 되어서야 샤워를 하시고는 30분에 집을 나가시었다. 아침에 더 게임에 매달리는 이유는 무엇일까. 게임 상대방이 깐죽거려서, 아니면 게임이 잘 풀려서 몰두하는 걸까? 아니면 그저 "학교 가야지!" 하는 엄마의 말을 듣고 싶지 않아 귀를 막는 걸까? 그 어느 경우든 그렇게 시간을 질질 끌다가 지각하게 되는 상황이 되면 "지각하느니 차라리 결석하는 게 낫지" 하고 생각하며 학교 가기를 포기하는 걸까?

아직은 중학생이기 때문에 많은 부분이 용서가 되는 것은 사실이다. '고등학생이 되어서는 어떨까' 하고 미리 걱정하고 고민하고 상상 속의 결과 때문에 의기소침해질 필요는 없지만, 지금보다 상황이 더 나아지지 않을 수도 있다고 생각해볼 필요는 있다. 불행에 대비하기 위해서 최악의 사태를 미리 그려볼 필요가 있는 것이다. 그것으로 마음이 동요되는 게 아니라 차분해질 수만 있다면 반복적으로 그렇게 하는 게 나을 수도 있다.

2

재원이는 새벽에도, 아침에도 게임에 '몰입'한다. 엄마를 가만히 두고 싶지 않은 것일까? 여유 있게 준비해 일찍 학교에 가면 엄마 마음이 편할까 봐? 엄마가 발 동동 구르면서 "재원아, 몇 시야!"라고 떨리는 목소리로 외치도록 유도하고, 그런 모습을 확인한 후에야 "이건 누가 시켜서 하는 게 아니라 나 스스로 하는 거야!" 하며 간당간당한 시간에 저렇게 샤워를 하는 걸까? 그 누구의 간섭도 받지 않고 주체적으로 결정을 내리기 위해서?

키는 점점 커지고—좋은 일이다—의사 결정은 스스로 하려고 분투하면서도 아직 혼자 밥을 차려 먹을 수 없다는 것이 기이한 일처럼 느껴진다.

오늘도 결국 등교는 했다.

감정의 끈

2022년 9월 2일

이틀 동안 무기력을 느끼면서 그것이 아들의 상태와 밀접하게 연결되어 있다는 것을 알게 되었다. 그리고 이런 '감정의 끈'이 위험할 수도 있겠다는 생각이 들었다. 누군가의 말에 귀 기울이고 공감해주는 것은 건강하지만 나의 감정은 그것과는 달랐다. 재원이가 웃을 때 나도 쾌활해지고, 밝은 얼굴로 아무 일도 없을 것처럼 식사를 하고는 방에 들어가 꿈적도 안 하면 순식간에 우울해지는 것이었다. 나를 아들에게서 분리하는 과정이 필요하겠다고 생각했다.

'재원이가 종일 방에 누워 있어도, 게임을 해도, 이번처럼 이틀 연속 학교에 가지 않아도 감정이 오락가락하지 않도록 내가 열정적으로 추구할

수 있는 일은 무엇일까?'

아침에 늦게 가방을 메고 나가기에, '어라, 오늘은 지각이라도 할 생각이나 보네?' 하고 생각했다. 분리배출 봉투와 음식 쓰레기를 들고 현관문을 열고 엘리베이터를 향해 가는데 허옇고 멀쩡하게 생긴 녀석이 계단에 앉아 있는 게 아닌가. 그 녀석은 바로, 상의와 하의에 하늘색 두 줄이 있는 체육복을 입는 내 아들이었다. 계단에 앉아 휴대폰을 들여다보고 있었다.

"학교 왜 안 갔어?"

"가기 싫어서."

"그래?"

나는 양손 가득 쓰레기를 들고 있다가 "이것 좀 들어봐" 하면서 오른손에 있던 상자와 스티로폼이 들어 있는 봉투를 건네주었다. 재원이는 양손으로 받아 들었고, 나와 함께 1층으로 내려갔다.

"분리배출하고 있어. 난 음식 쓰레기 버리고 올게."

멀리서 아들을 바라보았다. 양손에 봉투를 든 채로 고개를 쭉 빼고 날쳐다보고 있었다. 아들에게 다시 가서 봉투를 빼앗은 후 "스티로폼은 여기에, 상자는 여기에"라고 말하는 동안 재원이는 저 멀리 사라지고 있었다. 어디를 가는 걸까. 학교에 갈 수도 있고, 가방을 메고 정처 없이 한강공원을 거닐 수도 있을 것이다. 선생님께는 "재원이가 학교에 가는 듯했는데 잘 도착하면 시간 있으실 때 문자 한번 부탁드립니다" 하고 문자를 보냈다.

2학기가 되면 등교에 대한 염려는 사라질 거라고 생각했는데, 오산이었다. 재원이 마음속 '악당'은 부모가 맘을 놓는 모습을 보고 싶지 않은 것 같았다. 누나의 유학에 대해 도란도란 이야기를 나누는 평화로운 꼴이 보기 싫었던 것이다. 그 악당을 어떻게 해야 할까? 그저 예민한 감각과 반항심 때문에 부모를 괴롭히고 스스로도 괴로워하는 가련한 인간으로 측은하게 바라봐야 할까? 혹은 '남의 집 아들에게 방 하나 내주고 하숙을 치고 있다'고 생각하면서 무심한 듯 배려해야 할까?

지금, 여기

2022년 9월 12일

"전쟁터로 가는 느낌이야. 일을 시작했다 하면 눈코 뜰 새 없이 바쁘니까. 그래서 근무 시작하기 전날부터 스트레스가 많아."

"항상 바쁜 건 아니잖아?"

혜진이의 말이 맞았다. 병원 근무를 하면서 바쁠 때가 많았던 것은 사실이지만, 그렇지 않을 때도 있었다. 바빴던 날만 생각하며 걱정했던 것이다. 에피쿠로스가 바로 이런 것을 경계하지 않았는가. 일어나지도 않을 일에 대해 걱정하고 불안해하면서 평정심을 잃어버리는 것 말이다. 내가 평정심을 잃었다는 것은 자명했고, 심하면 무려 근무 3~4일 전부터 시작되기도 했다. 인천 S병원[*] 근무 생각만 하면 밥맛도 없고, 의욕도 없

---

[*] 인천 S병원: 2022년 2월부터 2024년 2월까지 파트타임으로 일했던 병원이다.

고, 심지어는 우울해졌다. 하지만 이번 혜진이와 대화를 하던 중에 영감을 얻었고, 나의 상태를 돌아보기 시작했다.

S병원은 심장 분야에 뛰어난 의사들이 많고, 일류 의대 출신 의사들이 요소요소에서 자신들의 역할을 하고 있는 병원이다. 남극에 다녀온 15개월 공백기 동안 응급센터에서 일하던 때의 감각을 잃어버렸는지 그렇게 잘되던 중심 정맥 확보도 되지 않아 충격을 받았었다. 이를 만회하는 방법은 무조건 '환자가 많은 병원'에서 일하며 부딪혀보는 것이라 생각했고, 이곳 응급의학과에 지원을 했던 것이다. 환자 수도 많았고, 중증 환자가 끊임없이 밀려들었다. 다른 한 명의 과장님과 짝이 되어 일을 하지만 환자가 몰려들기 시작하면 식사할 시간도 없을 정도로 바빴다. 근무가 끝날 무렵에는 체중이 줄었는지 몸이 가뿐해지는 날도 있었다. 여러 번 생각해봐도 쉽지 않은 근무였고, '근무 전 증후군'이 나타날 만했다.

하지만, 찬찬히 생각해보니 내가 놓친 것이 있었다. 먼저, 이 일은 내가 선택한 일이다. 고생하려고 선택하고서 고생한다고 툴툴거려서는 안 된다. 또한 정도는 조금 다르겠지만, 이곳에서 일할 때만 그런 것이 아니라 어느 병원 응급실에서 일하든 마찬가지다. 응급실이라는 곳이 그만큼 만만한 곳이 아니다. 또한 예전에 S병원의 모병원에서 근무를 했었고 아이 둘을 낳았기 때문에, 이곳을 찾을 때마다 마음이 편하다. 이미 오래전부터 알고 있던 분들뿐만 아니라 이번에 근무하면서 처음 만난 분들과 맺는 새로운 관계가 너무 소중하다. 얼마 전에는 아들 일로 간호부장님과 과장님과 대화를 나누며 얼마나 도움을 많이 받았는지 모른다. 마지막으로, 내가 가지고 있는 장점을 생각해보았다. 사람을 대하는 능숙함, 친절함, 정갈하고 안정된 톤의 목소리, 공감할 수 있는 능력, 갈등을 줄이거나 해소하는 유연함, 까다로운 환자를 있는 그대로 수용할 수 있는 능력, 모르는 것을 모른다고 말할 수 있는 솔직함. 나의 장점을 살린다면 일을 해나가면서 생기는 스트레스를 줄일 수 있을 거라는 생각이 들었다.

카페의 긴 통나무 테이블 앞 유리창에 때가 끼어 꼬질꼬질하다. 하지만 그 너머 여의도 도심은 깨끗하고 나무는 푸르다. 행인은 드물고, 한양아파트 정문으로 차들이 빠져나오고 있다. 추석 연휴 마지막 날이다. 사람들은 내일부터 다시 생활 속에 뛰어들기 위해 마음을 가다듬을 것이다. 그리고 다양한 모습으로 스트레스를 마주할 것이다. 어떤 이들은 내가 겪었던 것처럼 가슴이 답답하고 우울한 감정을 느낄지도 모르겠다. 그저 이불을 뒤집어쓰고 누워 있거나, 먹거나, 밖으로 나가 뛰기도 할 것이다. 나처럼 카페 한쪽에 자리 잡고 앉아 커피를 홀짝이면서 심정을 글로 풀어 쓰기도 할 것이다. 산다는 것은 힘겨운 일이며, 그래서 하루하루 그렇게 몸부림치면서 견뎌나가는 나도, 다른 사람들도 격려해야 하는 것이다. 혜진이에게도, 재원이에게도 '잘 살아내는 것' 이상 요구해서는 안 된다. 대학 때문에, 직장 때문에, 미래 때문에 아이들을 닦달하면서 괴롭혀서는 안 된다. 아이들이 '지금, 여기'를 잘 살아가도록 돕고, 혹여라도 내 눈에 거슬리게 사는 것 같아 괴로워도 그런 삶의 모습조차 받아들이고 결론 내리기를 유보해야 하는 것이다.

당신은 어떤 인생을 살고 싶으십니까?

2022년 9월 14일

바람이 불었다. 아파트 현관문을 열고 나와 1층으로 내려오는 동안, 그리고 마당을 가로질러 정문을 통과하는 동안 바람을 즐겼다. 온몸으로 맞았다. 막 켜진 횡단보도의 빨간 신호등을 바라보며 다음 신호를 기다리기 위해 다가갔다. 인도 위 아파트 담장 쪽에 바짝 붙어 있는 검정색 BMW 범퍼 가까이 붙어 섰다. 내 앞에는 키가 크고 옷을 말쑥하게 차려입은 중년 남성이 서 있었다. '어디로 가는 분일까' 하고 상상해보았다. 출근길이라면 직장이 가까울 수도 있겠다 싶었다. 손에 아무것도 들려 있지 않았다. 갑자기 내 왼쪽에 연세 드신 한 아주머니가 바짝 붙어 섰다. '신호를 기다리려니' 하고 있다가 문득 그녀에게 무언가 '목적'이 있음을 느꼈다. 과연 그녀는 가방에서 종이 뭉치를 꺼내 느릿느릿 펼쳐 팸플릿 한 장을 분리하더니 나에게 건넸다. 종이 맨 위에는 큰 글씨로 이렇게 적혀 있었다.

"당신은 어떤 인생을 살고 싶으십니까?"

나는 그녀가 아무 말도 하지 않으면서, 심지어 내 얼굴을 쳐다보지도 않으면서 건넨 팸플릿 제목을 흘끗 보자마자 눈을 뗐다.

"됐습니다."

눈길을 어디에 둬야 하나 하다가 바닥에 구르는 나뭇잎을 내려다보았다. 그녀는 내게 손을 내밀었던 방식 그대로 불쑥 손을 거두더니 '키다리 아저씨' 오른쪽에 가서 섰다. 아무 일도 없었다는 듯이, 나에게 종이를 건넨 일은 그저 어쩌다 눈에 띈, 옷에 붙은 머리카락 떼는 일처럼 대수롭지 않은 일이라는 듯이 말이다. 사실 종이 위의 멘트는 대수롭지 않은 구절이 아니었다. "당신은 어떻게 살고 싶은가." 난 그녀의 종이를 받고 싶지 않았는데, 그 종이를 받는 순간 그녀는 만족해했을 것이고 ─ 정말로 자신이 내 삶에 깊이 영향력을 미쳤다고 생각했을 것이다 ─, 나는 그런 기쁨을 그녀에게 주고 싶지 않았다. 지옥에서 온 정령처럼 소리도 없이 종이를 내밀고, 거절해도 무표정하게 스르르 사라진 인간에게서 그런 질문을 받고 싶지 않았다. 차라리 "당신은 어떤 죽음을 맞고 싶습니까?"였다면 그녀에게 어울렸을 것이다.

스타벅스 앞 정원의 나무가 이리저리 흔들린다. 흔들림은 빨라지다가 다시 느려지기를 반복한다. 점원이 긴 손잡이가 달린 빗자루로 문 주변을 쓸고 나서 쓰레받기에 모아 담는다. 오전 9시가 가까워오는 거리는, 걸음이 빠른 행인들과 쏜살같이 달리는 승용차로 분주하다. 마른 갈색 낙엽이 어디서 날아왔는지 이리저리 굴러다닌다. 창밖에 붙어 있는 화단 위에서도 낙엽이 바람에 휘날린다. 생명이 말라버린 낙엽, 스쿠아에게 쪼아 먹혀 척추와 털만 남은 펭귄, 사망 선고를 받은 환자, 정령과도 같은 그녀.

"당신은 어떤 죽음을 맞고 싶습니까?"

아침에 노래를

2022년 9월 22일

"엄마, 나 게임 학원, 이제 그만 다니고 싶어."

어제저녁 재원이가 말했다.

"그래, 알았어. 이제 두 번 남았는데, 학원에서 환불해줘도 괜찮고 안 해줘도 상관은 없어."

놀람, 안도, 기쁨 등의 감정이 있었던 것은 분명한데, 내가 재원이에게 한 말은 돈 이야기였다. 내 마음을 감추고 싶었을까? 아니면 '기쁨'이라는 감정 표현이 잘 안 된 걸까?

새벽 배송 장바구니를 들이려고 현관문을 열었다. 새벽 5시의 하늘은 컴컴했다. 짙푸른 여명은 아파트 건물만이 가득한 도심을 음침하게 만들었다. 쪽방 창문 너머 다용도실 창밖에서 새들이 요란하게 지저귀고 있었다. 수명이 얼마나 될지 모르기는 마찬가지인데, 나는 고뇌하고 새들은 지저귄다. 나는 과거에 묶이고 미래에 저당 잡혀 현재의 기쁨을 느끼지 못하는데, 새들은 차가운 공기를 즐기고, 초가을 아직은 푸르른 나뭇가지 사이에서 또는 이 나무에서 저 나무로 옮겨 다니면서 자신을 있는 그대로 드러내고 노래한다.

나는 평화로운 이 아침에 왜 노래하지 않는가.

◆

여의도 한복판 30평대 아파트 주방 옆 작은 방에 앉아 갈비탕 냄비 뚜 껑 들썩거리는 소리를 듣고 있다. 어제 맥주 한 잔밖에 안 해서 몸 상태 도 좋은데, 나는 노래는커녕 무표정한 얼굴에 그늘을 드리우고 있다. 어 쩌면 나는 심각하고 싶고, 우울하고 싶고, 고뇌하고 싶은지도 모르겠다. 이런 감정이 반복이 되고 습관이 되다 보니 깊이 스며들어 현재가 어떻 든 그저 그렇게 있고 싶은지도 모르겠다.

훌륭한 등교

2022년 9월 28일

<어제> 재원이는 내가 몇 번 깨웠지만 벌떡 일어났다 눕다를 반복하더 니, 급기야 이불 속으로 들어갔다. 왠지 "오늘 무슨 계획, 약속, 할 일 없어?"라고 묻고 싶었다. 하지만 그 질문은 '추가'하지 못했고, "재원이 그냥 놔둘까?"라고 물었다. 재원이가 고개를 끄덕이기에 조용히 방에 서 나와 "엄마 나갔다 올게" 하며 떨리는 목소리로 나지막하게 중얼거리 고 밖으로 나왔다. 나의 자신 없는 모습에 조금 화도 났다. '내가 뭐 잘 못했어?' 그러다가 늘 이어지는 생각. '그래. 네 일은 네가 알아서 해라.'

집에 돌아와서 "재원아, 밥 먹어라"라고 하니 방에서 이내 인기척이 들 렸다. 재원이가 나오기에 미소 지으며 인사를 했다. 식사를 차리는 동안 아들이 말했다.

"엄마, 나 큰일 났어."

"왜?"

"오늘 3교시에 배구 수행 평가였는데, 못 갔어."

"그래?"(무언가 '화' 비슷한 것이 스멀스멀 올라왔다.)

"지난번 우리 집에 왔던 친구가 카톡을 140개나 보냈는데, 일어나서 봤어."('잘했다, 아주 잘했어.')

"지나간 일이니까 어쩔 수 없지 뭐."

가슴이 답답해지고 심박수가 빨라졌다. 아들이 밥을 먹는 동안 난 선생님께 카톡을 보냈다. 나의 '화'에 동조해줄 사람이라도 찾듯이 선생님께 하소연했다.

재원이가 '평가'를 받기 싫었던 걸까요, 아니면 정말 졸렸던 걸까요. 저도 잘 모르겠습니다.

재원이와 90도 각도로 식탁에 자리를 잡고 앉았다.

"같은 조 친구들 우리 집에 데리고 와. 내가 피자 사줄게."

재원이가 한바탕 웃었다('웃음이 나오기는 하는구나.'). 그러고는 짧게 대답했다.

"싫어."

밥을 다 먹고 나서 다시 자기 방으로 들어갔다.

<오늘> 클래식 기타 연주가 흘러나온다. 커피 잔 부딪히는 소리가 난다. 한 자리 건너에 앉은 남자는, 코가 꽉 막혀 답답한지 이따금씩 숨을

빠르고 깊게 들이쉬는데, 그때마다 코에서 "삐" 하고 휘파람 소리가 난다. 그는 코가 답답하고, 나는 어깨와 목덜미가 아프다. 그래도 나에게는 오늘 기쁜 일이 있었다.

　재원이는 오늘 학교에 갔다. 그 어느 때의 등교보다도 훌륭한 등교였다. 재원이가 승리를 거둔 것인데, 내면의 적을 이긴 것이다. 잠, 그리고 반항.

시시포스[*]

2022년 10월 20일

나는 지금 에너지를 무지막지하게 잡아먹는 일과 싸우고 있다. 아들. 돌이켜 보니 결혼 후 10년간 이와 비슷한 일이 있었다. 남편. 그와 지내며 나는 늘 지치고 힘겨웠고, 자존감은 한동안 바닥에서 헤맸다. 그동안 아들에 대해서는 존재 가치가 절대적이라고 생각했기 때문에 늘 느슨한 평가를 내려왔다. 과하게 긍정적인 평가 말이다. 하지만 어느 날 나는 아들의 '실체'에 의문을 던지기 시작했고, 남편과 유사한 어떤 것을 발견했다. 과거 남편이 했던 고백이 떠올랐던 것이다. 그의 고백에 따르면, 중학

★　시시포스(Sisyphos): 고대 그리스 신화의 인물, 산 정상으로 바위를 밀어 올리는 벌을 받은 인물이다. 바위는 정상에 오르면 다시 아래로 굴러떨어지기 때문에 그는 바위를 처음부터 다시 밀어 올리는 영원한 노동을 반복해야 했다.

교 때 엄마에게 트집을 잡고 나서 6개월 동안 엄마와 대화를 하지 않았다고 했다. 재원이도 지금 나에게 누명을 씌우고 있다. "모든 잘못은 엄마에게 있다"고 말이다. 그러면서 아들은 자신의 방에서 게임을 하며 자신의 즐거움을 좇고 있다. 공부를 하지 않고, 어떤 배움에도 정진하지 않는다. 귀국 후 처음에는 내가 스스로를 깎아내리고 후회하고 반성하고 절망했지만, 이제 그러지 않는다. 적의 실체를 알아채기 시작했고, 나는 점점 전투에 능해지는 중이다.

곧 7시다. 두 아이가 슬슬 하루의 임무를 시작할 시간이다. 중학교 3학년에게 맡겨진 과제를 팽개친 아들은, 오늘은 어떤 방식으로 나의 속을 썩일까? 어제도 그렇게 여러 번 깨웠는데도 잠시 듣는 척하다가 침대에 꼬꾸라져 자신의 일을 회피하지 않았던가. 오늘도 그런 꼴을 다시 봐야한다는 것은 시시포스가 짊어진 돌 못지않게 무거운 운명인 것이다. 재원이는 작년 이맘때를 몸으로 기억하고 있는 걸까? 더운 여름이 물러가고 선선하거나 추운 아침을 맞던 그때, 선풍기는 더 이상 틀 일이 없어지고 서늘한 외부 공기가 한쪽 벽을 타고 침대에 이불을 뒤집어쓰고 누워 있는 자기에게까지 미쳐 몸을 움츠러들게 만들던 그때를? 아빠는 보기 싫고, 할머니는 답답하고, 그래도 가끔 의사소통을 하는 누나조차 귀찮던 그때? 엄마는 남극에서 연락도 자주 안 하고, 자신을 버린 것처럼 느껴지던 그때? 그 누구의 방해도 싫고 그저 문만 닫으면 숨을 쉴 수 있었던 그때? 그때는 그렇게 방 안에 머물러 있었는데, 지금은 엄마 때문에 자꾸 불려 나와 방 안에 머무는 것이 불가능한 상황이 되어버렸기 때문에 과거의 '은둔의 추억'이 몸을 잡아당기고 있는 걸까?

'반응하지 마. 그럴 필요 없어. 이전처럼 그냥 여기 머물러 있어.'

샤워를 마친 재원이는 드라이기로 머리를 말리고 있다. 더 버텨서 나를 놀려먹고 싶은 마음이 굴뚝같겠지. 그래도 재원이는 지금 자기의 욕망을 거슬러서 학교에 갈 준비를 하고 있다. 저렇게 하도록 하는 추동력을 어디에서 얻고 있는지는 모르겠지만, 나쁘지 않다.

돕는다는 것

2022년 10월 31일

"영미 고객님!"

점원의 부름에 픽업대에 가서 구수한 향이 나는 아메리카노 한 잔을 들고 왔다. 출입문 위에 달려 있는 히터의 소음이 요란하다. 방금 전 앉을 자리를 고를 때 '저 소음을 피할 자리가 있을까?' 하고 생각했는데, 어차피 좁은 공간이라 피할 곳이 없었기 때문에 출입문 옆 내가 좋아하는 일자 테이블에 자리를 잡았다.

오늘 난 7시 50분부터 재원이를 깨우기 시작했다. 6시에 아침을 먹고 방에 들어가 조용하기에 '자는구나' 느꼈고, 딸이 등교하는 시간인 그때부터 시작해 8시 25분까지 계속했고, 나의 이런 노력에 아무런 결과도 없고 칭송도 받지 못한다는 것을 인지하고 나서야 행동을 멈출 수가 있었다. 나는 재원이를 돕고 싶었던 걸까? 재원이가 스스로 하지 못하는 일을 내가 노력하면 도울 수 있다고 생각한 걸까? 그 '도움'으로 재원이가 일어나 학교에 감으로써 보람을 느끼고, 다음번 같은 상황에서 재원이를 깨울 명분이 있음을 확인하고 싶었던 걸까? 내가 재원이에게 계속 신경을 쓰고 있다는 면을 부각하고 싶었던 걸까? 출석 일수를 하루 더 채우게 하는 것이 재원이를 돕는 일이라고 생각한 걸까? '돕는다'는 의미가 결과적으로 재원이에게 긍정적인 영향을 미친다는 뜻이라면, 억지로 출석 일수를 채워서 중학교를 졸업할 수 있게 만드는 일이 정말 돕는 일일까?

지금까지 나는 아침마다 아들을 깨우면서 돕고 있다고 생각했다. 그렇게라도 해서 중학교를 졸업하게 만들자고 생각했다. 그래서 나의 노력에 잘 반응하지 않는 아들을 원망했고, 그런 허망한 결과에 자괴감을 느꼈다. 아들에게 에너지를 소모하는 동안 상대적으로 박탈감을 느낀 딸이 나에게 "공정하시라"고 대드는 바람에 둘 사이에 갈등도 생겼다. 스스로 아무것도 책임지려고 하지 않는 아들을 억지로 이끄는 것이 정말로 나중에 덜 고생하게 만드는 일일까? 진짜 재원이를 위하는 길일까?

이제는 단호해져야 한다. 내가 재원이에게 바치는 열정이, 나의 착각이, 내가 생각하는 도움이 어쩌면 재원이를 망칠지도 모른다. 내가 삶의 고통을 받아들이겠다고 마음을 먹었다면, 자잘한 고통들, 재원이가 등교하지 않고, (어찌 될지 모르지만) 중학교를 졸업하지 못하고, 검정고시를 치르고, 고등학교에 어렵사리 진학하는 일들을 대범하게 받아들여야 하는 것이다.

후회하실 거예요

2022년 11월 8일

혜진이는 어제에 이어 이틀째 침대에 드러누워서 등교를 거부하고 있다.

"엄마 때문이 아니라고 했잖아요! 그리고 엄마는 내가 왜 그러는지 이유를 알고 싶지도 않잖아요!"

그래. 알고 싶지 않다. 하지만 네가 등교를 안 하는 바람에 엄마로서가 아니라 가까이 있는 어른으로서 — 어른의 자질에 관해 여기서는 논하지 말자 — 조언을 해야 하는 책무를 느끼는 것뿐이다.

어제 배구를 하다가 발목을 접질린 아들을 학교에 데려다주고 와서 딸의 방문을 두드렸다.

"엄마랑 카페 갈래?"

문득, 지난 일요일 섬뜩한 한마디를 흘리고 내 방을 나가던 딸의 모습이 떠올랐다.

"후회하실 거예요."

그래. 난 지금 내가 살아 있다는 것이 후회스럽고, 결혼을 해서 너희 둘을 낳았다는 것이 후회스럽다. 네 살 때 홍수에 떠내려가다가 건져져 여태 살아 있는 게 후회스럽고, 남극에 다녀온 것이 후회스럽고, 어제 소주 한 병 마신 일도 후회스럽다. 많은 후회 위에 네가 후회될 만한 일 하나 더 얹어준들, 나한테 무슨 영향이 있을까?

등교 거부와 단식. 입에 무언가를 집어넣는 행위와 발로 걸어서 학교에 가는 행위를 본인 의지로 거부한다면 누가 그를 끌고 갈까. 그런데 그런 '시위'에 그 누구도 관심이 없다면? 시위를 중단하고 일상으로 돌아오거나 아니면 더 큰 시위로 나아가겠지. 생각했던 것보다 관심을 덜 받는다고 느끼면, 혹은 관심은 받되 진심이라고 생각되지 않으면 상대방에게 더 큰 충격을 안기기 위해 강력한 방식을 생각해낼 것이다.

의욕의 저하. 해결책 부재. 경험 부재. 지혜 부재. 상대방에게 지지 않으려는 자존심. 네가 어디까지 할 거냐 하는 비웃음. 이것이 지금의 나의 상태다. 어쩌면 혜진이는 나의 비웃음을 뭉개버릴 정도로 더 세게 나올지도 모른다.

평일 오후 1시 반이다. 공휴일이나 특별한 휴일이 아닌 이상 딸은 언제나 변함없이 이 시간이면 학교 의자에 앉아 선생님의 가르침을 흡수하고 있었을 것이다. 살짝 열린 문틈으로 형광등 불빛조차 새어 나오지 않는 딸의 방 안에는 어제 오후부터 아무것도 먹지 않은 딸이 팔다리를 축 늘어뜨린 채 눈을 감고 노크에 미동도 하지 않고 있다. 검은색 미키마우스 그림이 그려진 분홍색 잠옷 바지의 아랫단과 발만 어렴풋이 보일 뿐이다.

지난 주, 저녁 늦게 나의 쪽방에 들어와서 눈을 동그랗게 뜨고 마치 자신의 입에서 나온 말이 진리라도 되는 양 선포를 해버렸다.

"재원이와 저를 차별하시니 행복하십니까?"

"엄마가 저를 차별하는 것은 팩트입니다, 팩트!"

내 자존심에 상처를 입히고 내 눈이 불타오르게 만들었던 그 장본인은, 지금 그런 투쟁의 의지를 잃어버린 것인가? 아니면 이제는 더 고약한 형태로 부모에게 '팩트'를 전달하고자 하는 것일까? 그래서 대드는 행동

보다는 드러누워 미동을 하지 않는 편이 부모의 관심을 더 이끌어내고 부모 마음에 깊은 타격을 입힐 것이라고 생각한 것일까? 어제 아침에 아프다고 하면서 학교에 가지 않아 대수롭지 않게 오늘을 맞았는데 딸의 대오는 한 치의 흐트러짐이 없다.

나의 방으로 들어왔다. 고요하다. 내가 원하던 그 고요함이다. 혜진이의 방도, 재원이의 방도, 그리고 여기도 조용하다. 우리는 살아 있는 자일까? 우리는 모두 살아 있기는 한 걸까? 숨을 쉬고, 마시고, 눕고, 먹고, 팔다리를 움직인다는 점에서는 살아 있는 것이 맞을 것이다. 나는 살아 있는가? 나의 고정 관념에 짓눌려 이미 질식한 상태는 아닐까? 그 시체가, 마치 살아 있는 듯 팔을 휘젓고 다니면서 딸을, 그리고 아들을 보려고 문 앞을 기웃거리며 문을 두드리고 있는 건 아닐까? 이미 썩어 있던 인간이 자식을 둘 낳아서 죽어가는 인간으로 키우고 있는 건 아닐까? 내 쪽방은 이미 무덤인 건 아닐까?

아타락시아*

화해

2022년 11월 9일

공영 주차장 차단기를 지나 오른쪽으로 크게 돌아 들어가야 했는데 핸들을 급하게 꺾는 바람에 차의 오른쪽 뒷바퀴가 턱에 부딪혔다가 훌쩍 넘으면서 툭 떨어졌다. 차가 심하게 요동을 쳤다. '뭐가 또 망가졌을까' 생각하며 여성 전용 주차 공간에 차를 세우고 병원으로 서둘러 걸었다. 응급실에 '골인'하자마자 "환자는?" 하고 물으니 간호사가 "없어요!"라고 대답했다. 다행이기도 하고, 요란 법석을 떨며 뛰어들어온 게 민망하기도 했다.

★ 아타락시아(ataraxia): 그리스의 철학자 피론과 에피쿠로스가 사용했던 용어다. 잡념에 사로잡히지 않고 동요가 없이 고요한 마음의 상태, 즉 평정심을 가리킨다.

♦

오늘 아침, 출근 준비를 마치고 혜진이 방문을 두드렸다. 조용했다. 설거지를 하고 욕실로 들어가 양치를 하면서 곰곰이 생각했다.

'방에 들어가보자.'

딸의 방문을 열고 들어가 침대 가장자리에 앉았다. 모로 돌아누운 딸의 등을 톡톡 두드렸다. 딸이 몸을 뒤척였다. 나는 딸에게 말을 걸었다.

"엄마가 미안해. 혜진이가 누워 있는 이유가 엄마가 아니더라도, 미안해."

"……."

"성인이 되자마자 집에서 내보낸다고 했었는데, 대학에 가도 우리 같이 살자, 오순도순."

"……."

"엄마는 네가 학교에서 돌아와 현관문을 열고 들어오던 모습이 그립다(눈물이 뚝 떨어졌다). 사람은 무언가를 잃었을 때에야 그게 얼마나 소중한지 알게 되나 봐."

"……."

"이거 엄마가 입으려고 샀는데 너무 핑크핑크해서 혜진이가 입는 게 나을 것 같아. 입어봐. 얼른 일어나자. 일단 일어나서 뭐라도 하자. 누워 있으면 계속 못 일어나."

혜진이가 내 쪽으로 돌아누워 눈을 감고는 눈물을 뚝뚝 흘리면서 말했다.

"중2 때도 이런 때가 있었는데 그때는 엄마가 남극에 있었어요. 그래서 억지로 내가 추슬러서 일어났었어요."

딸의 머리와 등을 받치며 일으켜 세웠다. 혜진이는 "준비해서 학교에 가겠다"며 욕실로 들어갔다.

"똑똑."

누군가 당직실 문을 두드리는 소리에 상념에서 깨어났다.

"과장님, 커피 드세요. 따뜻한 거 맞죠?"

간호사가 전해준 따뜻한 커피 한 잔에 힘이 났다.

'커피볶는집'

2022년 11월 11일

새로 오신 이모가 이번 주 내내 열심히 일해주신 덕분에 집이 깔끔했다. 에너지가 넘치는 분이고, 센스가 있다. 그녀가 나를 돕고 있고, 나를 살리고 있다. 오늘도 이모에게 집을 맡기고 빨간색 나이키 백팩에 주섬주섬 짐을 싸서 밖으로 나갔다. 재원이를 잠실 롯데월드까지 데려다줘야 하기 때문에 원효대교를 건너 강북으로 건너가 강변북로를 달리다가 잠실대교를 건너 롯데월드로 향했다. 차 뒤에서 "몸이 안 좋다"던 재원이는 롯데월드 주차장 입구에서 내릴 때에는 힘이 좀 나 보였다. 선생님을 잘 만났나 걱정되어 전화를 하니 "주변이 시끄러워서 잘 안 들린다"고 툭 끊어버렸다. '쌀쌀맞은 놈.' 나는 담임선생님께 "재원이가 잘 도착했는지" 카톡을 보냈고, 잘 만났다는 답변을 받았다.

다시 한양아파트로 향했다. 아름다운 가을이었다. 태양은 한강과 강변에 늘어선 아파트, 건물, 나무 들을 비추었고, 각양각색으로 물든 단풍은 바람에 멋들어지게 휘날리다가 바닥에 떨어졌다. 남편이 출근하고, 혜진이와 재원이가 자신이 가야 할 곳에 잘 가고, 나 또한 재원이를 데려다주는 과제를 수행하고 집으로 향하니 마음이 평온했다.

차를 주차장에 세운 후 『숫따니빠따』*를 들고 삼익아파트 방향으로 걸었다. 가로수는 햇살을 받아 눈이 부셨고, 도로 가장자리와 보도블록 위에는 넓적한 낙엽과 은행잎이 가득했다. 은하아파트 정문에 들어서니, 사람들이 할 일을 찾아 떠난 텅 빈 공간이 이제 자신들 차지가 되었다는 듯이 새들이 흥겹고 요란하게 지저귀었다. 분홍색 플리스 점퍼를 입고 선글라스를 쓴 채 미소를 지으며 태양을 바라보았다. 그리고 나무의 짙은 갈색 몸통과 위로 여러 갈래 뻗은 동일한 색의 가지들, 그 가지에 대롱대롱 매달려 있는 단풍을 찬찬히 눈으로 더듬었다. 낙엽이 깨끗하게 치워진 단지의 마당과 건물 사이 정원 샛길을 걸으며 땅과 마주했다. 삼익아파트에서 은하아파트로, 그리고 시범아파트로 발걸음을 옮기며 가을을 누볐다.

카페 '커피볶는집'에 들어갔다. 주인이 빙글빙글 돌아가는 로스터 앞

★ 일아 옮김, 『숫따니빠따』, 불광출판사

에 서서 커피를 볶고 있었다. 인도네시아 드립 커피를 주문하고 나서 홀 맨 안쪽 소파에 자리를 잡았다. 쿠션에 등을 기대고 몸을 뒤로 젖힌 채 『숫따니빠따』를 펼쳤다. 그녀는 커피 잔을 들고 와서 테이블 위에 놓았 고, 다시 커피를 볶으러 갔다. 윙윙거리는 기계 소리를 들으며 커피를 한 모금 마셨다. 끝맛이 시었다. 무늬 없는 흰 도자기 잔에 담긴 검은빛 커 피의 잔잔한 수면이 미세한 진동에 흔들렸다. 커피가 잔에 닿아 있는 가 장자리는 진한 갈색을 띠었다. 오른편에 앉은 노년의 남성과 여성은 '식 단'과 '아파트'에 대한 이야기를 나누고 있었다. 출입문 가까이 앉은 모녀 는 밝은 표정과 목소리로 대화를 나누고 있었다. 가끔 엄마가 코를 풀었 다. 내 앞에 앉은 두 명의 남성은 '정부 보조금을 받을 수 있는 방법'을 궁리하고 있었다. 투자를 하려고 하는 듯한데, 정부 보조금이 나온다면 그들에게 요긴할 듯했다. 주인은 혼자 커피를 볶으며 커피를 내렸고, 나 는 책을 읽어나갔다. 아무 걱정거리 없는 평온한 시간, 근심이 없음, 에피 쿠로스의 아타락시아.

고려빌딩 50X호

2022년 11월 29일

가을의 마지막날이다. 내일은 영하의 날씨가 예고되어 있기 때문이다. 롯 데캐슬 앞 공터를 걸었다. 청소부가 두꺼운 호스와 연결된 기계의 줄을 어깨에 걸치고 호스에서 쏟아져 나오는 바람으로 바닥에 흩어진 낙엽을 한쪽으로 밀어내고 있었다. 낙엽이 젖은 데다가 워낙 커서 잘 밀리지 않았지만 그는 묵묵히 자신의 일을 하고 있었다. 몇 발짝 더 걸어가니 이미 청소를 마쳐 깨끗해진 공간이 펼쳐졌다. 낙엽은 공터 중간중간에 있는 화단 벽에 수북이 쌓여 있었다.

롯데캐슬 건물을 끼고 오른쪽으로 돌아 보도블록을 걸었다. 크리스피 크림도넛 매장에서 오른쪽으로 돈 다음 '권초밥'을 지나, 고려빌딩 1층 '커피블랙83도'에서 여사장님이 내려주는 아메리카노를 한 잔 들고 올라왔다. 조금 전에 재원이를 국립중앙박물관에 내려주면서 "이따 데리러 올까?" 물었더니 친구와 함께 오겠다고 했다. '이런 고마울 데가.' 카페꼼마로 갈까, 아니면 사무실로 갈까 고민하다가 고려빌딩 50×호, 나의 사무실로 왔다. 조용한 곳, 소중한 나의 물건들이 정돈되어 있는 곳, 화장실에 다녀오기도 편하고, 점심을 사다가 혼자 먹어도 마음 편한 곳이다. 가끔 복도 건너 사무실이나 복도에서 큰 목소리가 들리기도 하지만 말이다. 내년 1월이면 이곳을 사용한 지 만 3년이 된다. 자주 오지는 못하지만, 내게 얼마나 소중한 공간인지 모른다.

나의 옆방 50×호에는 키가 크고 중후한 남자분이 거주하고 있다. 벽을 통해 들리는 소리로 추정하건대, 가끔 과일을 갈아 마시고, 물을 끓이고, 점심시간 즈음에는 낮잠을 자고—옆방이 조용해서 아무도 없겠거니 하고 맘 놓고 큰 소리로 책을 읽다가 갑자기 벽 너머에서 "부스스" 하는 소리가 들리는 바람에 '아, 이분이 여기서 낮잠을 자는구나' 하고 비로소 알게 되었다.—오후 3시쯤에는 영어 공부를 한다. 처음에 그분은 영어 방송을 정말 큰 목소리로 따라 했는데, 어느 날 내가 옆방 문을 두드리고는

"목소리를 좀 줄여주셨으면 좋겠다"고 한 이후에는 정말로 조용했다. 나는 좋은 이웃을 만났다.

오늘 새벽 2시쯤 화장실에 가는데, 재원이 방에 불이 켜져 있었다. 컴퓨터 자판을 두드리는 소리가 났다. 화장실에서 나올 때는 그 소리가 쏙 들어갔다. 방에 들어가 누우면서 '오늘 재원이가 학교에 안 갈지도 모르겠구나' 하고 생각했다. 하지만 나의 착각이었다. 7시 45분 아들 방문을 두드리니, 재원이가 후다닥 밖으로 나왔고, 육개장, 너비아니, 볶음김치와 함께 밥을 맛있게 먹은 후 샤워를 하고 학교에 갈 준비를 마친 것이다. 물론 학교에 가지는 않고 박물관으로 향했지만 말이다. 그래도 늘 '마음의 준비'를 하고 있는 것이 좋다. '오늘은 재원이가 학교에 가지 않을 수도 있다' 하는 열린 마음, 이해의 마음, 꾸짖지 않는 마음, 꾸짖어야 함에도 용서하는 마음, 자비의 마음을 갖는 것이다. 모든 철학의 끝은 결국 불교가 아닐까? 맑지 않은 날, 오늘, 가을의 마지막 날. 이토록 긴 가을을 즐길 수 있다는 것은, 남극에 갔다 오느라 두 번의 가을을 건너뛴 나에게 행운이다.

멈춤

2022년 11월 30일

부랴부랴 응급실에 도착했다. 공 과장님이 응급실에서 나왔다. 장갑을

긴 채로 보호자를 찾더니 무언가 이야기를 하려는 듯했다. 내가 당직실로 들어가려 하자 "천천히 나오세요"라고 말했다. 옷을 갈아입고 스테이션에 가니 과장님이 인계를 해주었다. 총 세 명이 있고, 두 명은 정리가 다 되었고, 한 명은 심폐소생술 중이었다. 그는 퇴근 3분 전에 "CPR 환자가 온다"는 연락을 받았다고 했고, 내가 출근이 늦어지는 바람에 그가 심폐소생술을 진행을 하게 된 것이다. 나는 과장님께 "고생하셨다"라는 인사를 하고 중환자 구역으로 들어갔다.

비쩍 마른 몸의 여성이 자신의 가슴 중앙 부위를 무지막지하게 누르는 기계에 몸을 맡기고 있었다. 입에는 기관 삽관이 된 채 그녀는 딱딱한 플라스틱을 물고 의료진이 밀어 넣는 산소에 자신의 숨을 내맡기고 있었다. 공 과장님은 보호자에게 "가망이 없다"는 설명을 했고, 나는 이제 그녀의 삶을 적절한 시점에 멈추도록 해야 했다.

심폐 소생술을 멈추었다. 9시 2분. 그녀는 자신의 숨, 이승의 삶, 가족과의 끈을 놓고 떠났다. 그녀는 코로나 검사에서 양성이 나왔고, 이제 장례식장으로 내려갈 것이다. 그리고 그녀는 먼 길을 떠날 것이다. 자신을 마지막으로 보고 싶어 찾아오는 가족을 만나지 못한 채.

오늘 아침처럼만 평화롭기를

2022년 12월 8일

작년 오늘 이 시간 즈음, 나는 프랑크푸르트발(發) 루프트한자 비즈니스

석에서 가방을 꾸려 1층으로 내려갔고, "제일 먼저 내리라"는 누군가의 요청에 비행기 출입문 앞에 섰다. 문이 열리자마자 방호복을 입고 마스크를 쓰고 안면 가리개를 한, 번쩍거리는 눈으로 나를 뚫어져라 바라보는 경찰에게 인계되었다. 신변 조사를 받았고, 연락처가 적힌 인수증을 챙겼다. 짐을 찾고 공항을 빠져나와 마중 나온 남편 차에 올랐다.

조수석 거울로 내 얼굴을 보았다. 긴 여행을 마치고 돌아온 사람답게, 푼타아레나스에서부터 만 3일 동안 씻지 못한 사람답게 얼굴빛이 검고 건조하고 칙칙하고 피곤해 보였다.

공항고속도로와 올림픽대로를 달리며 찬란한 태양 빛, 아파트 건물들, 길고 넓은 도로, 그리고 도로 위의 차들을 바라보았다. 너무도 낯설었다. 차 내부로 스며드는 서울의 공기는 차가웠다. 창밖의 풍경도, 내 마음도 차가웠다. 아파트 주차장에 도착해 차에서 짐을 꺼내 들고, 경비실을 지나 1층 출입문을 열고, 계단을 밟고 올라가 엘리베이터를 타고 7층 오른쪽 맨 끝 집에 다다랐다. 창고 문은 여전히 빼꼼히 열려 있었다. 현관문 앞에 서니 신기하게도 도어 록 비밀번호가 눌러졌다. 남극에 있을 때 비밀번호가 생각나지 않아 '집에 가도 문도 못 열고 밖에 서 있겠구나' 하고 생각했었는데 말이다. 집으로 들어갔다. 혜진이는 학교에 가서 없었고, 재원이는 방문을 굳게 잠그고 있었다. 먼지가 가득하고, 이불에 땀냄새가 배어 있고, 여기저기 과자 봉지가 흩어져 있는 공간에서 아들은 머리를 길게 늘어뜨린 채 은거하고 있었다.

오늘, 난 혼자다. 남편은 출근하고, 혜진이와 재원이는 모두 등교했다.

아이들 방을 청소했고, 설거지와 빨래도 했다. 그리고 커피 한 잔 테이블에 올린 채 글을 쓰고 있다.

"오늘 아침처럼만 평화롭기를!"

아타락시아.

나의 길

2022년 12월 21일

집 현관문을 열었다. 하늘빛은 우중충했다. 회색빛 배경에 흰 눈발이 날렸다. 7층 복도에서 아래 풍경을 내려다보았다. 길바닥에도, 차 위에도, 정원에도 눈이 수북이 쌓여 있고, 사람들은 조심스레 발걸음을 옮겼다. 우산을 쓰고 모자를 쓰고 있었다. 1층에 내려가 출입문을 여니 차갑고 시원한 공기가 온몸을 휘감았다. 눈발이 제법 날렸고, 나는 점퍼 후드를 당겨 뒤집어썼다. 오른손에 들고 있던 쓰레기를 버린 후에 폭스바겐제타가 있는 곳으로 걸어갔다.

흰 눈이 예쁘게 차를 덮고 있었다. 눈이 녹아 바닥이 질척거리고 미끄러웠다. 차 문을 열었다. 문이 본체에서 벌어지니 틈새로 눈이 떨어지면서 운전석 좌석에 눈가루가 퍼졌다. 백팩을 벗어 조수석에 던지고, 점퍼 아랫단을 여민 채 운전석 의자에 엉덩이를 붙였다. 문을 닫으니 바깥 풍경이 보이지 않았다. 시동을 걸고 좌석의 온열 기능을 켰다. 유리 열선을 작동시키고 실내 난방을 틀었다. 와이퍼로 눈을 쓸어내고 운전석과 조수석 유리창을 내렸다 올리며 눈을 밀어냈다. 사이드 미러는 펴는 버튼을 돌려도 꿈쩍도 하지 않았다. 세 번, 네 번 시도하니 비로소 펴졌다. 틀어진 거울 방향을 맞추었다.

차를 세웠던 방향 그대로 후문으로 향했다. 리모컨을 눌렀는데 차단기가 올라가지 않았다. 좌회전을 해서 정문으로 향했다. 왼쪽 트럭 한 대와 맞은편 승용차가 길을 내주었다. 길고 좁은 주차 공간을 빠져나와 정문을 통과했다. 우측 횡단보도에 보행 신호가 들어와 잠시 기다렸다. 바퀴 굴러가는 느낌이 이상했고, 천천히 가자 생각했다. 더현대 앞 좌회전 신호 직전 1차선에 승용차가 모로 세워져 있었고, 경찰이 사고를 수습하고 있었다. 2차선으로 차를 옮기고 좌회전 신호를 받았다. 연이은 푸른 신호를 받아 여의지하차도로 들어갔다.

지하차도를 달리는 동안 앞 유리, 사이드 미러, 창문에 들러붙었던 눈이 녹으며 날아가버렸다. 후면 유리의 눈도 열선에 녹아 아래로 흘러내렸다. 보닛 위에 굳게 들러붙어 있던 얼음들이 바람에 떨어져 앞 유리를 때리다가 녹아버렸다. 지하차도를 빠져나오니 브레이크등 붉은빛이 도로를 수놓았다. 부천IC 인근에서 속도가 느려지다가 서운JC에서 시원하게 빠지더니, 외곽순환도로에서 거대한 차들의 흐름에 맞닥뜨렸다. 요리조리 끼고 달리며 시흥IC에 다다랐고, 복지로를 달려 Y병원 건너편 공영주차장에 도착했다. 눈이 오는 오늘, 주차장 자리는 휑하니 비어 있었다.

응급실에 도착해 당직실 문을 닫고 두툼한 외투를 옷걸이에 걸었다.

근무복 반팔과 바지, 가운을 입었고, 근무 신발로 갈아 신었다. 봉지를 뜯어 새 마스크를 쓰고 밖으로 나와 간호사들에게 인사했다. 오늘도 이렇게 나의 하루가 시작되었다.

20년 동안 '응급센터' 자동문을 들락거렸다. 119 이동 침대에 실려 오는 환자, 팔에서 흐르는 피를 수건으로 꾹 누르며 창백한 얼굴로 들어오는 환자, 기침을 하는 환자와 어지러워 몸을 가누지 못하는 환자를 만나왔다. 새벽 3시에서 4시 사이 졸음과 사투를 벌이는 '고난의 시간'을 통과했고, 미션을 수행하듯 도를 닦듯 당직 때마다 그 시간을 견뎌냈다. 응급실 동료들과 곱창에 소주를 마시면서 고단함을 털어내고 우애를 다졌다.

오늘은 회식날이다. "술 한잔 하고 대리운전 맡기려고요" 하고 간호팀장에게 말했더니 "이런 날 대리운전 부르기 힘드실 텐데요" 하신다. 팀장님 조언에 더해 급박한 119 사이렌 소리가 울리는 바람에 눈앞에 아른거리던 소주병이 흩어져버렸다. 코로나에 걸려 근육통이 있다는 환자와 계단에서 미끄러져 발목이 부은 환자가 응급실 문밖에서 기다리고 있었다.

아들의 졸업식

2023년 1월 9일

바람이 불고, 미세 먼지가 가득했다. 나의 양손에 꽃이 들려 있었다. 왼쪽은 바구니가 크고, 장미꽃이 가득했다. 나의 아들, 오늘의 주인공, 오랜 시간 이날을 위해 나와, 자신과, 학교와, 선생님들과 티격태격했던 질풍노도 사춘기의 주인공, 재원이를 위한 것이었다. 오른손에 든 바구니는 작지만, 빨간색과 연분홍 카네이션이 얇은 종이에 예쁘게 싸여 있었다. 이것은 나의 아들을 세심하게 돌봐주신 분, 수없이 결석을 하는 중에도 아들을 기다려주신 분, '꼭 학교에 왔으면' 하는 날에 아들이 등교하지 않아 상심하셨을 분, 스포츠 신청일을 넘기기 일쑤인 아들을 위해 배구반에 들어가도록 배려해주신 분, 신선한 경험을 시켜주기 위해 아들과 함께 유람선을 타셨던 분, 학부모인 나를 늘 격려해주신 분, 바로 재원이의 담임선생님을 위한 것이었다. 나의 아들이 무언가 새로운 목표를 가지게 되었다면, 이전 일을 툭툭 털어버릴 수 있었다면 그것은 담임선생님의 공이 컸다. 내가 재원이를 위해 무언가 했다면 그것은 의무이기 때문이지만, 담임선생님이 하신 일은 의무와는 조금 달랐다. 변함없는 마음, 인내심, 평정심으로 재원이를 배려했고, 관심을 가지고 이끌어주셨기 때문이다.

아침에 혜진이와 식탁에서 이야기를 나누고 있는데 재원이 방에서 폭소가 터져 나왔다. 혜진이 말대로 "졸업을 해서 신이 났나 보다." 남편도 내심 기뻐하는 것 같았다. 남편은 회사에 갔다가 졸업식에 조금 늦게 도착했다. 우리는 졸업식을 마친 아들을 운동장에서 만났다. 재원이에게 아빠와 사진을 찍으라고 하니 흔쾌히 찍었다. 아들이 아빠와 나란히 서 있는 모습을 보니 좋았다. 둘이 찍은 사진은, 그토록 오랫동안 아빠와 거리를 두던 재원이가 졸업식이라고 잠시 마음이 너그러워져 찍은 그 사진은 기념비적인 사진으로 남게 될 것이었다. 졸업식을 마친 학생과 선생님, 학부모 들이 운동장을 가득 메우고 있었다. 아들은 친구들과 사진을 더 찍다 가겠다고 휴대폰만 챙겨서 사라졌다. 나와 남편은 아들 짐을 바리바리 들고 운동장을 떠났다.

학교 정문을 나와 보도블록을 걸었다. 인도 양쪽으로는 꽃바구니가 가득한 매대가 즐비했다. 누군가 마지막으로 꽃바구니 하나라도 사지 않을까 하고 앞을 지나는 사람들의 얼굴을 읽고 있는 꽃장수들을 지나쳤다. 대교문구 옆 정육점에서 꽃등심 한 팩을 사고—재원이가 졸업 선물로 소고기를 사 달라 했다—, 바로 옆 베이커리에서 빵 한 봉지 가득 사 들고 나왔다. '너섬카페'에서 아메리카노 한 잔을 주문하고 서 있는데 재원이가 나타나 "엄마!"하고 불렀다. 조금 떨어져 바라보니 아들 몸이 꽤 말라 있었다. 그래도 졸업식을 마치고 지나가던 아들을 밝은 빛 아래에서 '우연히' 만나니 기분이 좋았다. 앞으로 나의 삶이 어떻게 진행될지는 모르지만 부디 오늘만큼 행복하기를, 오늘처럼 현재에 최선을 다하기를, 그리고 욕심이 없기를 소망했다.

신을 찾아서

~~~~~~

아들과 함께 떠나다

2022년 10월 1일

1

❄ 인천국제공항으로 가는 길
On the Road to Incheon International Airport

택시를 탔다. 올림픽대로를 달렸다. 도로 위에는 제법 차가 많았다. 재원이 기분도 괜찮은 것 같았다. 우리는 오늘 인도 델리로 간다. 그동안 이 여행 때문에 얼마나 마음을 졸였는지 모른다. 지난여름 제주에 여행 갔을 때 내가 재원이에게 "인도, 부탄 여행 열흘 정도 갈까?" 물었고 재원이가 흔쾌히 동의를 했었다. 하지만 그 이후에 '약속을 잘 지킬까, 아니면 출발하기 며칠 전 혹은 출발 당일 "가기 싫어졌다"고 하면서 약속을 깰까' 생각하면서, '그때가 되어봐야 알지' 했었던 것이다. 시간이 갈수록 재원이가 어떤 약속이든 책임감을 가지려고 애쓰는 모습을 보며 '괜찮겠다'고 생각했다. 그래도 막상 이렇게 택시를 타고 출발하니 안도감이 들고 기분이 좋았다.

안개가 짙어지면서 어디선가 "안개 발생, 감속 운행" 하는 방송이 계속 나왔다. 소리의 크기가 그대로인 것을 보니 방송을 하는 차가 계속 따라오는 듯했다. 재원이는 가끔 코를 골며 잤다. 여행사 남 팀장님이 단체방에 문자를 보냈다.

"안개가 심해서 걱정이 되는데 항공사 직원에게 물어보니 아직 연착에 대한 정보는 없다고 합니다. 상황을 조금 더 지켜보겠습니다. 수속 후 출국 게이트에서 뵙겠습니다. 델리공항 도착 후 Arrival E-visa 카운터에서 비자 승인서와 여권을 제출하시면 인도 비자와 함께 입국 수속이 마무리됩니다. 그 후 짐을 찾으신 후 입국장으로 나오셔서 4번 게이트 안쪽에서 전체 인원 미팅 진행하겠습니다. 모쪼록 편안한 여행을 하실 수 있도록 최선을 다하겠습니다. 감사드립니다."

2

❄ 스카이 허브 라운지 Sky Hub Lounge

스카이라운지를 이용할 수 있는 카드가 기한 만료가 된 줄도 모르고 있었다. 입장하려고 줄을 섰다가 빠져나와서 라운지 앞 대기 공간 소파에 자리 잡고 앉아 있었다. 왼쪽 입장 대기 줄은 여전히 길었다. 두 명의 여성과 어떤 '오빠' 한 사람이 우리가 앉은 소파 옆에 서서 시끄럽게 대화를 했다. 재원이가 소파에 늘어져 자다가 몸을 뒤척였다. 오른쪽 소파에 앉은 외국인 여성은 스툴에 다리를 길게 뻗은 채 편안해 보였다. 나와 잠시 눈이 마주쳤는데, 내게 미소를 건넸다.

어제 맥주 500cc 두 캔을 마시고 나서 한 캔을 더 땄는데, 한 모금 마시고 바로 쓰러져 잤다. 숙면을 취하지는 못했지만 그런대로 괜찮은 잠이었다. 조금 전 캐리어 두 개를 부쳤다. 짐 검색에 특별한 문제가 없음을 확인하고 나서 출국장에 들어온 후 휴대용 짐 검색과 여권 심사까지 무사히 마치고 이렇게 휴식을 취하고 있으니 몸도 마음도 편했다. 단지 카페인이 좀 모자라 그런지 눈 주변과 머리 앞쪽이 지끈지끈했다. 탑승 전에 커피 한 잔 마실 수 있으려나? 재원이는 여전히 소파에 기대고 무릎을 굽힌 채 오른쪽, 왼쪽 번갈아가며 고개를 떨구고 있었다.

3

✈️ 에어 인디아 Air India 313, 좌석 22B

오른쪽에 앉은 인도 남성은 친절했다. 좌석에 도착해 가방을 위로 올릴 때 도와주었다. 그는 헤드폰을 끼고 편안하게 앉아 있다. 재원이는 내 왼쪽 창가에 자리를 잡았다. 잠시 화장실에 다녀와서 간식과 맥주를 즐기고 있는데 남 팀장님이 우리 좌석 옆을 지나다가 "비행기에 탔는지 무척 궁금했다"고 말씀하셨다. 그녀는 자리로 돌아갔고, 이번에 내가 그쪽으로 가서 말했다. 탑승할 때 언질을 주지 못해 미안하다고, 편히 쉬라고.

하이네켄 한 캔을 마셨다. 땅콩도 받았다. 재원이는 땅콩과 함께 사과주스를 마셨다. 머리가 아파서 아무래도 안 되겠다 싶어 재원이 배낭에서 간식 파우치를 꺼냈다. 마이구미 한 봉지와 G7커피 두 봉지를 꺼낸 후 조금 전 탑승구 앞에서 사 들고 온 생수병에 커피를 넣어 흔들었다. 두 모금 마셨는데, 아주 좋았다. 나는 마르쿠스 아우렐리우스의 『Meditations(명상록)』를 꺼내 읽었다.

비행기 맨 뒤 갤리에 가서 물을 달라고 하니 생수병을 주었다. 세 개를 받아 왔다. 재원이 하나, 나 하나, 그리고 내 우측 인도인 남자 하나. 그가 고맙다고 했다. 나는 조금 전까지 내내 잠을 잤고, 피로가 많이 가신 듯했다. 더 이상 잠이 오지 않아 자리에서 일어났다. 통로를 걷는데 한 여자아이의 다리가 손잡이 위에 걸쳐져 통로 쪽으로 빠져나와 있는 바람에 겨우 지나갔다. 사람들은 대부분 자신의 자리에 앉아 있고, 승무원 세 명은 맨 뒤에서 아주 활발하게 대화를 나누고 있었다.

에어 인디아의 창은 셔터를 내릴 때 손으로 하지 않고 버튼을 누른다. 여러 단계가 있어 창문 색의 농도를 조절할 수 있다. 기내 편의 시설은 대체로 잘 갖춰져 있지 않거나, 갖춰져 있어도 후줄근한 느낌인데, 이런 기술이 있다니 놀라웠다. 재원이 옆 창문은 이미 농도가 짙고 밖이 보이지 않았다. 얼굴이 점점 건조해졌다. 스틱 에센스를 가져오길 잘했다.

4

✈ 인디라 간디 국제공항 Indira Gandhi International Airport
델리에 도착해 비행기에서 빠져나와 'Arrival'을 쭉 따라가니 'E-Visa 카운터'가 보였다. 줄이 길었다. 앞사람들이 하는 것을 보니 카메라도 쳐다봐야 하고, 좌우 네 손가락씩 지문을 찍은 후 엄지의 지문도 찍어야 했다. 그렇게 하면 심사 직원이 의기양양한 표정으로 스탬프를 "쾅" 찍어주었다. 직원 앞에 섰다. 카메라를 쳐다봤고 손가락 지문은 양쪽 엄지만 찍었다. 너그러운 직원이었다.

입국장을 빠져나오자마자 재원이와 셀카를 찍었다. 이번 여행 동안 아들과 사진을 가능하면 많이 찍으려고 한다. 물론 아들에게는 티를 내지 말아야겠지만 말이다. 체험 학습 보고서에 필요하기 때문에 재원이도 어쩔 수 없이 응하기는 할 것이다. 우리 일행들이 모여 있었다. 인천공항에서는 오리엔테이션만 간단히 하고 각자 짐을 부친 후 비행기에 올랐기 때문에 인사를 제대로 못 했는데, 이제서야 모인 것이다. 인사를 나눈 후 함께 환전을 하러 갔다. 내 앞에서 환전하던 우리 일행 중 남성 한 분이 "인도 루피!"라고 했더니, 환전 직원이 2층으로 가라고 위를 바라보며 손가락질을 했다. 아무래도 이상해서 내가 직원에게 "인디아 루피!"라고 했더니 그는 그제서야 웃으면서 고개를 끄덕거렸다. 이들에게 '인도'는 '인도네시아'였다. 그 일행분도, 나도 500달러 환전을 했다. 뒤이어 몇 분이 더 환전을 한 후 우리는 차를 타기 위해 밖으로 나갔다.

버스를 기다리는 동안 나무 그늘에 서 있었다. 해는 뜨겁고 검은 개 한 마리가 다가왔다. 목 앞쪽과 발등, 꼬리 끝이 하얀 개였다. 녀석은 일행 한 분의 캐리어 옆에 주저앉아 뭔가 바라는 것처럼 캐리어 주인을 쳐다보았다. 그 녀석도 더운지 혀를 축 늘어뜨리고 있었다. 버스가 도착하고, 현지 가이드가 차 입구에 서서 우리 한 사람 한 사람에게 메리골드 꽃목걸이를 걸어주었다. 호텔에 가는 동안 양방향으로 차들이 가득했다. 차가 아예 움직이지 않는 구간도 있었다. 초록색 도로 표지판은 테두리가 녹이 슬어 있었고, 오토바이들은 몇 겹인지도 모를 차들 사이를 요리 조리 빠져나갔다. 8킬로미터 구간이었지만 거의 두 시간 걸렸고, 마침내 우리는 호텔에 도착했다.

바로 식당으로 갔다. 밝은색의 폭 넓은 대리석 계단을 밟고 올라가 식 당 앞 테라스에 서서 보니, 정면에 촛불 모형 불이 두 개의 층으로 둘러쳐 진 샹들리에가 화려하게 빛나고 있었다. 1층 출입문 위에는 둥근 얼굴에 눈이 한 개뿐이고, 양다리를 벌리고 서 있는 반인반신 그림이 걸려 있었 다. 홀의 바닥은 깊은 바다처럼 짙푸른 초록색 바탕 위에 바람개비와 마 차 바퀴 모양의 흰색 문양이 새겨져 있었다. 재원이도 이런 풍경이 좋았 는지 "사진 찍어줄까?"라고 물으니 난간 앞에 서서 밝은 미소를 지었다.

우리는 건배를 했다. 나는 킹피셔 파인스트롱 인도 맥주 한 병을 시켰 고, 재원이는 스프라이트를 주문했다. 우리는 깔때기처럼 생긴 잔에 각 자 좋아하는 음료를 붓고 소리가 제대로 나게 부딪혔다.

5

❄ 뉴델리 아쇼크 컨트리 리조트 Ashok Country Resort, New Delhi

새가 경쾌하게 지저귀고 있다. 창문 밖 긴 직사각형 모양의 중정에는 나 무가 깨끗하게 다듬어져 있지 않았지만 오히려 그런 야생의 느낌이 좋 다. 오래된 건물이 주는 차분한 정감이 느껴진다. 단체방에 연락이 올 라왔다. 나현 님의 여권에 비자 스탬프가 찍히지 않았다는 것이다. 그런 데 어떻게 입국을 한 거지? 인도니까? 완벽한 것보다는 인간적이고, 꼬 이는 일이 있어야 여행이다. 남 팀장님과 두세 분이 함께 가서 해결하신다고 했다.

커피 한 잔 들고 소파에 앉아 정원을 내다본다. 날이 어두워지고 있다. 하루 종일 기내에서 식사만 하고 움직이지 않았더니 체중이 는 것 같다. 아니면 부종 때문에 수분이 몸에 남아 있어서 그럴지도 모르겠다. 늘 체중이 늘면 "부었다"고 핑계 대기는 했지만 말이다. 커피 한 잔이 도움이 될 것이다. 좋은 저녁이다. 나현 님의 비자 스탬프만 받을 수 있다면 말이다. 새의 지저귐은 여전히 아름답다. 깊은 숲속에 들어온 것 같다. 적어도 세 종류 이상의 새가 서로 주거니 받거니 하며 노래한다. 재원이에게 사진을 찍어 달라고 하고 포즈를 잡았다. "재원아, 정원에 나갈까?" 하고 물으니 싫다고 한다. 재원이는 호텔방이 좋은지 침대에 누워 있는 표정이 밝다.

내일 일정이 올라왔다. 아침 식사 후 델리 국내선을 이용해 바그도그라로 이동, 지프를 타고 시킴왕국의 주도인 강토크로 이동한다. 시킴왕국에 들어갈 때에 허가서를 발급받아야 한다고 한다. 강토크에 도착하면 휴식이다. 내일 일정도 쉽지는 않을 듯하다.

시킴왕국을 향해

2022년 10월 2일

1

❄ 아쇼크 컨트리 리조트

재원이가 어렸을 때, 나도 모르는 사이 뿌루퉁해지거나 불만이 있는 듯 입이 튀어나올 때, 나는 그 이유가 무엇인지 알기 위해 재원이의 말을 들어보거나 말을 할 때까지 기다려준 적이 있었는가? 아들 키에 맞춰 나의 몸을 낮추고, 어떤 것이 맘에 들지 않는지 물어보고, 때로 고개를 끄덕이며 따뜻하게 포옹을 해주었는가? 아니다. 나는 그렇게 할 만한 힘이 없었다. 내가 살아가던 당시의 환경이 나에게 그런 '너그러움'을 허용해주지 않았고, 그래서 아들의 징징거림이 힘들었다.

📁 오늘 배낭에 챙길 것

- 간식 : 프로틴바 2/껌/마이구미.
- 야구 모자 1/챙 모자 2/손수건 2/선글라스 1/안경 1/재킷 2.
- 방진 마스크 1.
- 신발끈여행사 파우치 2.
- 여권 2/지갑/루피 주머니.
- 보조 배터리 파우치.

아침 산책을 하고 방에 들어와 재원이를 깨웠다. 10분 정도 피곤해하더니 벌떡 일어나 욕실로 들어가 샤워를 했다. 나는 재원이가 갈아입을 옷을 준비했다. 파란색 반바지, 연한 그린 티셔츠였다. 인도 델리에서 처음 맞는 아침이다.

아침 식사를 하고 방에 들어와 창문을 열어젖혔다. 새들이 지저귄다. 하늘은 푸르다. 공기는 맑다. 에어컨은 고풍스러운 방을 시원하게 해준다. 그리고 재원이는 등에 베개를 받치고 침대 위에 편안하게 누워 있다. 오늘 다시 먼 길을 떠난다. 열린 창틀에 새 한 마리가 앉았다. 내가 다가가니 멀리 날아가버렸다. 또 만나자!

2

✈️ 바그도그라行 에어 인디아 879, 좌석 30B

국내선 청사에서 짐을 바구니에 넣어 검색대를 통과시키는데, 휴대폰과 충전기를 모두 가방에서 꺼내놔야 했다. 플라스틱 바구니 안에 덩그러니 놓여 벨트를 따라 내게서 멀어지고 있는 물건들을 보고 있자니 분실이라도 될까 봐 너무나 불안했다. 게다가 '남성' 몸 검색대를 이미 통과해 짐 앞에 서 있는 재원이는 짐 속에 무언가가 걸렸는지 직원과 함께 가방 안을 들여다보고 있었다. '여성' 쪽은 줄이 길어 나는 마음이 조급해졌다. 그럼에도 인도인들의 '느림의 철학' 덕분일까? 재원이와 가방과 그 가방을 쳐다보는 직원의 모습은, 잠시 그들에게서만 시간이 멈춘 것처럼 내가 몸 검색대를 통과해 백팩을 메고 그곳에 도착할 때까지 그대로였다. 멈추었던 시간이 다시 움직이고, 그 직원이 "Metal(금속)!" 하고 외쳤다. 나는 뭐가 문제인지 생각이 났다! 배낭 안에 수저 세트가 들어 있음에 분명했다. 3년 전, 아들이 인문학 대안 학교에 다닐 때 그 배낭을 짊어지고 국토 횡단을 했었다. 텐트를 치고 버너와 코펠로 밥을 지어 먹을 때 가방 안에 수저를 넣고 다녔던 것이다.

검색대를 통과해 32A 게이트를 향하여 걸어갔다. 오른쪽으로 꺾어지자마자 우측에 스타벅스가 있었다. 매장 앞 넓은 공간에 여승 열 명 정도가 삼삼오오 자리를 잡고 앉아 있었다. 우리도 테이블 하나를 차지하고 앉았다. 커피를 주문하려고 줄을 서 있는 동안 한 여승이 재원이에게 다가가 대화를 하는 모습이 눈에 띄었다. 대기 줄 한참 앞에도 여승 한 분이 계셨는데, 그녀는 "곧 9시 반에 탑승한다"는 다른 여승의 전갈을 받고는 시간이 9시 25분이라 마음이 바빴는지 음료수 하나를 손에 들고 가방을 막 뒤졌다. 현금이 없거나, 잘 찾아지지 않는 것 같았다. 내 주머니 속에 가득 구겨져 있는 루피가 떠올랐다. '꺼내드릴까?' 그녀는 음료수를 내려놓고 줄에서 빠져나와 빠른 걸음으로 탑승구로 사라졌다.

'찰나'였다!

간디공항 국내선 탑승 게이트 앞 그녀들과 우리의 만남이, 재원이에게 다가간 여승의 마음이, 대기 줄 앞 여승 대신 돈을 내려고 했던 나의 주저함이, 사려던 속세의 물건을 내려놓은 그녀의 결정이, 그녀의 총총걸음이 만들어낸 승복의 휘날림이 모두 '찰나'였다.

내 차례가 되어 커피를 주문하는 동안 그녀가 계산하지 못하고 두고 간, 목이 긴 병에 담긴 음료수를 나는 물끄러미 바라보았다.

3

❄ 강토크 메이플 레지던시 The Maple Residency, Gangtok

기온 35도, 습한 날씨에 바그도그라공항에 도착했다. 현지 가이드 키란
이 밝게 인사를 하며 우리 목에 카다*를 일일이 걸어주었다. 우리 팀은
지프 세 대에 나눠 탔다. 공항을 빠져나와 티스타Teesta강을 따라 구불구
불 이어지는 길을 달렸다. 시킴주 여행 허가 사무소에 도착했을 때는 날
이 어두워져 있었다. 사무소의 한 직원은 "담당 직원이 저녁 식사를 하
러 갔다"면서 기다리라고 했다. 우리는 천장이 높은 대기실 소파에 앉
아 벽을 기어다니는 도마뱀을 눈으로 좇으며 시킴왕국의 밤공기를 들이
마셨다.

　허가서를 받은 후 밤길을 달렸다. 좁은 산길을 한참 오르니, 앞쪽에 길
을 따라 차들이 줄지어 멈춰 서 있었다. '산 밑에 주차를 했나?' 생각하
고 있는데 우리 지프 세 대도 그 뒤에 차를 붙이고 섰다. 폭우가 내려 산
이 무너져 길이 막혔다고 했다. 우리 차도 시동을 껐다. 차 밖으로 나와
보니 산세가 좁게 겹쳐져 있고, 산등성이 위에 달이 떠 있었다. 달은 구름
에 가려진 채 옅은 빛을 쏟아내고 있었다. 우리 뒤에 붙은 '시동을 끄지
않은 차' 몇 대의 전조등 불빛에 울퉁불퉁한 길의 거친 윤곽이 드러났다.
안개가 자욱하게 끼어 몽환적인 분위기를 자아냈다. 그 속에서 우리들의
거친 상황이 어떤 멋진 도전으로 바뀌는 느낌이 들었다. 드디어 차가 움

＊　카다(khada)：히말라야 근처의 나라에서 환영과 환송의 의미로 방문객의 목에 걸어
　　주는 스카프.

직이기 시작했고, 짙은 어둠 속 바퀴벌레처럼 기어 나왔던 사람들이 다시 자신의 차 안으로 들어갔다. 우리 모두는 함께 달렸다. 아주 천천히.

호텔에 도착했다. 저녁을 먹으러 바로 가야 했지만, 재원이와 나는 먼저 방으로 들어갔다. 짐을 바닥에 던지고 침대 위로 올라가 다리를 뻗었다. 내가 먼저 씻었고, 재원이는 컵라면을 먹겠다고 했다. 커피포트에 물을 끓여 라면에 붓고, 고추장참치를 꺼냈다. 재원이가 테이블 앞에 앉은 지 10분도 안 되어 음식이 흔적도 없이 사라졌다. 나는 별로 식사를 하고 싶지 않아서 재원이가 샤워를 마치기를 기다렸다가 빨래를 했다. 호텔에서 2박을 하는 동안 빨래를 해두어야 했다. 피곤했다. 바그도그라공항에서 이곳 강토크까지 7시간이 걸렸다. 재원이가 힘들어 보여 신경을 써서 그런지 에너지 소모가 많았다. 내 에너지를 소모시킨 장본인은 호텔에 도착하자마자 저렇게 편한 자세로 쌩쌩하게 쉬고 있다.

촘고호수

2022년 10월 3일

1

❄ 메이플 레지던시

어제 물을 빼려고 욕실 수건걸이와 수도 배관에 걸어두었던 빨래를 재정비했다. 집게로 집어 옷장 손잡이, 의자 등받이에 걸어두었고, 양말은 창문 아래쪽 창틀에 걸쳐두었다. 방금 전까지 거리의 청소부들이 우리 방 창문 바깥에서 분리수거 작업을 했다. 한동안 덜거덕거리고 차 엔진 소리에 시끄러웠지만, 참을 만했다. 차 달리는 소리가 났고, 새소리도 끊임없이 들렸다.

어제 우리 지프에는 재원이, 나, 성철 님, 남 팀장님이 함께 탔었다. 힘든 여정 중에도 대화를 많이 나누었다. 남 팀장님은 코이카*에서 일한 적이 있는데, 2년 동안 방글라데시에서 학생을 대상으로 IT 교육을 했다. 여행을 좋아해 혼자 남미, 동남아시아, 서남아시아를 여행했다. 지금은 여행사 직원 신분으로 여행객들과 함께 여행을 다니는데, 아무리 업무라 하더라도 이런 일은 여행을 좋아하는 사람이 아니면 할 수 없다고 했다. 성철 님은 암과 고혈압, 당뇨를 앓던 중에 식단을 조절하고 여행을 하면서 건강을 회복했다. 지금도 두 달에 한 번은 여행을 꼭 하고 있다고 했다. 나는 네팔 여행 경험을 들려주었다. 성철 님은 재원이가 중학생인데 어떻게 여행을 올 수 있냐고 물어보셨고, 나는 '체험 학습'을 신청했고, 휴일과 붙여 충분히 시간을 낼 수 있었다고 대답했다.

새벽이다. 재원이는 깊이 잠들어 있다. 자동차의 바퀴 소리가 들릴 때마다 전조등 불빛이 창문을 한 번씩 훑고 지나갔다. 오늘 일정이 힘들면 안 될 텐데. 어쩌면 힘든 게 더 나을지도 모르겠다. 어차피 고행하러

---

* 코이카(KOICA, Korea International Cooperation Agency) : 우리나라 정부 차원의 대외 무상 협력 사업을 전담하여 실시하는 기관.

온 거니까.

📁 오늘의 준비물

- 물통 : 물 끓여서 담기.
- 간식 파우치.
- 긴팔 상의(영미/재원).
- 올림푸스 카메라.
- 주사제 세트/알레르기약/벤토린에보할러.
- 재원이 트레킹화.
- 손수건, 모자.
- 우비 2.
- 여권/지갑/루피 주머니.

아침 식사 중 재원이는 콘플레이크에 망고주스를 마시더니 나에게서 키를 받아 방으로 올라갔다. 나는 샌드위치 두 조각, 버터, 딸기잼, 카레 볶음밥, 커피 한 잔을 천천히 즐겼다. 식사를 마치고 호텔 루프톱roof top 에 올라가니 꿈에도 생각하지 못했던 전망이 펼쳐졌다. 그저 길가에 있고 차가 달리며 전조등 불빛으로 잠을 방해하고 청소차 소리가 들리는 '후진' 곳이라 생각했는데, 루프톱에 서 보니 높은 산에서 내려다보는 듯 시원한 전망이 펼쳐졌다. 호텔 좌우, 밑으로도 5층 정도의 건물들이 숲이 우거진 경사를 계단식으로 빽빽이 메우고 있었다. 마주 보고 있는 먼 산등성이에도 우리가 지금 서 있는 곳과 같은 건물이 알록달록 숲속에

촘촘히 박혀 있었다. 그 뒤로 산이 몇 겹 중첩되면서 높아지다가 가장 높은 산등성이 위로 하얀 산봉우리 두 개가 뾰족하게 솟아 있었다. '칸첸중가'다. 이런 보물 같은 전망을 혼자 볼 수 없어 나는 방으로 가서 재원이를 데리고 올라왔다. 재원이도 시원한 풍광이 좋은지 양손으로 V 자를 그리며 포즈를 취했다. 그러더니 루프톱 한쪽에 있는 그네의자에 등을 편히 붙이고 다리를 바닥을 향해 쭉 펴고 앉았다. 7시간 동안 좁은 도로를 달리고, 때로는 서다가 아예 멈추다가, 좌우로 구불구불하는 도로를 올라 도착한 이곳 강토크에서 우리는 멋진 풍경을 만났다. 칸첸중가의 다섯 개 봉우리 중 가장 높이 솟은 두 개의 봉우리를 만났다.

2

❄ 촘고호수 Tsomgo Lake

아침에 히말라야로 둘러싸인 촘고호수를 향해 출발했다. 촘고호수는 해발 3,753미터에 있는 빙하 호수다. 구불구불 산길은 여느 산길과 다를 것이 없었다. 하지만 고도가 높아질수록 우리 차 세 대를 제외하고는 차가 거의 없었다. 산세는 점점 웅장하고 엄숙해졌다. 티베트어 경전이 적힌 룽타가 도로 옆 절벽 가까운 곳을 따라 길게 이어져 있었다. 긴 꼬챙이 막대에 길게 묶여 일제히 바람에 펄럭였다. 차가 달리다가 갑자기 길가로 빠지더니 멈췄다. 무슨 일인가 싶어 내다보니 차들이 여러 대 주차가 되어 있었고, 장사를 하는 수레가 몇 대 보였다. 우리는 모두 차에서 내렸다. 우리가 출발했던 도시와는 또 다른 차고 맑은 공기가 폐로 밀려들어왔다. 눈앞에 펼쳐진 모든 것이 선명했다. 발아래 넓게 깔린 구름,

그 구름 아래에 다시 산이 있었다. 구름 너머 몇 개의 산등성이를 지난 곳에 다섯 개의 봉우리, 칸첸중가가 서 있었다. 구름이 걷히니 다섯 봉우리 모두가 드러났다. 가이드 키란은 흥분했다. 이토록 멋진 칸첸중가를 볼 수 있는 것은 서른 번 손님을 데리고 오면 한두 번이라는 것이다. 산은 뭉게구름보다 더 희고, 뚜렷한 능선을 드러내고 있었다. 울퉁불퉁 산 모형에 백색의 밀가루를 왕창 뿌린 것처럼 흰빛 사이 산의 거친 표면이 선명하게 드러났다.

칸첸중가!

손에 손을 잡은 듯 나란히 서서 태양 빛을 자신이 받은 그대로 반사시키며 우리 눈앞에 자신을 숨기지 않고 화려한 모습으로 서 있다. 구름 뒤에 숨어 있을 때에는 모습이 전혀 드러나지 않다가 구름이 사라지면서 한꺼번에 자신의 온 모습을 보이는 것. 자신을 있는 그대로, 휘황찬란한 빛을 가감 없이 드러내는 것. 중앙의 높은 주봉이 마치 큰어른처럼 나머지 네 개의 산들을 아울러 자신과 동일한 빛으로 이끄는 힘. 자신감. 웅혼함. 경이로움. 깨끗함. 밝음. 놀라움. 감격. 행복함. 이 감격들을 한꺼번에 보는 이에게 안기는 능력. 이것이 칸첸중가이다.

촘고호수에 도착했다. 날씨는 더욱 스산했다. 산에 둘러싸인 호수는 계절마다 빛이 달라진다고 하여 영묘하고 신성한 호수라고 한다. 그 영묘함을 바라보는 것만으로 만족하지 않는 인간들이 여기 있었다. 나는 아까 칸첸중가가 보이는 전망대에서 산 분홍색 털모자를 쓰고, 기모가 들어간 연분홍 바람막이를 입고 야크 등에 올라탔다. 일행 중 두 명을 제외하고 모두 야크 등에 올라탄 후 가이드와 함께 호수를 한 바퀴 도는 여행을 떠났다. 어떤 의미인지는 모르지만, 영숙 님이 탄 야크를 모는 가이드가 큰 소리로 외쳤다.

"뿌레에에에!"

끝을 길게 끌어야 제맛이었다. 그가 "뿌레!" 하고 외치면 우리도 응답을 했다.

"야크또오오옹!"

역시 마지막을 길게 끌어줘야 제맛.

우리는 호수 반 바퀴를 돌며 떠들썩하게 웃기도 하고, 호수의 고요한 풍경에 젖어 명상하듯 야크 발자국 소리에 귀를 기울이기도 했다. 내가 탄 야크는 몸통 전체가 검은색 털로 덮여 있었는데, 이마부터 코까지 미끄럼틀처럼 살짝 아래로 휘어진 부위만 아이보리색을 띠었다. 옆구리에는 털이 길게 늘어져 있었다. 목 뒷부분이 불쑥 튀어나와 있어 그 뒤에 둥근 손잡이를 잡고 앉은 나에게 안정감을 주었다. 등에 놓인 안장 밑에는 카펫 같은 두터운 깔개가 놓여 있었고, 귀 윗부분에서 시작되어 둥글게 말려 위로 솟은 뿔에는 찰랑찰랑 술이 달린 붉은색 털실 뜨개가 씌워져 있었다. 재원이도 야크 등에 올라타 긴 시간을 즐겼다. 아들은 야크의 척추, 딱딱하고 불편한 자리에 앉아 어떤 생각을 했을까. 애들처럼 소리치며 깔깔거리는 아줌마 아저씨 들 사이에서 재원이도 즐거웠을까? 재원이와 나, 그리고 일행들은 야크의 붉은 뿔 커버를 승복 삼고, 손에 잡은 둥근 손잡이를 발우 삼고, 야크의 발굽을 발바닥 삼아 고요한 어스름 속에서 새벽 탁발을 떠나는 승려들처럼 적막한 호수 안개 속을 한 줄로 서서 천천히 걸었다.

3

❄ 메이플 레지던시

아침 8시가 조금 넘어 호텔을 떠났다가 오후 5시에 돌아와보니, 어제저녁에 빨아놓은 빨래는 아직도 촉촉하게 물기를 머금고 있었다. 방 청소도 되어 있지 않아 우리 방 앞을 지나가던 직원에게 물어보니 "청소를 안 하는 방"이라고 했다. 그럼 수건이라도 좀 갖다 달랬더니 세 개를 가져왔다. 그는 빨래 건조대에서 막 걷은 듯한 빳빳한 수건을 들고 들어와 내 침대 위에서 개면서 방 안을 둘러보더니, 수건을 다 접고 청소를 하기 시작했다. 아마도 시트나 이불 교체를 하지 않는 방인 듯한데, 청소조차 되어 있지 않은 방 상태를 보고 당황한 눈치였다. 그는 침대를 정리하고 휴지통을 비운 후에 휴지통의 비닐을 교체해주었다. 칫솔과 커피 잔도 새 것으로 바꾸어주었다.

피곤이 밀려들었다. 샤워를 하려고 들어가니 더운물이 나오지 않았다. 나는 '이런 첩첩산중에서 샤워를 하는 게 어디냐' 하는 마음으로 찬물을 들이부었다. 다 씻고 난 후 그래도 아들은 제대로 씻어야 할 것 같아 리셉션으로 향했다. '멀쩡하게 생긴' 직원은 뭔가를 먹으면서 응대를 했는데, 음식이 입에 있어서 그런지 발음이 잘 들리지 않았다. "무슨 버튼" 하기에 "버튼 누르지 않았다"고 했더니 "알았다"고 했다. 방으로 돌아와

그를 기다렸지만 올 기미가 보이지 않았다. 다시 내려가 "Hot water?"라고 물었더니 15분 기다리고 말했다. 물이 데워져야 한다고. 방으로 돌아와 15분 기다려도 물이 차가웠다. 결국 다른 직원이 한 명 올라왔고, 나에게 버튼 하나를 가리키며 "이걸 누르면 안 된다"고 했다. 내가 아까 욕실 조명 스위치인 줄 알고 눌렀던 것 같았다. 재원이는 김이 모락모락 나는 따뜻한 물로 샤워를 했다.

다르질링

2022년 10월 4일

1

❄ 메이플 레지던시

강토크도, 다르질링도 비 예보였다. 빗소리는 들리지 않지만 호텔 창문 밖으로 자동차가 물을 가르며 달리는 소리가 들렸다. 그럴 때마다 살짝 벌어진 암막 커튼 틈으로 차의 전조등 불빛이 들어와 방의 벽을 훑고 지나갔다.

　새소리가 들렸다. 비가 좀 약하게 내리는 걸까? 아들은 힘든 여정을 잘 버텨내고 있었다. 하루 종일 붙어 지내 든든했다. 자신의 배낭을 메고 큰 캐리어를 밀었고, 라면을 먹은 후 깨끗하게 쓰레기를 치웠고, 일행들이 말을 걸면 차분히 들었다. 형원 님이 "이렇게 이렇게 해보렴" 하니 선희 님께 맥주 한 잔을 공손히 따라주기도 했다. 피곤할 때에는 "쉬고 싶다"

는 이야기를 했고, 식사를 하고 싶지 않으면 솔직하게 이야기했다. 잠을 자기 전에도 물건들을 정돈하고, 침대 무드 등을 잘 끄고 침대에 누웠다.

어제 점심 식사 장소는 근사했다. 깔끔한 복장의 종업원들은 표정이 밝고 친절했다. 맥주도 많이 가져다주었다. 맥주 한 잔을 마시니 촘고호수 일정을 마친 후 한껏 들떠 있던 마음이 차분해지고 다리의 긴장이 풀리는 듯했다. 형원 님이 내 맥주에 소주를 연신 부어주셨다. 한낮에 마신 소맥은, 과하면 이후의 시간을 힘들게 만들기 마련인데, 오히려 힘을 북돋아주었다. 우리는 식사 후에 티베트학 연구소, 엔치 수도원, 플라워 가든 전시장을 둘러보았다.

⊕ 오늘의 여정

룸텍곰파, 다르질링.

📁 오늘의 준비물

- 물/간식.
- 우비.
- 카메라/보조 배터리/케이블(영미/재원).
- 트레킹화(영미/재원).
- 안경/선글라스.
- 응급 의료 물품.
- 재킷(영미/재원).

지금도 비가 오고 있다. 마구 쏟아지지는 않지만 제법 주룩주룩 내린다. 우리는 오늘 룸텍곰파를 경유해서 다르질링에 간다. 비가 오는 여정 속에는 어떤 이야기가 우리를 기다리고 있을까? 우비를 입어보고, 신발도 축축해지는 경험도 해보겠지? 이런 고생스러운 경험을 통해 나와 재원이는 무엇을 얻을 수 있을까? 어쩌면 우리가 얻는 것이 없다고 하더라도 느끼고 체험하고 보고 맡고 순간적으로 감동을 하고 무언가를 사랑하게 되는 과정을 통해 우리는 '이미' 조금씩 바뀌어 있을 것이다. 재원이가 완전히 잠에서 깼다. 오늘은 강토크를 떠난다. 모든 짐을 들고, 다시는 이곳에 오지 않을 것처럼 프런트 직원들에게 인사하고 차에 오를 것이다. 우리의 짧은 만남, 그리고 헤어짐. 찰나. 나는 욕실 물이 덥혀지기를 '15분' 기다린 후 재원이를 불렀다.

"이제 샤워하렴. 따뜻한 물 나와."

재원이는 식사를 마치고 먼저 방으로 올라갔다. 나는 커피가 좀 남았기 때문에 좀 더 시간을 즐겼다. 레스토랑에서 서빙을 하는 두 여성은 모두 젊었다. 그중 한 명은 손님들 시중을 열심히 들었고, 한 명은 주스 코너 테이블 앞에 서서 주스를 따라주거나 음식을 채우고 정리했다. 어제 저녁에 재원이가 저녁을 안 먹겠다고 해서 혼자 식사를 하러 내려와 1인 저녁 식사를 갑작스럽게 취소했었다. 미안한 마음이 남아 있었기 때문에 오늘 아침 그들에게 밝게 인사하고, 잼과 버터가 아주 맛있다고 칭찬을 하면서 불편한 마음을 열심히 털어버렸다. 좋게 떠나고 싶었다. '찰나'의 관계라 하더라도 '영원히' 마음 편하고 싶었다.

2

※ 다르질링으로 가는 길 On the Road to Darjeeling

비가 내렸다. 나는 군청색, 주황색 우비 두 개를 꺼냈다. 판초를 입은 재원이와 나의 모습은 순례자의 모습과 흡사했다.

여행사 안내 팸플릿을 읽었다. 룸텍곰파는 중국이 티베트를 침공했을 때, 카르마파 라마가 부탄으로 넘어갔다가 인도 시킴주에서 그를 초대하면서 오게 되었는데, 그를 기리기 위해 건축한 것이라고 한다. 그는 16대 카르마파였고, 지금은 17대 카르마파가 티베트에서 왔다고 한다. 곰파라는 말은 '고독한 은둔자'라는 뜻이고, 깊숙한 곳에 몸을 숨기고 있는 은둔의 사원을 일컫는다고 한다. 깊은 계곡이나 절벽 위 등 접근이 어려운 곳에 위치하고 있어 수행자들만을 위한 공간이었다. 우리가 수도원에 들어갈 때 경비대가 보초를 서고 있었고, 여권과 시킴 출입 허가증을 보여준 후 통과할 수 있었다. 사방이 막혀 있어 아늑했다. 검문소 맞은편에는 불당, 양옆에는 단층에서 3층까지 관리소나 숙소처럼 보이는 여러 건물들이 있었다. 3층 건물 난간마다 승복과 이불, 카펫이 촘촘히 널려 있었다. 비가 쏟아졌다.

불당에서 예불이 시작되었다. 열여섯 개의 기둥과, 천장에서 원통 모양으로 길게 내려진 두 개의 종이 장식 샹들리에. 중앙을 향해 병렬로 촘촘히 마주 앉은 승려들. 그들의 입에서 일제히 쏟아져 나오는 법문을 외는 소리. 뿔피리 소리, 호리박 모양 악기의 "치카치카" 소리, 북소리. 북소리는 불규칙적으로 울리다가 다시 규칙적으로 울리기를 반복했다. 승려 두 명이 북을 쳤다. 북과 90도 각도로 서서 북을 두드리니 몸이 그쪽으로 뒤틀리고 팔 하나가 길게 뻗쳐졌다.

"둥둥 둥둥 두두두두 둥둥!"

소리가 강해졌다 약해지고, 빨라졌다 느려지고, 잦아졌다 드물어지
며, 낮아졌다 높아졌다. 뿔나팔을 부는 승려와 북을 치는 승려를 제외하
고 모두 법문을 외웠다. 우리는 맨 뒤에 서 있었고, 우리 가까이에 동자
들이 작은 의자 모양의 책받침에 경전을 펼치고 앉아 있었다. 들여다보
는 둥 마는 둥, 외는 둥 마는 둥. 옆 친구 얼굴을 쳐다보기도 하고 몸을
돌려 우리를 보기도 했다. 양팔을 흔들며 북 치는 시늉을 하기도 했다.

여행 4일째. 여행에서 이 정도의 시간이 지나면 슬슬 피로가 쌓이기도
하고, 사람들과 친숙해지면서 말을 쉽게 하는 일이 벌어지기도 한다. 미
스터 '불만' 씨—성철 님—의 잔소리가 이어졌다. 그의 사투리가 슬슬
지겨워지기 시작했다. 하지만 내색하지 않았다. 대화를 멈출 뿐이었다.
차의 움직임에 재원이의 몸이 휘둘리면서 오른쪽으로 왼쪽으로 왔다 갔
다 했다. 그러면서도 잠에 빠져들려고 하는 건 일종의 멀미 증상일까. 나
는 양다리에 힘을 주고 바닥에 고정한 후 어깨로는 재원이의 머리를 받
쳤다. 우리 모두 저마다의 방식으로 힘든 여정을 견디고 있었다. 길은 빗
물에 파이고, 차들은 멈추었다가 다시 나아갔다. 길이 계속 막혔다. 잘
달리는 구간도 있었고, 반대편 차를 다 보내야만 통과할 수 있는 구간도
있었다. 이런 '외부의 환경'은 여행자에게 불편함을 줄 뿐 스트레스를 주
지는 않는다. 사람에게는 '사람'이 가장 큰 스트레스다. 그럼에도 어떻게
든 잘 지내보려고 마음먹었다. 미스터 '불만' 씨와 함께.

우리 지프 운전사는 운전을 기가 막히게 잘했다. 아무리 좁은 길에서도 사이드 미러를 절대 전봇대나 다른 차의 사이드 미러에 부딪히게 하지 않았다. 가끔 창문을 내리고 미러를 손으로 "쿡" 접고, 반대편 차가 지나가면 다시 손으로 "휙" 펴고 나서 '뭔 일이 있었나' 하는 표정으로 신나게 달렸다. 차가 속도를 내기 시작했고, 빗방울이 지붕을 두드리는 소리도 제법 커졌다. "텅, 텅!" 길은 시원하게 뚫리고, 요란한 엔진 소리도, 경적 소리도, 사람들의 목소리도 없었다. 미스터 '불만' 씨의 끙끙거리는 듯한 혼잣말만 가끔 들릴 뿐이었다.

3

❄ 다르질링 시더 인 Cedar Inn, Darjeeling

어두컴컴했다. 우리가 달리는 도로 왼쪽으로는 깎아지른 절벽과 알록달록한 건물들이 있었다. 다르질링에 도착했다. 도심에 가까워지면서 오른쪽으로 기찻길이 보였고, 멀리 앞쪽에서 경적이 울렸다. 기관차가 머리에 불을 환히 밝힌 채 다가오고 있었다. 객실 칸 두 개가 이어지고, 창틀에 팔을 걸친 사람들이 보였다. 그들은 창밖 풍경을 사진에 담고, 우리는 기차를 사진에 담았다. 기차는 달리고, 우리는 잠시 멈춰 섰다. 기차가 사라질 때까지 그렇게 서 있었다.

큰 도로를 벗어나 도심의 한가운데를 달렸다. 오른쪽에 불을 환히 밝힌 시계탑이 보였다. 지그재그로 언덕을 오르다가 '이쯤인가? 저 건물이 호텔 같은데?' 하는 순간 그곳을 지나치고 다시 달렸다. 지루한 시간이 이어졌다. 그러다가 차가 속도를 줄였다. 한적한 곳이었다. 스산했다. 인적이 드물고, 어두컴컴한 도로가에 차 몇 대가 주차되어 있었다. 커다란 철문이 보이고, 한 남자가 문 앞에 서 있었다. 그가 철문을 여는 동안 지프는 문을 지나쳤다. '여기도 아니구나' 하고 생각하고 있는데, 차가 멈추더니 후진해서 철문 안쪽으로 들어갔다. 그리고 일자 주차를 했다. 나머지 차 두 대도 똑같은 모양으로 호텔 안으로 들어갔다.

호텔 현관문에 들어서는 순간, 나는 이곳이 범상치 않은 곳임을 느꼈다. 복도를 걸으며 원목 마루와 천장을 쳐다보았다. 리셉션 앞에 넓은 홀이 있고, 홀의 한쪽은 모두 유리창이었다. 밖은 컴컴해서 보이지 않았다. 우리는 넓은 소파에 자리를 잡고 앉았다. 제법 나이가 든 남성이 친절한 미소를 지으며 우리에게 '웰컴 티'를 가져다주었다. 일행이 모두 모였고, 방을 배정받았다. 재원이와 함께 방으로 향했다. 복도를 걷고 계단을 올랐다. 객실 층에 도착해 복도 맨 끝에 우리의 캐리어 두 개가 놓여 있는 것을 확인했다. 키에 새겨진 번호와 방 번호를 확인했다. 방문을 열고 들어서는 순간, 방 또한 범상치 않음을 느꼈다. 멀리 정면에 창이 보이고, 가까이에 옷걸이와 욕실과 미니바가 있고, 안쪽에 침대 두 개와 침대 끝에 나무로 된 난간이 있었다. 난간 저쪽에 무언가가 있었다. '뭐지?' 난간 왼쪽에 계단이 있고, 계단을 내려가니 침실보다 더 넓은 공간이 펼쳐졌다. 오른쪽에 'ㄱ' 자로 소파가 놓여 있었고, 가운데 낮은 테이블 하나가 놓여 있었다. 계단 아래 벽 쪽에 책상과 의자가 놓여 있었다. 창문은 위아래로 길고, 커튼이 양쪽에 늘어져 있었다.

"와아아, 재원아!"

나는 실내화를 벗고 소파에 벌러덩 드러누워 뒤집어진 딱정벌레처럼 팔다리를 들고 신나게 버둥거렸다. 이렇게 멋진 호텔에 묵게 하려고 남 팀장님은 가도 가도 끝이 없는 곳으로 우리를 끌고 왔던 것이다.

우리는 저녁 식사를 하기 위해 레스토랑 2인용 테이블에 자리를 잡았다. 오른쪽 유리벽 너머에 다인용 테이블이 있고 그 너머 계단 위 데크에 검은색 그랜드 피아노가 놓여 있었다. 커피를 마시며 치킨스테이크를 기다리는데, 등이 구부정한 노년의 남성이 피아노 의자에 다가갔다. 그는 자리를 잡고 앉아 뚫어져라 건반을 내려다보더니 양팔을 들고 건반 위에 손가락을 올렸다. 그의 연주곡은 '엘리제를 위하여'. 그는 주변을 별로 의식하지 않는 듯 연주에 집중했다. 진정한 '프로'의 자세였다. 우리는 연주를 들으며 치킨스테이크를 썰었다. 썰고 또 썰어도 곡의 초반부가 계속 반복되었다. 도돌이표 밖으로 나가지 않았다. 음악계의 '윤회'인가?
재원이가 한마디 했다.
"어떻게 끝낼지 궁금해."

신神

2022년 10월 5일

1

❄ 시더 인

새벽, 문밖에서 타이거힐로 떠나는 일행들의 목소리가 들렸다. 재원이는 잠이 들어 있고, 나는 거실 소파에 앉아 빗소리를 듣고 있었다. 빗방울이 아래층 테라스 지붕을 두들기고 있었다. 일행들의 목소리가 복도에서 사라졌다.

'일정'이라는 것은 무엇일까. 우리가 다르질링에서 추구하려는 것은 무엇인가. 타이거힐에서 떠오르는 일출을 바라보는 것? '일정'이라는 것이 존재하는가? '대상'이라는 것이 존재하는가? '일행'이 존재하는가?

'일정'이라는 것은 존재하지 않는다.
몇 개의 마음이 동의하고, 함께 발을 옮기는 것뿐이다.

'대상'이라는 것은 존재하지 않는다.
타이거힐도, 일출도 존재하지 않는다.
구불구불 지프를 타고 2,590미터 언덕에 올라
가장 멀리 보이는 초록색 능선 위
붉은색을 띠며 올라오는 빛을 보는 것뿐이다.

'일행'은 존재하지 않는다.
엄마와 함께하며 힘든 일정을 견디는 한 청소년의 등을 두드리며
"재원이, 최고야!", "옴 마니 밧메 훔!"을 즐겨 외치는
영숙 님이 있을 뿐이다.

'비'는 존재하지 않는다.

창문 밖, 아래층 테라스 지붕을 두드리는
"두둑, 두둑" 소리만이 있을 뿐이다.

재원이가 뒤척이며 이불을 구기는 소리와
내 입에서 나오는 숨이 객실 공간의 '허虛'로 옮겨지는
흐름만이 있을 뿐이다.

새벽 종소리가 느린 가락의 노랫소리처럼 은은하게 흘렀다. 빗소리가
잦아들었다. 이 시간, 일행도, 타이거힐도, 일출도 존재하지 않지만, 마
음이 서로 일치하여 함께 차에 올라 높은 언덕에 올라가 먼 산을 바라보
고 있을 네 분의 여성, 두 분의 남성의 눈에 '어떤 빛', 눈을 부시게 하고
마음을 벅차오르게 하는 빛이 밝게 비쳤으면 좋겠다.

멀리서 개 짖는 소리가 공기를 울려 나의 귀에 닿았다. 향이 타오르고,
그 연기의 흐름이 내 코에 스며들었다. 창문을 열었다. 새들의 지저귐에
이끌려. 과연, 눈앞에 펼쳐진 것은 장엄한 아름다움. 멀리 아래로 깊고
넓게 펼쳐진 산, 그 푸르름 속에 오밀조밀 모여 있는 집들, 산을 덮고 있
는 구름, 하늘, 그리고 불경 소리.

여기는 다르질링이다.

2

❄ 토이 트레인 Toy Train

토이 트레인은 영국 식민지 때, 홍차를 나르던 화물 철도였다. 지금은 짧

은 구간, 다르질링역에서 굼역까지 관광객을 실어 나르고 있다. 기차가 출발하기를 기다리며 재원이와 플랫폼 벤치에 앉았다. 오늘은 재원이 컨디션이 좋지 않아 보였다. 엔진 칸이 객실 칸에 연결이 되고 있었다. 어제저녁에 차에서 바라보았던 기차를 타는 것이다. 기분이 살짝 들뜨기 시작했다.

"뾰우우우욱!" 기차가 경적을 크게 울리며 움직이기 시작했다. 천장 유리에 빗방울이 맺혔다. 왼쪽으로는 경사진 언덕에 초록 풀과 나무가 무성했고, 오른쪽으로는 역에서 보이던 구름 가득한 풍경은 사라지고 다르질링 마을의 '삶'이 보였다. 상점, 얼기설기 늘어진 전깃줄, 무심한 듯 기차를 쳐다보며 걷는 사람, 셔터가 내려진 상점, 길가에 주차되어 있는 차, 수많은 간판과 알록달록한 높은 건물 들.

그는 우리 객실 칸 맨 앞 중앙에 앉아 있었다. 열차가 출발할 때, 다른 남성과 함께 대화를 나누다가 의자처럼 생긴 수납장 위에 자리를 잡고 앉았다. 수납장 왼쪽에는 쇠로 된 붉은색 핸들이 보였다. 우리 객실 칸과 앞 칸과의 사이에 통유리로 된 넓은 창이 있어, 그 너머로 앞쪽 객실 내부가 들여다보였다. 유리에 먼지가 뿌옇게 끼어 있었다. 달리는 기관차 굴뚝에서 쏟아지는 석탄가루가 빗물에 섞여 천장 유리에 떨어졌다. 그에게서는 석탄가루 냄새가 났다. 그는 재색 챙 모자를 쓰고, 검은색 후드 바람막이와 군청색 바지를 입고 있었다. 오른 손목에는 빨간색 띠를 두르고 있었다. 그는 오른쪽 출입문을 바라보고 앉았다. 늘 그렇게 앉아 있었던 것처럼 자연스럽게. 오른쪽 손바닥을 엉덩이에 대고, 왼쪽 팔꿈치에서 새끼 손가락까지는 창 아래쪽 틀에 붙였다. 그의 얼굴은 객실 유리 너머를 향했다. 가끔 오른쪽 창밖을 바라볼 때에는 챙 모자 아래 짙은 눈썹과 거친 굴곡의 코가 두드러지게 보였다. 그의 덥수룩한 구레나룻과 길게 입꼬리 아래로 내려온 콧수염은 거무튀튀한 황갈색 얼굴빛을 더욱 어둡게 만들었다. 빈센트 반 고흐의 그림 '감자를 먹는 사람들'에서 오른손으로 포크를 들고 그 끝을 감자로 향하고 있는 남자와 흡사하게 생겼다. 분명 그는 이 객실 칸에 오르기 전, 다르질링역 엔진 칸 옆에 서서 바닥에 수북한 석탄을 이글이글 타오르는 화로 속으로 던지고 또 던졌을 것이다. 그 석탄이 묻은 손으로, 그 석탄을 호흡하던 코와 입으로 관광객과 함께 이곳에 들어와 있는 것이다. 사람들의 시선이 자신에게 몰려도, 이것으로 자신의 생계를 이어가고 있기에, 불편함을 참고 있는지도 모르겠다. 그래서 그는 딱딱한 의자에 앉아 객실 사이 유리를 액자 삼아 자신을 그리로 밀어 넣는다. 스스로를 '그림'으로 만드는 자, 석탄가루를 공기처럼 마시며 숨 쉬는 자, 기차의 내달림처럼 삶을 멈추지 않는 자, 부끄러움을 화로 속에 던져 재로 만든 자. 그는 다르질링의 고귀한 자, 진정한 '신'이다.

3

❄ 티베트 난민자활센터 Tibetan Refugee Self-Help Centre

우리는 티베트 난민자활센터를 둘러보았다. 넓고 천장이 높은 공간에서는 사람들이 커다란 나무틀 아래에 앉아 다양한 크기와 색깔의 카펫을 짜고 있었다. 둘이 나란히 앉거나 혹은 혼자 앉아 작업을 했다. 좀 더 작은 방도 있었다. 한 여성이 실을 잣고 있었다. 그녀의 이름은 부삼. 커다랗고 둥근 얼굴에 하회탈 같은 미소를 지으며 빛이 환하게 들어오는 창문 가까이 앉아 있었다. 무릎 옆에는 양털이 수북한 종이 상자가 있었고, 오른쪽에는 자전거 바퀴 모양의 물레가 있었다. 그녀는 짙은 갈색과 회색이 섞인 머리를 뒤로 묶었다. 단추 대여섯 개가 달려 있는 초록색 니트를 입고, 허리춤에 천으로 된 폭이 넓은 주머니를 차고 있었다. 방 여기저기에 양털 상자, 물레가 몇 개 더 있었는데 의자는 모두 비어 있었다.

그녀는 자신의 눈을 손가락으로 가리키며 애처로운 표정을 지었다. 마치 "나의 잘 보이지 않는 눈을 가엽게 생각해 달라"고 하는 듯했다. 나는 주머니에 손을 넣었다. 3일 전 간디공항 탑승구 앞 스타벅스에서 음료수를 계산하지 못하고 선반에 올려둔 채 승복을 휘날리며 빠른 걸음으로 사라진 여승이 떠올랐다. 그녀와 부삼의 상황은 다르지만 대상이 누군지, 의도가 뭔지, 결과가 어떨지 '판단'할 필요가 없다. 순식간에 떠오르는 마음, 열정, 깨달음에 이끌려 행동을 하면 되는 것이다. 이 순간이 지나가기 전에 말이다. 손을 꺼냈다. 손에 쥔 지폐를 그녀에게 건넸다.

"부삼, 이거 필요한 데 써요."

그녀가 내 말을 알아듣지 못했어도 괜찮다. 내 마음은 알아들었을 것이다. 그녀가 함박웃음을 지었기 때문이다. 그리고 나에게 합장을 했다. 고개를 숙이고 또 숙였다. 나도 합장을 하고 부삼에게 고개를 숙였다. 우리의 찰나가 영원으로 이어지고 있었다. 나에게 '영원'을 선사한 그녀는 분명 나에게 '신'이다.

◆

기념품 가게에 들렀다. 수공예품을 구경하고, '캐리어에 공간이 없음'을 아쉬워하며 밖으로 나왔다. 멀리 차가 있는 곳에 우리 일행들이 몇명 모여 있었다. 나도 그쪽으로 걸어갔다. 서너 명의 청년들이 흙이 잘 다져진 운동장에서 농구를 하고 있었다. 공 두 개가 오고 갔다. 나는 백팩을 바닥에 내려놓고, 막 슛을 한 청년에게 공을 달라는 신호를 보냈다. 그는 내게 패스를 했다. 나는 공을 튀기며 골대를 바라보았다. 한번 해볼 만했다. 혜진이가 아기였을 때 남편과 함께 농구선수 출신 강사에게서 농구를 배웠다. 아들과 시범아파트 1동 옆 농구대에서도 슛을 했다. 이런저런 장소에서 농구 골대만 보이면 덤벼들었기 때문에 이번에도 잘할 수 있을 것 같았다.

슛을 했다. 실패다. 청년이 공을 받아서 다시 내게 보냈다. 다시 슛을 했다. 또 실패다. 그냥 포기할 순 없었다. 인도까지 와서, 멋진 도시 다르질링에서, 티베트 난민자활센터 청년들과 우리 일행들이 지켜보는 데서나의 도전을 포기할 수 없었다. 나는 던졌다. 두세 번 시도 끝에 마침내공 하나가 멋지게 들어갔다. 내 슛에 감동했는지 정수리에 질끈 머리를묶은 청년 하나가 나에게 다가왔다. 그는 내게 다짜고짜 물었다.

"Can you speak Japanese(일본어 할 줄 알아요)?"

"もちろん(모치롱. 물론이죠)."

우리는 일본어로 대화를 이어갔다. 그는 대학생이었다. 티베트 난민자활센터에 살면서 가까운 대학교 경제학부에서 공부를 한다고 했다. 무역에 관한 일을 하고 싶다고 했다. 그는 1년 전부터 동영상을 보며 일본어를 공부했고, '누군가가 이곳에 찾아오면 일본어로 대화하고 싶다'고 생각하며 기다렸다고 했다. 가끔 일본 여행객을 만나기도 했지만 코로나 시기라 아주 드물었다는 것이다. 그는 나와 실컷 일본어로 대화하고 나더니 얼굴이 밝아졌다. 하고 싶은 것을 이룬 사람의 행복함, 다짜고짜 상대방에게 "일본어 할 줄 아냐"고 물었는데 뜻밖에도 상대방이 일본어를 진짜할 줄 안다는 것에 대한 놀라움, 그리고 대화하는 동안 자신에게 관심을가지고 이것저것 물어봐주는 대한민국 아줌마에 대한 고마움.

"저 애가 내 아들이에요."

나는 그에게 재원이를 가리키며 말했다.

"재원아, 엄마 사진 좀 찍어줄래?"

아들이 자신의 휴대폰을 주머니에 넣은 후 내 폰을 받아 카메라 모드를 켰다. 나는 청년과 나란히 섰다. 재원이가 "하나, 둘" 하고 "셋"을 외치려는데, 그가 갑자기 "잠깐만!" 하더니 손을 정수리 위로 올렸다. 순간 머리가 아래로 좌악 펼쳐졌다. 숱 많은 검은 머리가 눈썹 아래에서 귀 위쪽까지 둥글게 덮었다. 뚝배기 뚜껑처럼. 그가 말했다.

"이게 더 멋지죠!"

재원이가 들고 있던 팔을 아래로 떨구면서 폭소를 터뜨렸다. 멀리 일행들의 웃음소리가 들렸다. 영숙 님이 말했다. 아니, 외쳤다.

"왜 풀렀어!"

나와 청년이 사진에 찍혔다. 우리 둘은 그 누구도 흉내 낼 수 없는 웃음을 얼굴에 머금었다. 우리 모두에게 그는 큰 웃음을 주었다. 우리를 행복하게 만든 자, 난민자활센터 안에만 머무르지 않는 자, 자신의 꿈을 넓게 만들어나갈 줄 아는 자, 그는 우리들의 '신'이다.

자라다

2022년 10월 6일

1

빗소리가 들렸다. 휴대폰 라이트를 켜고 주전자 옆 생수병 하나를 챙겨 들고 계단을 내려갔다. 어제 재원이가 물을 마셨던 컵에 생수를 반 컵 따른 후 한 모금 마시고 소파에 벌러덩 누웠다.

어제저녁 식사를 할 때, 피아노 연주곡이 흘러나오는데 재원이가 말했다.

"나 이거 잘 때 엄청 많이 들었어. 근데 이 곡은 슬프기도 하고 신나기도 해."

쇼팽의 '녹턴'*이었다. 곡의 어느 부분이 재원이를 슬프게 만들고 어느 부분이 신나게 만들었을까. 아니면 재원이가 슬플 때, 혹은 신날 때 곡 전체가 슬프거나 신났던 걸까. 아들이 헤드폰을 끼고 침대에 누워 있는 모습을 빼꼼 열린 문틈으로 여러 번 보기는 했었는데, 그때 이 곡을 들으며 그런 감정을 가졌던 거였구나! 재원이가 몸을 뒤척이더니 깊은 숨을 내쉬었다. 대답이라도 하듯, 빗방울 소리가 더 굵어졌다.

문득 향내가 났다. 창 쪽으로 걸어가 문을 열어젖혔다. 비가 그치고, 고였던 물이 떨어졌다. 캄캄하지만 첩첩이 겹친 산세, 넓게 펼쳐진 구름,

---

✱ Chopin, Nocturne in E-flat Major, Op.9 No.2

254 엄마 남극 갔다 왔어 잘 지냈니

그리고 산 여기저기 '마을'을 알리는 촘촘한 불빛들. 사람들이 사는 곳에 사람들이 왔다. 그들이 살아가는 방식을 들여다보았다. 차가 달리는 좁은 도로를 걸었다. 예불당 안에서 염불을 외는 승려들의 목소리를 듣고, 표정을 보고, 그들이 두드리는 북소리를 들었다. 나이 든 여인과 함께 가마에 솔잎을 넣고 성냥으로 불을 붙였다. 불당 툇마루 위에 세 여인과 나란히 앉아 가마 입구에서 뿜어져 나오는 연기를 바라보았다. 토이 트레인 기차역에서 눈이 초롱초롱한 아가의 눈을 바라보며 '나를 좋아해줘, 웃어줘' 애원을 하듯 한참 그렇게 아가의 표정에 몰입했다. 다시 돌아온 현실에서는 덩치 큰 사춘기 남학생 하나가 기차역 벤치에 삐딱하게 앉아 있었다.

짐을 다 꾸렸다. 재원이를 깨웠다. 언제 가져갔는지 머리맡 테이블 위에 있던 휴대폰이 가슴 위에 올라가 있었다.

"비 와?"

"지금 몇 시야?"

"오늘 이동해?"

일어날 생각은 안 하고 '묻기'만 했다.

"두 시간 반 정도 이동한대."

히터가 돌아가고 있었다. 눅눅하고 싸늘하기도 했지만 빨래를 말리려고 틀었었다. 재원이가 입을 옷이 침대 쪽 난간에 널려 있었다. 나는 소파에 쿠션 세 개를 겹쳐 등을 기대고 앉아 커피 한 잔 마시며 휴대폰 메모에 글을 써나갔다. 아직도 아들은 이불 속에서 나오지 않았다. 이제 보니 그새 키가 더 큰 듯했다.

"재원아!"

아들이 꿈틀거리더니 기지개를 켜고는 욕실로 들어갔다. 나는 창문으로 다가가 마을 풍경을 바라보았다. 사랑스러웠다. 나의 마음 상태가 그랬나 보다.

2

❄ 칼림퐁 두르핀수도원 Durpin Monastery, Kalimpong

두르핀수도원으로 들어가는 입구는 웅장했다. 먼저 도착한 재원이와 나는 일행들이 탄 지프가 도착하길 기다리며 지붕에 노란색 페인트가 칠해진 아담한 단층 건물 처마 아래에 서 있었다. 가는 기둥 몇 개도 노란색이었다. 참 예쁜 건물이었다.

두 명의 여학생이 걸어오고 있었다. 어머, 예쁘다. 어느 나라 학생들일까. 귀엽기도 하고. 눈이 초롱초롱하네. 오, 저 호기심 넘치는 표정. 반짝반짝 빛나는 눈. 경이로운 무언가를 쳐다보는 표정. 무언가 조심스럽게 흘끔거리는 듯한 표정. 친한 친구끼리 팔짱을 끼고 둘 다 동시에 좋아하는 무언가를 같이 쳐다보며 숨을 죽이고 있는 저 안달복달함. 속에서 끓어오르는 기쁨. 뭘 보는 거지? 둘은 휴대폰을 내 쪽으로 들어 올렸다. 나? 아니겠지. 셀카를 찍는 거겠지. 아니다. 셀카를 찍는 척하면서 나를 찍고 있잖아! 내가 아닌가? 내 근처 누군가? 얘? 내 옆에서 휴대폰을 뚫어져라 들여다보고 있는 내 아들? 두 여학생들의 시선을 보니 분명 재원이를 향하고 있었다. 재원이가 무언가 '불편한' 몸짓으로 내 옆에서 벗어나 노란 기둥을 따라 걸었다. 여학생들의 휴대폰 렌즈가 아들을 따라갔다.

신은 내 옆에 있었다. 두 여학생을 사로잡은 내 아들이 '신'이다. 초롱초롱한 눈빛과 순수함으로 나를 사로잡은 두 여학생이 나의 '신'이다. 신은 멀리 있지 않다.

새로운 세상으로

2022년 10월 7일

❄ 부탄으로 가는 길 On the Road to Bhutan

새벽 5시, 호텔 로비에 모였다. 밤새 호텔이 정전이 되었었지만 혼란스러운 표정을 짓는 사람은 하나도 없었다.

우리는 호텔을 출발해 인도와 부탄의 국경을 향해 달렸다. 5시 반, 내 눈에 띈 것이 '가로등'인 줄 알았다. 산등성이 위에 걸친 구름 사이로 웬 불빛인가 했는데, '해'였다. 칼림퐁의 일출은 너무도 수줍었다.

인도의 국경 도시인 자이가온으로 가는 넓은 2차선 도로를 쌩쌩 달렸다. 해는 뜨거웠다. 목에 스카프를 두르고 등산용 모자를 썼다. 해는 지프 오른쪽 창문으로 쏟아져 들어왔다. 우리는 잠시 여행자 휴게소에 들렀다. 화장실에 가고, 레스토랑에도 잠시 올라가 남 팀장님이 쏘는 커피도 한 잔 마셨다. 내려와서 차에 타려는데 3호차 기사님이 어디 가셨는지 안 보였다. 잠시 기다리는 지루한 시간, 갑자기 2호차에서 라틴 댄스곡이 흘러나왔다. 순간, 나는 영숙 님과 눈이 마주쳤고, 둘은 음악이 흘러나오는 지프 문 옆에 마주 보고 섰다. 누가 뭐라 할 것도 없이 우리 둘은 각자의 느낌대로 음악에 맞춰 몸을 흔들었다. 아주 신나게. 태양이 뜨겁게 쏟아지는 동인도 한 휴게소 마당에서 두 여자는 '무아지경'에 빠졌다.

차가 달리는 동안 가로수가 이어지다가 길 양쪽으로 넓은 평야가 펼쳐졌다. 형형색색 십자가가 세워진 공동묘지가 보이더니 뜬금없이 마을이 나타나기도 했다. 굶주림에 지쳐 정신이 혼미한 여행객에게 환영이라도 보이는 것처럼, 뜨거운 차 안에서 땀을 흘리고 있는 우리들에게 마을은 그렇게 불쑥 나타났다 사라졌다를 반복했다.

마침내 자이가온에 도착했다. 이제 인도를 떠나 부탄으로 가니 오랫동안 함께했던 현지 여행사 사람들과 헤어질 시간이었다. 우리는 오늘 새벽 호텔에서 우리의 현지 가이드 키란과 헤어졌고, 이제 운전기사들과 헤어질 차례였다. 우리 차 운전기사는 얼마 전 자신의 어린 딸이 춤을 추는 동영상을 보여주었고, 우리와 함께 지내는 6일 동안 틈틈이 딸의 사진을 보고, 동영상을 보고, 딸과 영상 통화를 했었다. 나는 그와 허그를 했다. 그리고 그의 손에 지폐를 쥐어주었다. 그리고 그에게 말했다.

"당신의 귀여운 딸을 위한 거예요."

우리는 헤어졌다. 인도 출국 절차와 부탄 입국 절차를 밟았고, 부탄 푼촐링에 도착했다.

푼촐링-팀푸 고속도로를 달렸다. 안개가 가득했다. 구름 속으로 들어갔다 나왔다 하면서 고도가 높은 길을 달렸다. 국경 넘어 부탄에 들어서 니 모든 것이 바뀌었다. 정돈되고 차분한 풍경이었다. 길에는 차가 많지 않았고, 우리 버스가 달리는 동안 피해야 할 차도, 추월해야 할 차도, 주 차가 되어 통행을 막는 차도 없었다. 무너져 내린 절벽 아래에서는 복구 가 착착 진행 중이었고, 절벽 사이사이 바위 위에는 조개껍데기처럼 작 고 동그란 스투파 모형이 무더기로 올라가 있었다. 길옆의 건물들은 깨끗 했고, 외형이 아름다웠다. 나무로 된 창틀은 건물마다 동일한 형태를 하 고 있었다. 한국의 전통 가옥처럼 그윽한 느낌을 주었다.

잠시 식사를 하고 간다고 하면서 버스가 멈추어 섰다. 레스토랑 '디바 인 미드웨이Divine Midway' 2층에 올라가니 식당이 있었다. 우리 일행들은 테라스로 안내를 받았다. 폭이 넓지 않은 테라스에는 2인용 테이블이 줄 지어 놓여 있었다. 재원이와 문에 가까운 자리를 잡고 앉았다. 테라스 아 래에는 넓은 숲이 펼쳐져 있었고, 안개가 자욱했다. 젊은 남성이 커피를 가져다주었다. 우리 테이블에 커피 잔 두 개를 올려놓고 옆 테이블로 갔 다. 나는 '두 잔 마셔도 좋지 뭐' 하고 생각하며 홀짝거렸다. 풍경은 시원 하고, 곧 음식이 나올 테고, 먼 길을 달려 피곤한 다리를 쉬고 있으니 참 좋았다. 재원이가 잔 하나를 자기 쪽으로 당겼다. 그리고 잔을 들어 한 모금 마셨다. 그러더니 한 잔을 다 마셨다. 오늘 재원이는 '부탄 현지 커 피'를 마심으로써 커피 인생을 시작했다.

식사 준비가 늦어져 풍경을 보고 앉아 있는데, 커피 서빙을 하던 청년 이 두 젊은 여성과 함께 다가왔다. 자기들은 한국 드라마를 너무 좋아한 다고, 특히 〈이태원 클라쓰〉의 주인공을 너무 좋아한다고 했다. 나는 재원이에게 눈짓을 했다.

'주인공이 누구지?'

재원이가 딱하다는 표정으로 나를 쳐다보았다.

'엄마는 그것도 몰라? 부탄 사람들보다 더 모르네?'

나는 부탄 청년들에게 억지 미소를 보내며 "그들 정말 멋지지" 하는 표정을 던졌다. 그들이 함께 사진을 찍자고 했다. 이번에는 정말 나다! 재원이가 사진을 찍어주었다.

형원 님이 식당 안쪽에서 몸을 빼꼼 내밀더니 나에게 "잠시 와 보라"고 손짓했다. 그는 식당 한쪽 구석진 곳으로 나를 데려갔다. 테이블이 있고, 그 뒤에 한 여성이 서 있었다. 검은색 단발머리에 얼굴이 둥근 그녀는 붉은 장미를 수놓은 검은색 블라우스를 입고 금색 목걸이를 했다. 테이블 위에는 개봉된 위스키 예닐곱 병이 놓여 있었고, 바구니에는 포장된 너츠가 쌓여 있었다. 그녀의 뒤와 양옆 벽에 'ㄷ' 자로 붙은 장에는 술병이 가득했다. 형원 님이 검지를 세우며 "One!"이라고 말하니, 그녀는 허리가 잘록한 티타늄 술잔이 찰랑찰랑해질 때까지 위스키를 가득 부었다. 그것을 다시 유리잔에 옮겨 담은 후 나에게 건넸다. 잔을 건네는 그녀의 미소는 부드러웠다. 나는 잔을 들어 올려 형원 님을 바라보며 감사의 인사를 하고 나서 원샷을 했다.

이제 나는 부탄을 여행하고, 곧 나의 집으로 돌아갈 것이다. 나는 '신'을 찾아 이곳에 왔다. 나의 구원을 찾아. 부디 재원이가 이곳에서 호흡을 크게 하고 답답한 것을 털어내기를 바라면서. 이제 나는 안다. 굳이 '신'을 찾을 것도, 걱정할 것도 없다는 것을. 내 아들이 '신'이기 때문이다. 아들 속에 '신'이 있다. 빛나는 것, 변해가는 것, 멋지고 찬란하게 드러날 그 무엇. 초롱초롱한 눈을 한 여학생들이 재원이에게서 발견한 그 무엇. 내가 여학생들에게서 발견한 예쁘고 투명한 어떤 것. 속단하지 않고, 미리 결정하지 않고, 판단을 뒤로 미루고, 가엽게 여기는 자비의 마음을 갖기만 한다면 언젠가 스스로 드러날 것들이다. 모든 인간에게 그런 게 다 있다.

"영미 네 안에도 있다. 그러니 편하게 집으로 돌아가라, 네 안의 '신'과 함께. 또 네 옆에 있는 '신'과 함께."

아들에게

네가 동그랗게 놀란 눈을 하고 이 책을 집어던지지만 않았으면 좋겠다. 그러려고 쓴 건 아니니까. 이 책은 너와 관계된 일을 폭로하는 책이 결코 아니다. 네가 좀 자주 등장하기는 하지만 이 책의 주인공은 엄연히 '나'다.

사실 고민을 좀 했었다.

'재원이가 좀 더 큰 다음에, 성인이 된 다음에 쓸까?'

'원고를 먼저 읽어보라고 한 다음 허락을 받을까?'

하지만 그렇게 하지 않기로 했다. 뻔뻔해지기로 했다. '창작'은 인간의 본능이고, 그것을 위해 누군가의 눈치를 보거나 허락을 받을 필요는 없다고 생각했다. 이 책은 나의 이야기이고, 나의 창작품이다.

그런데 곰곰 생각하면 이 책에 등장하는 '재원이'는 네가 아닐지도 모른다는 생각이 들었다. 이미 너는 그 시기를 지났고, 달라졌고, 지금에 이르렀기 때문이다. 엄마는 과거 한때를 생각하면, '그때의 내가 지금의 나라면 차라리 죽는 게 낫겠다' 하고 생각되는 시절이 있거든. 그게 언제냐고? 그런 이야기는 여기서 꺼낼 수는 없지. 여하튼 그만큼 우리 과거는 '다시는 돌아보고 싶지 않은 어떤 것'일 수도 있어. 과거가 싫다는 것은 그때보다 지금의 내가 낫다는 의미 아니겠니. 자기 스스로를 뛰어넘는 도전을 계속하다 보면 과거가 극복이 되고, 괜찮은 사람이 되는 거니까.

　엄마는 궁금했을 뿐이다.
　'그때 무슨 일이 있었던 거지?'
　그래서 찬찬히 살펴보기 시작했어. 너와의 사이에 있었던 일을 부끄러운 줄도 모르고 이것저것 꺼낸 이유도 그때의 나를 솔직하게 들여다보기 위해서야. 또한 말로 하기 껄끄러웠던 것들을 펼쳐보는 거지. 그러고 나서 털어버리려고.
　'엄마'라는 사람의 고통이 보였고 아들 '재원이'의 변화가 보였어. 미세하게 움직이는 변화가 주는 기쁨은 얼마나 크던지. 너를 차에 태우고 홍대 인근 게임 학원으로 향하던 날이 생각나. 서강대교 위를 달리던 차 안에서 너는 뒷자리에 길게 드러누워 있었지. 태양의 밝은 빛이 유리창을 통해 들어와 너의 온몸을 환하게 비추었어. 네가 그렇게 '빛' 아래에 있다는 것이 얼마나 소중했는지 모른다.
　인간의 삶에서 고통을 제거한다면 행복할까? 고통 없는 삶도 좋겠지. 질질 짜면서 누군가에게 하소연할 일이 없을 테니 말이다. 그럼에도 고통 후에 느끼는 평온함만 하겠니. 나의 그런 경험을 글로 남겼으니, 나중에 네 삶에 다른 형태의 고통이 스밀 때 엄마의 경험에서 힌트 하나쯤은 얻을 수 있을지도 모른다.

혹시 그래도 이 책을 던져버리고 싶고, 반박하고 싶은 말이 있다면 답하렴. 네 이야기로, 네 책으로 말이다. 분명 '엄마'의 시각으로 본 것, 느꼈던 것과는 다른 내용이 있을 거야. 너의 이야기도 좀 들어보고 싶구나. 그런 날이 오기를, '네 책을 집어던지고 싶은' 그런 날이 꼭 오기를 바란다.

엄마가